MEIN SCHULGEIST HANAKO · AFTER SCHOOL

MEIN SCHULGEIST HANAKO

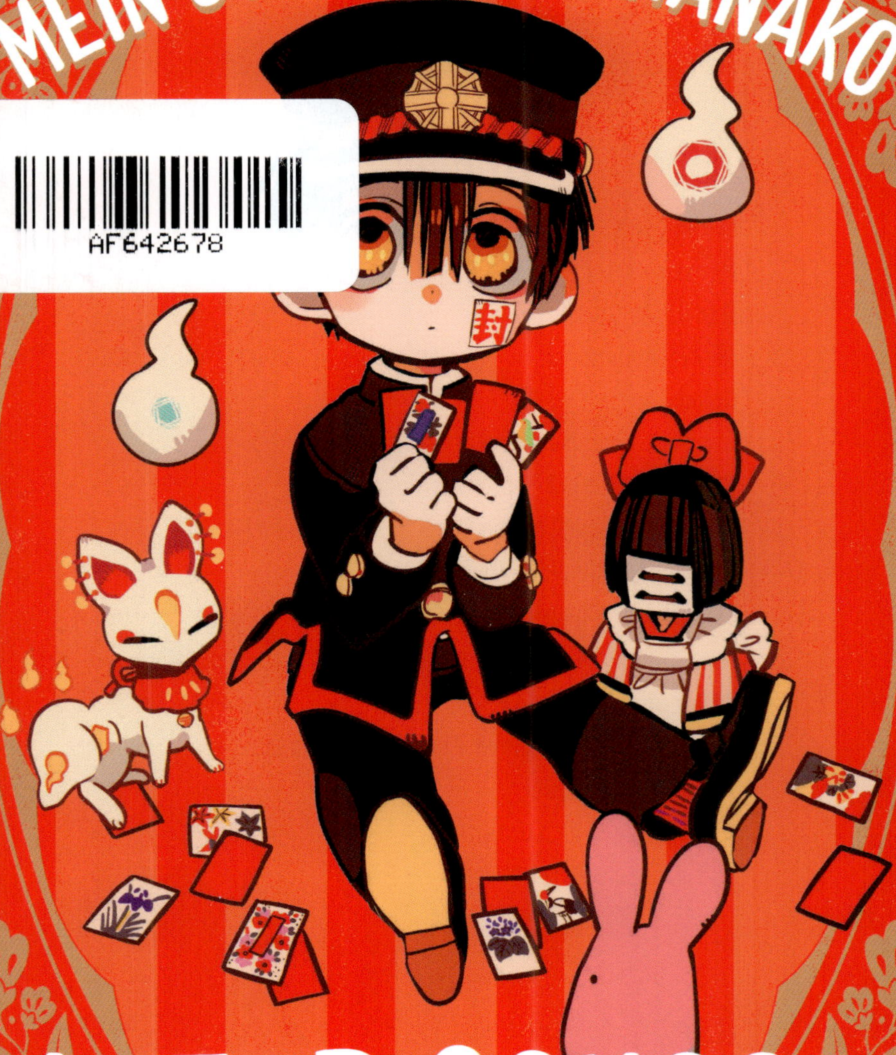

AFTER SCHOOL

AidaIro

Inhalt

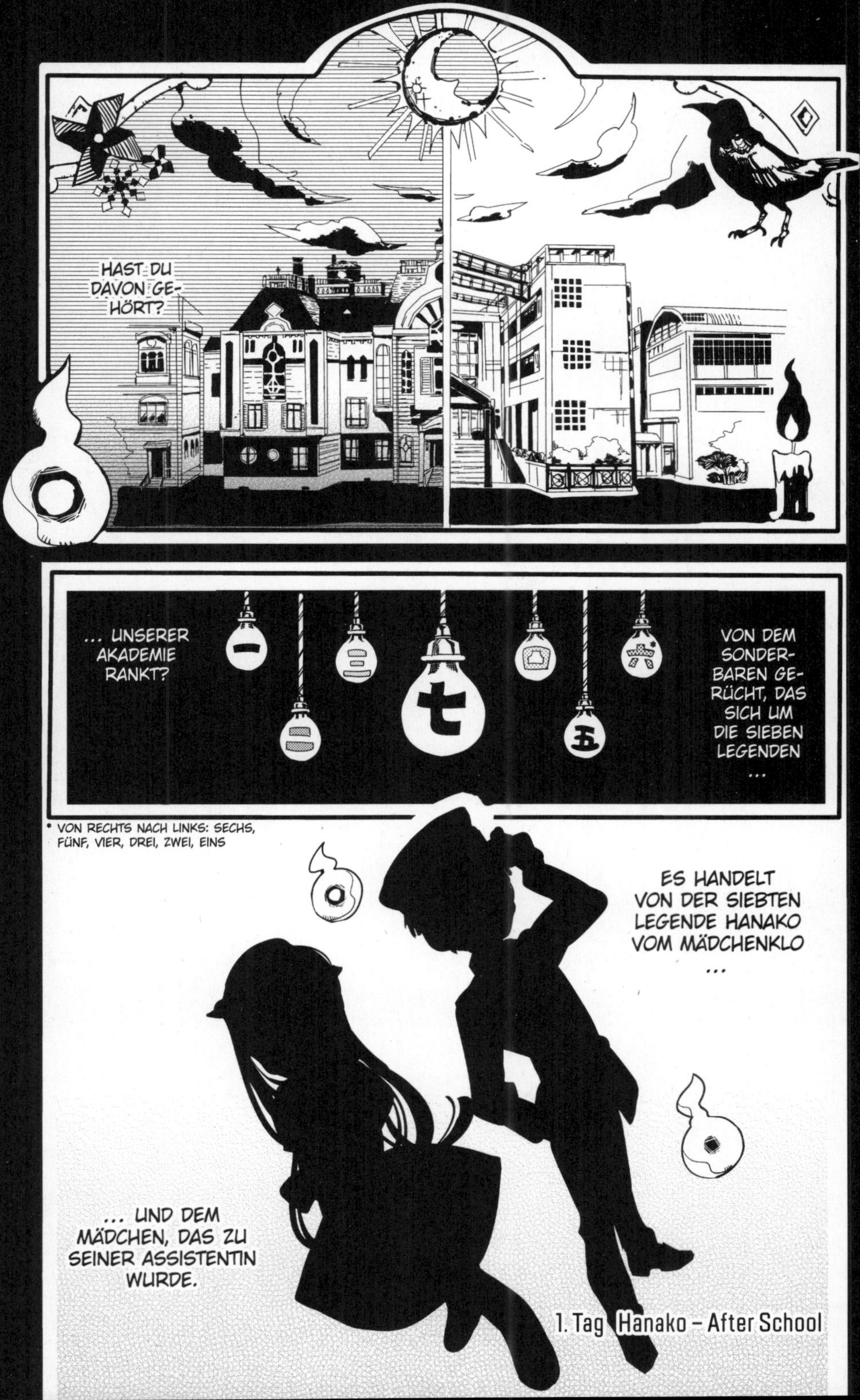
HAST DU DAVON GE-HÖRT?
VON DEM SONDER-BAREN GE-RÜCHT, DAS SICH UM DIE SIEBEN LEGENDEN ...
... UNSERER AKADEMIE RANKT?
* VON RECHTS NACH LINKS: SECHS, FÜNF, VIER, DREI, ZWEI, EINS
ES HANDELT VON DER SIEBTEN LEGENDE HANAKO VOM MÄDCHENKLO ...
... UND DEM MÄDCHEN, DAS ZU SEINER ASSISTENTIN WURDE.
1. Tag Hanako – After School

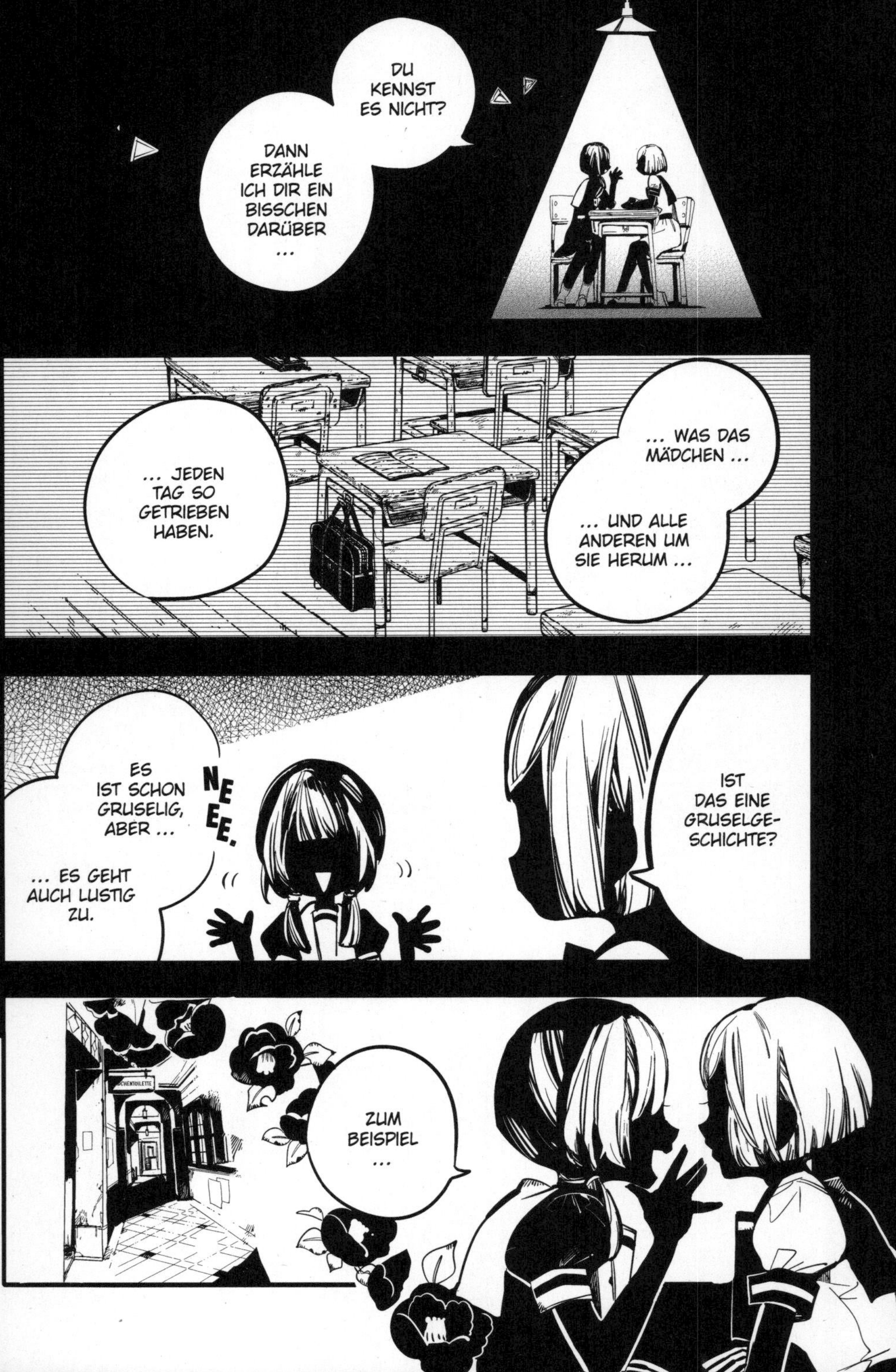
DU KENNST ES NICHT?
DANN ERZÄHLE ICH DIR EIN BISSCHEN DARÜBER ...
... WAS DAS MÄDCHEN ...
... UND ALLE ANDEREN UM SIE HERUM ...
... JEDEN TAG SO GETRIEBEN HABEN.
IST DAS EINE GRUSELGE-SCHICHTE?
NEEEE.
ES IST SCHON GRUSELIG, ABER ...
... ES GEHT AUCH LUSTIG ZU.
ZUM BEISPIEL ...

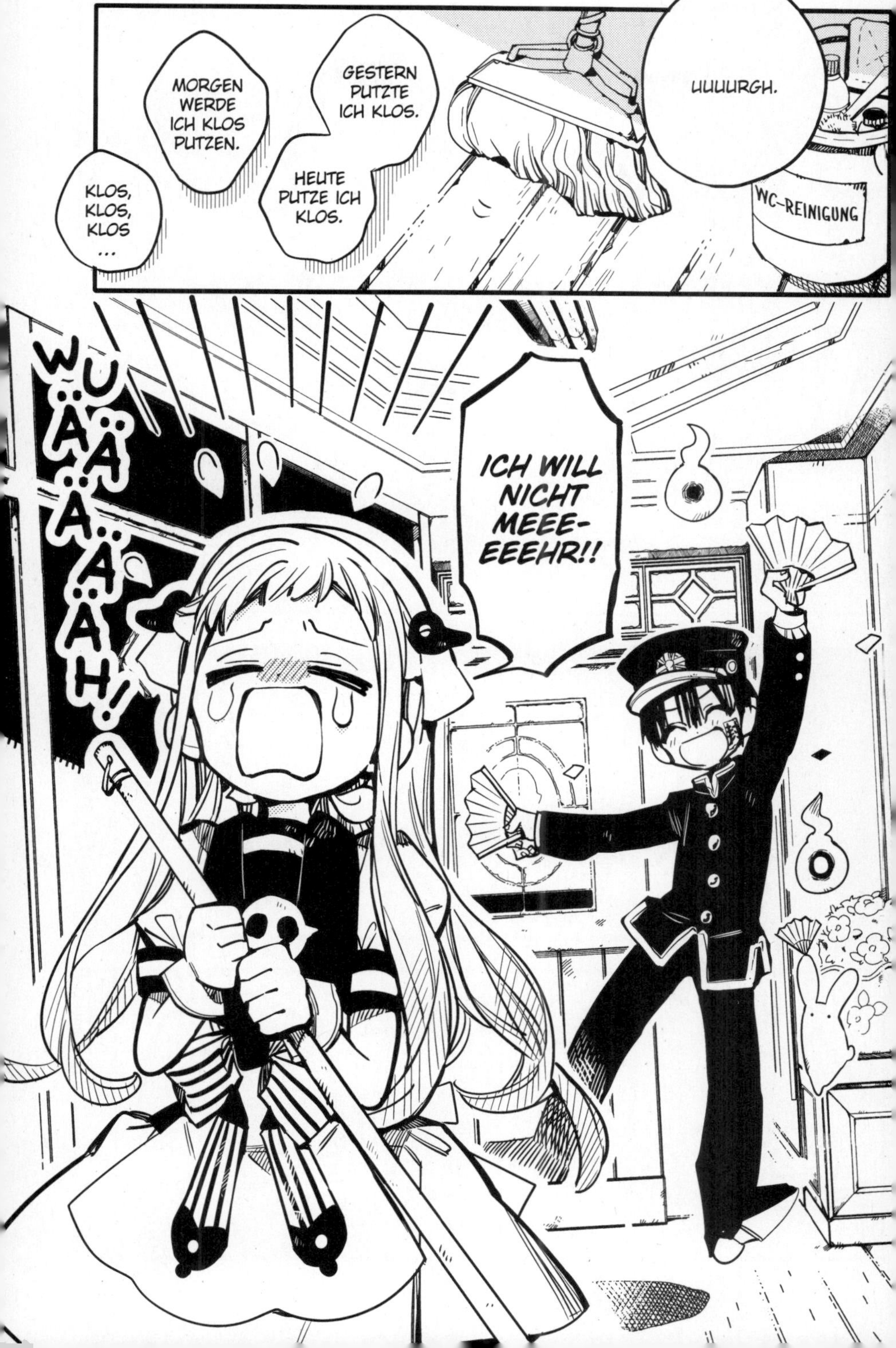
UUUURGH.
GESTERN PUTZTE ICH KLOS.
MORGEN WERDE ICH KLOS PUTZEN.
HEUTE PUTZE ICH KLOS.
KLOS, KLOS, KLOS …
WC-REINIGUNG
ICH WILL NICHT MEEE-EEEHR!!
WUÄÄÄÄÄÄH!

Rettichfest

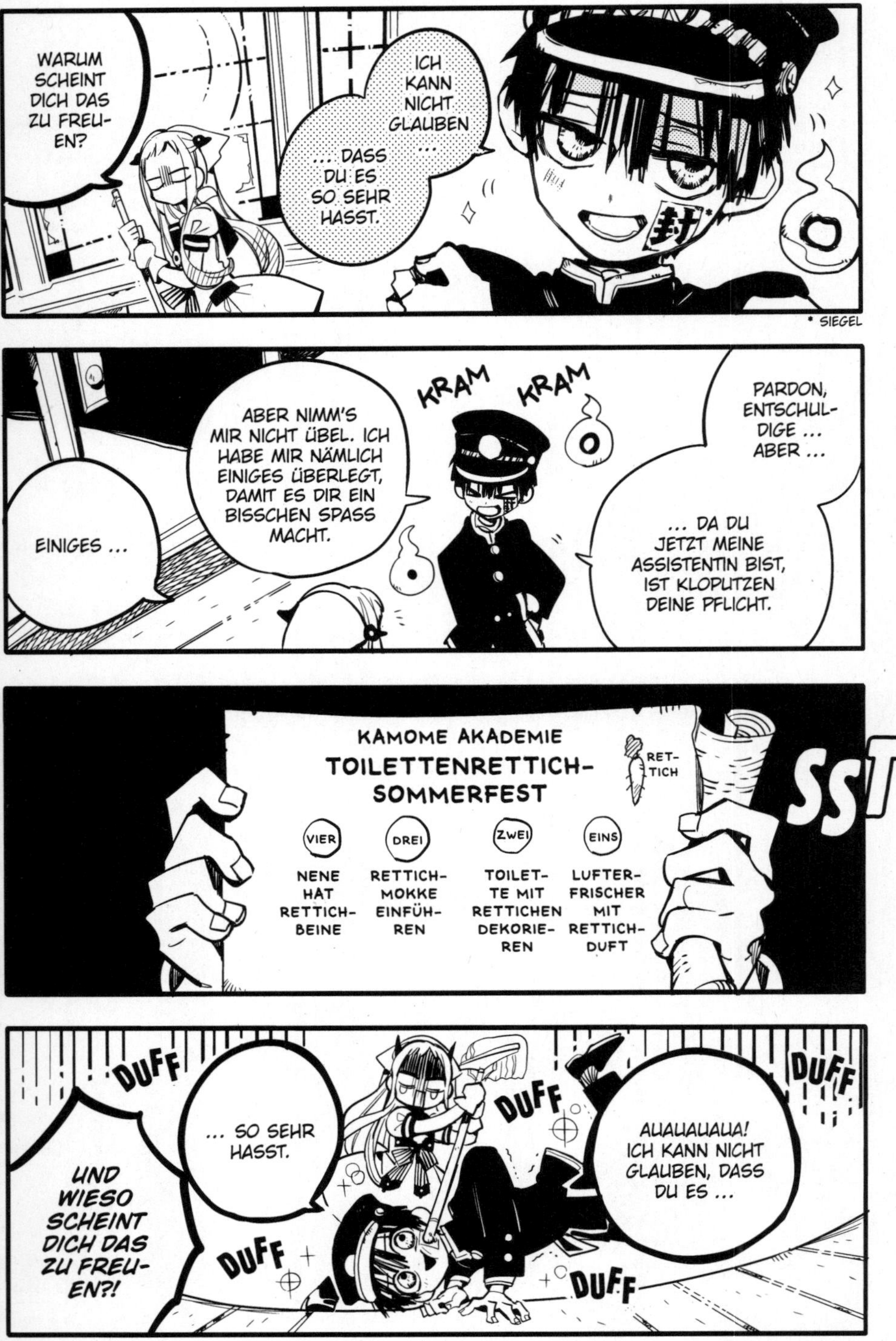

Jemand, den man mag

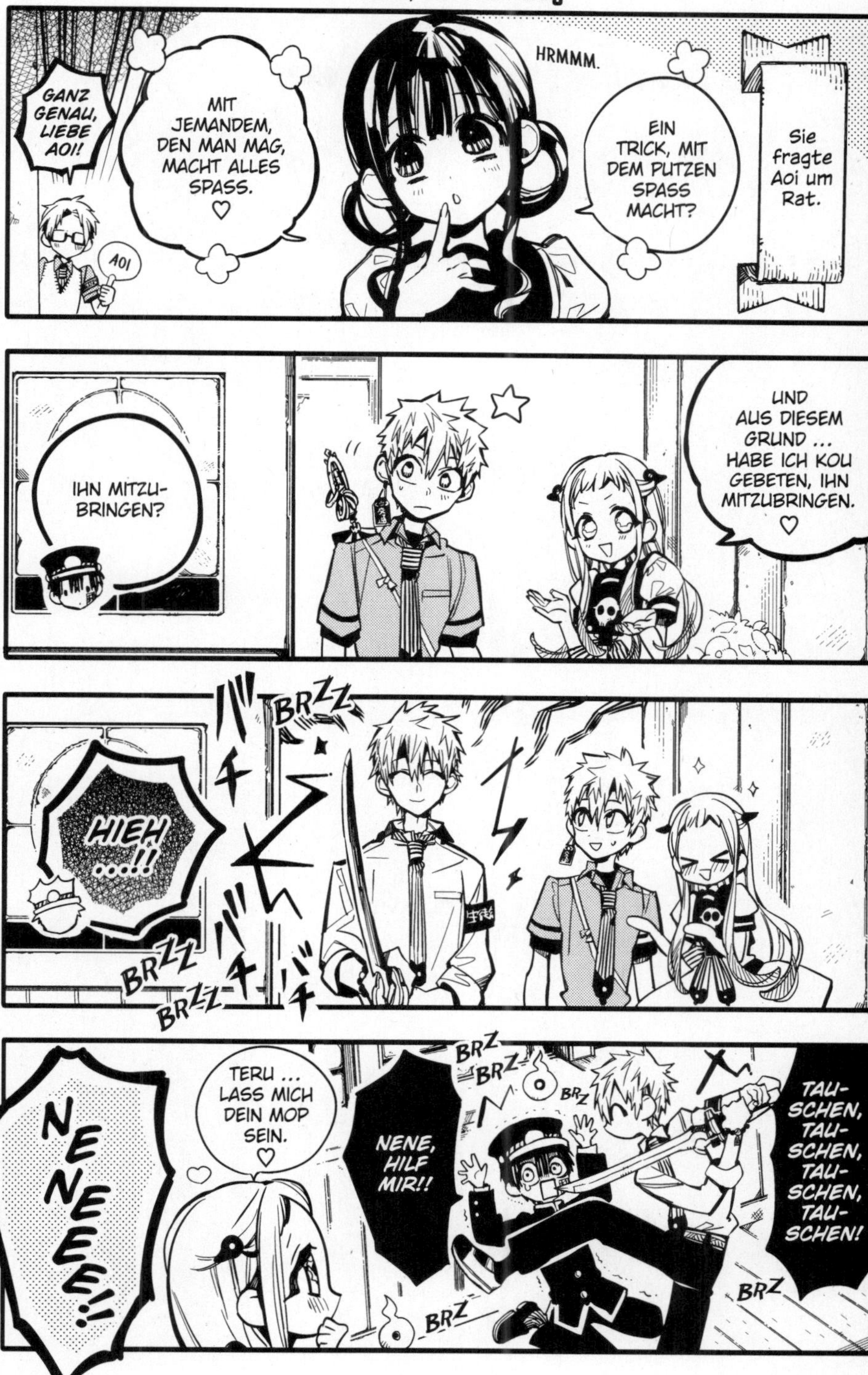

Geh, bitte

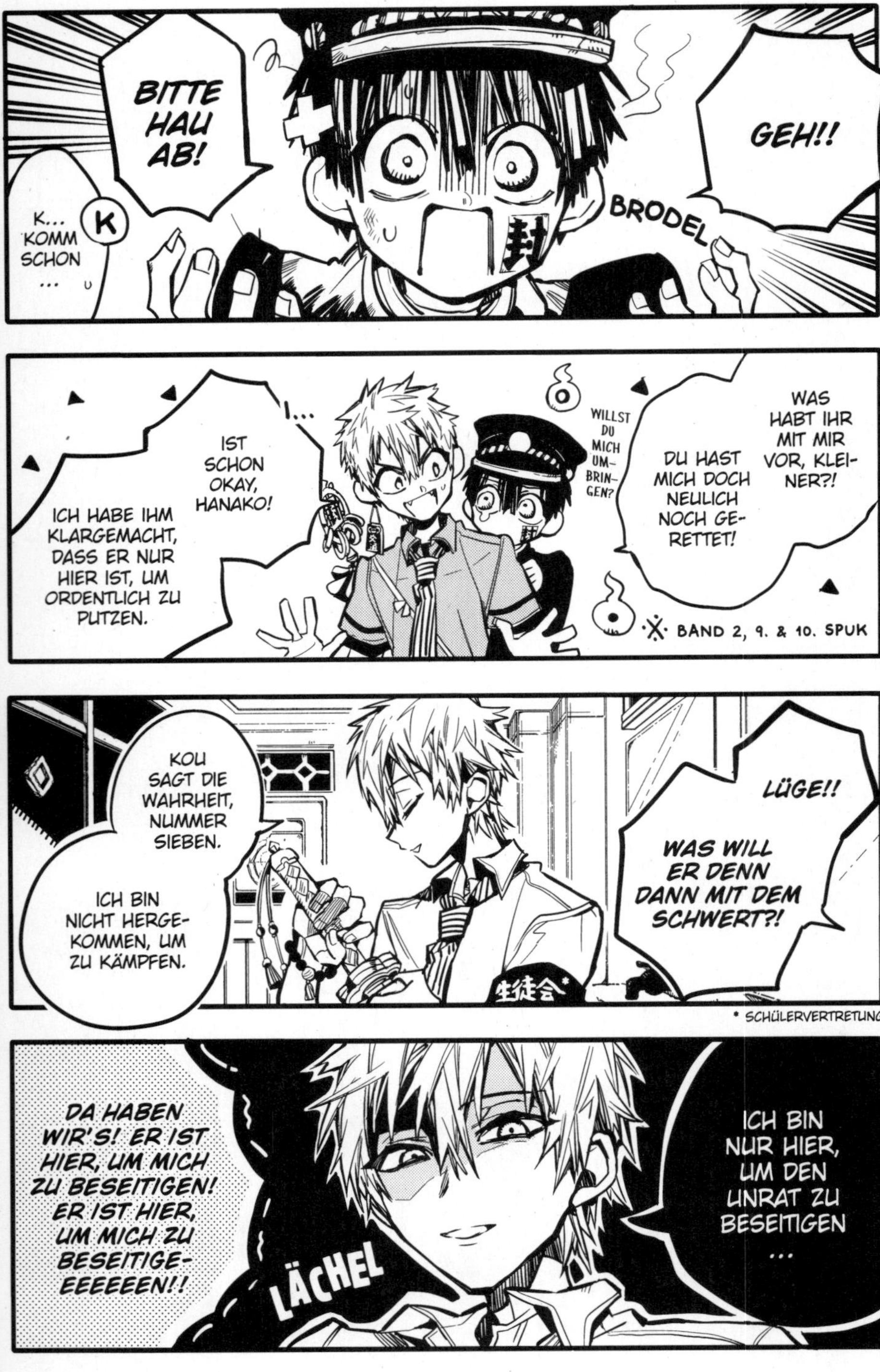
GEH!!
BRODEL
BITTE HAU AB!
K... KOMM SCHON ...
K
WAS HABT IHR MIT MIR VOR, KLEINER?!
DU HAST MICH DOCH NEULICH NOCH GERETTET!
WILLST DU MICH UMBRINGEN?
!...
IST SCHON OKAY, HANAKO!
ICH HABE IHM KLARGEMACHT, DASS ER NUR HIER IST, UM ORDENTLICH ZU PUTZEN.
※ BAND 2, 9. & 10. SPUK
LÜGE!!
WAS WILL ER DENN DANN MIT DEM SCHWERT?!
KOU SAGT DIE WAHRHEIT, NUMMER SIEBEN.
ICH BIN NICHT HERGEKOMMEN, UM ZU KÄMPFEN.
生徒会*
* SCHÜLERVERTRETUNG
ICH BIN NUR HIER, UM DEN UNRAT ZU BESEITIGEN ...
LÄCHEL
DA HABEN WIR'S! ER IST HIER, UM MICH ZU BESEITIGEN! ER IST HIER, UM MICH ZU BESEITIGE-EEEEEEN!!

Was das Herz schneller schlagen lässt

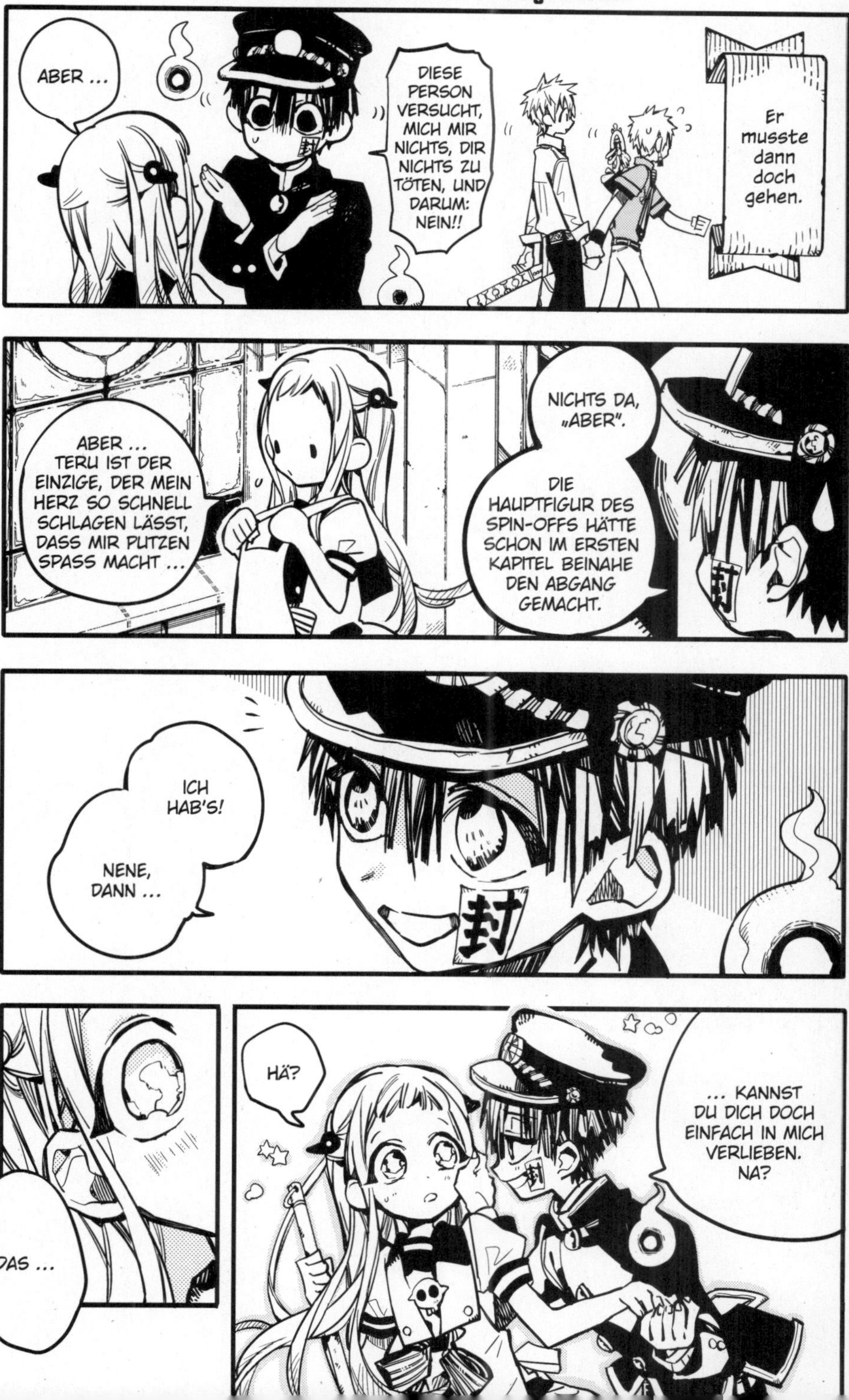

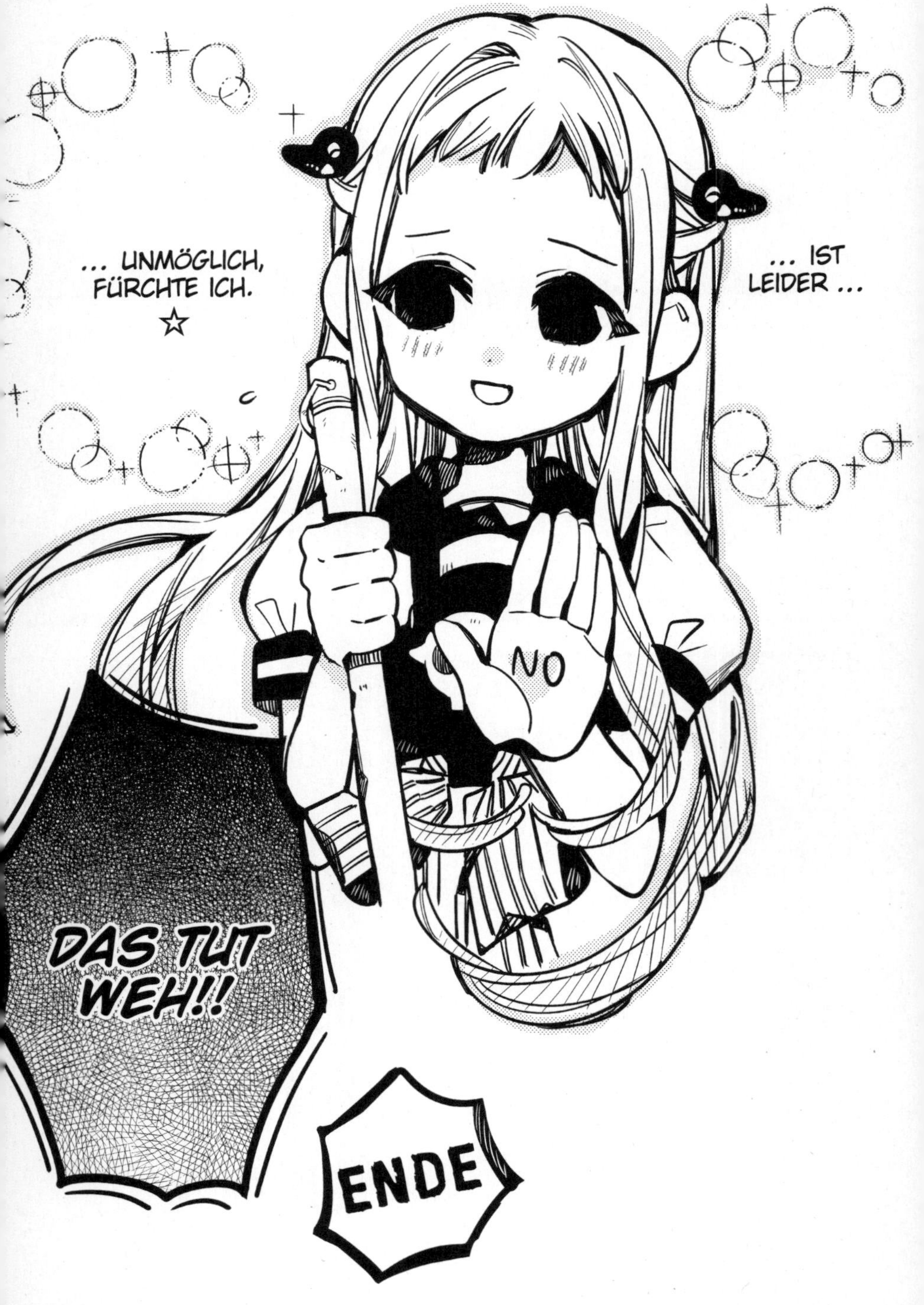
... IST LEIDER ...
... UNMÖGLICH, FÜRCHTE ICH. ☆
NO
DAS TUT WEH!!
ENDE

AidaIro

MEIN SCHULGEIST HANAKO AFTER SCHOOL

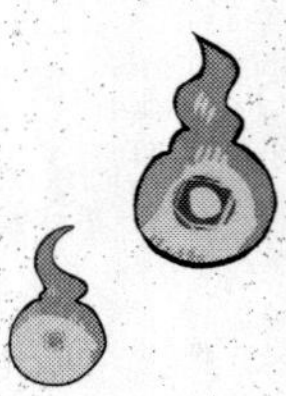

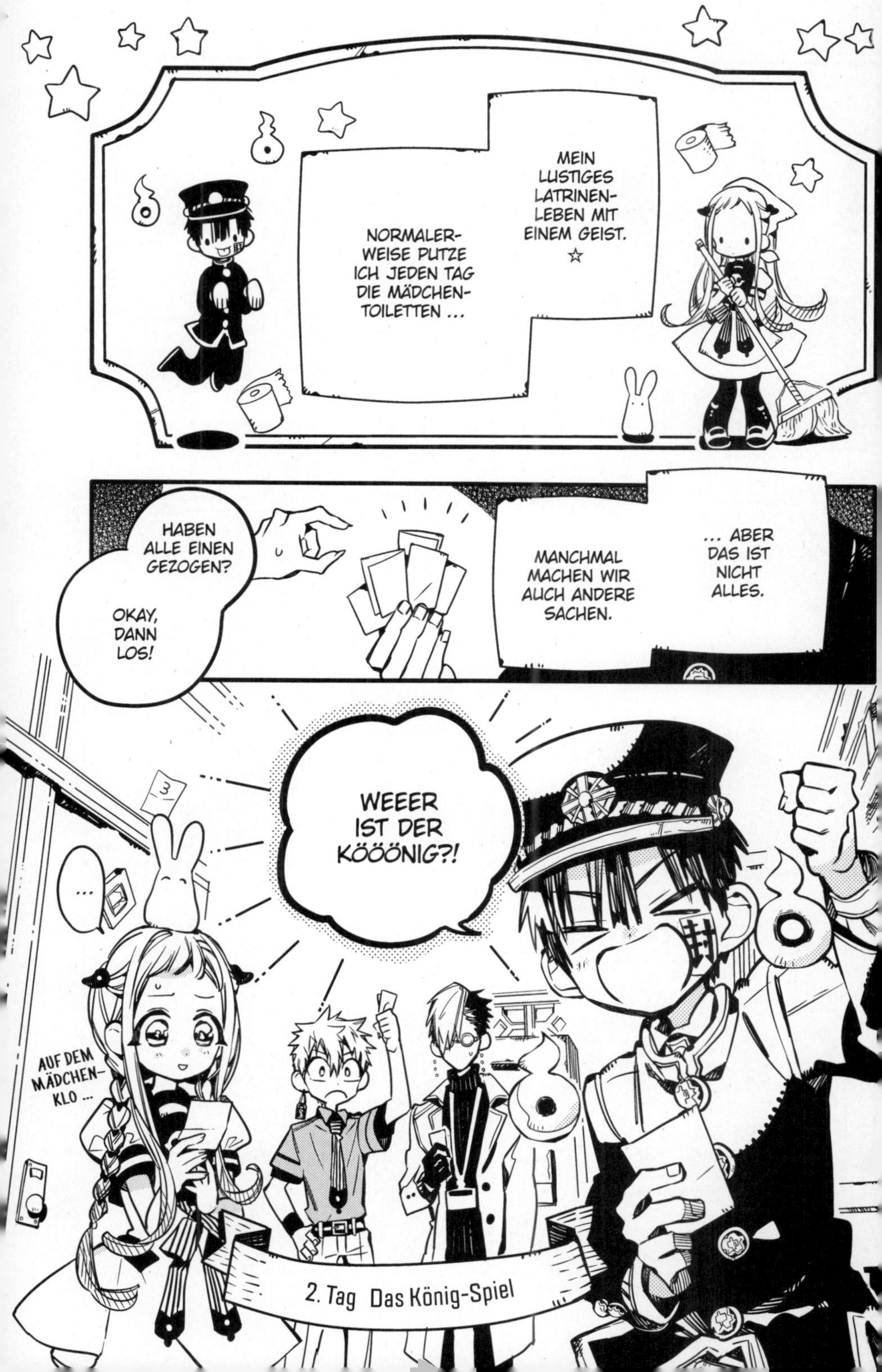

MEIN LUSTIGES LATRINEN-LEBEN MIT EINEM GEIST. ☆
NORMALERWEISE PUTZE ICH JEDEN TAG DIE MÄDCHEN-TOILETTEN …
… ABER DAS IST NICHT ALLES.
MANCHMAL MACHEN WIR AUCH ANDERE SACHEN.
HABEN ALLE EINEN GEZOGEN?
OKAY, DANN LOS!
WEEER IST DER KÖÖÖNIG?!
…
AUF DEM MÄDCHEN-KLO …
2. Tag Das König-Spiel

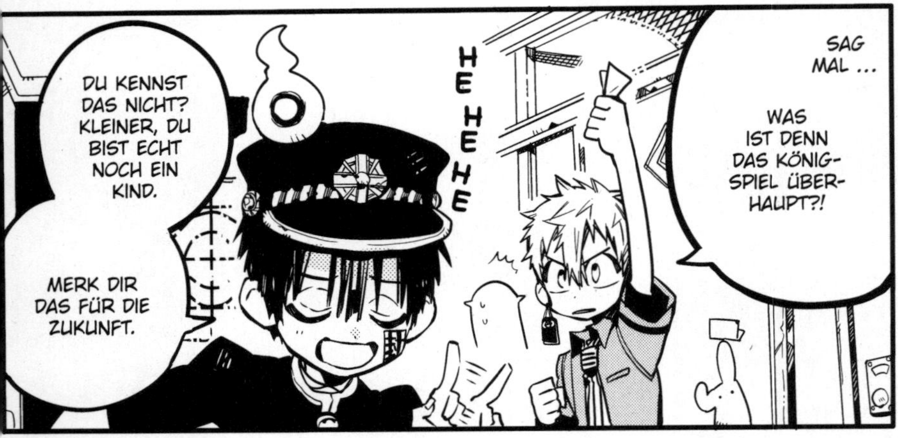
SAG MAL ...
WAS IST DENN DAS KÖNIG-SPIEL ÜBER-HAUPT?!
HE HE HE HE
DU KENNST DAS NICHT? KLEINER, DU BIST ECHT NOCH EIN KIND.
MERK DIR DAS FÜR DIE ZUKUNFT.

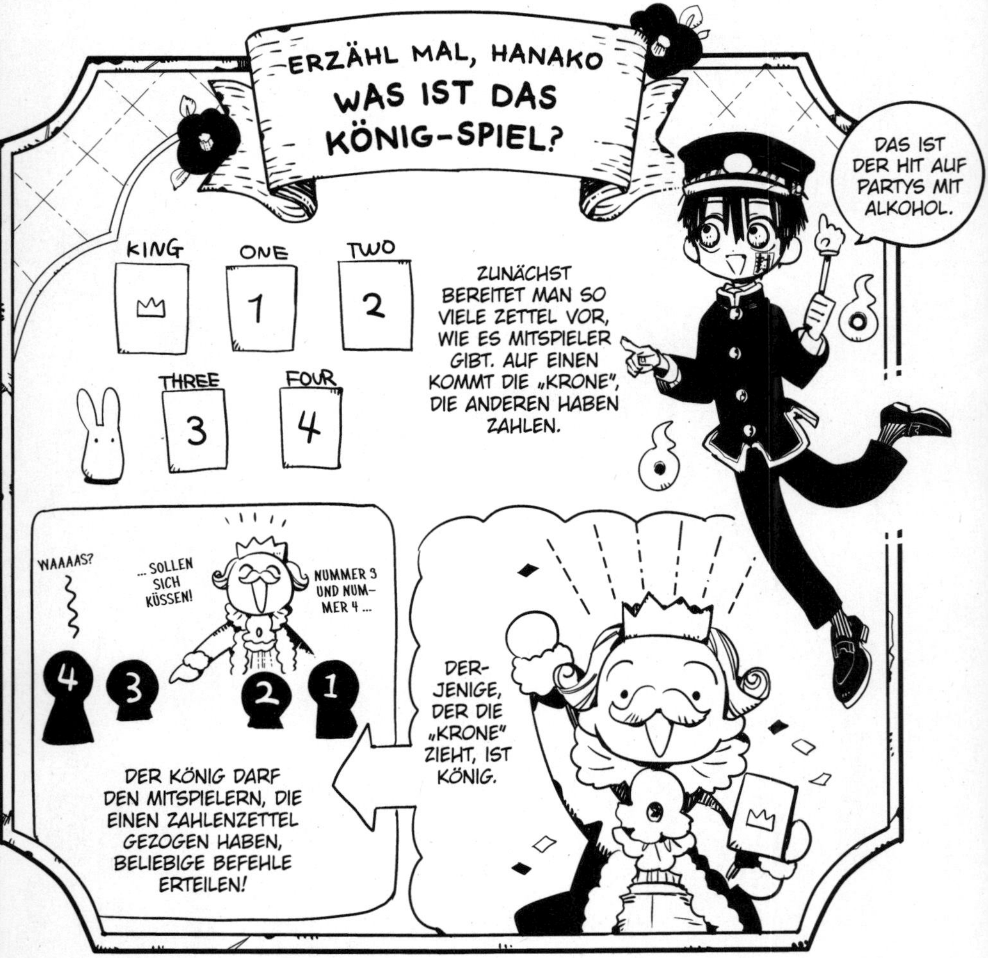
ERZÄHL MAL, HANAKO
WAS IST DAS KÖNIG-SPIEL?
DAS IST DER HIT AUF PARTYS MIT ALKOHOL.
KING
ONE
TWO
1
2
THREE
FOUR
3
4
ZUNÄCHST BEREITET MAN SO VIELE ZETTEL VOR, WIE ES MITSPIELER GIBT. AUF EINEN KOMMT DIE „KRONE", DIE ANDEREN HABEN ZAHLEN.
DER-JENIGE, DER DIE „KRONE" ZIEHT, IST KÖNIG.
NUMMER 3 UND NUM-MER 4 ...
... SOLLEN SICH KÜSSEN!
WAAAAS?
4
3
2
1
DER KÖNIG DARF DEN MITSPIELERN, DIE EINEN ZAHLENZETTEL GEZOGEN HABEN, BELIEBIGE BEFEHLE ERTEILEN!

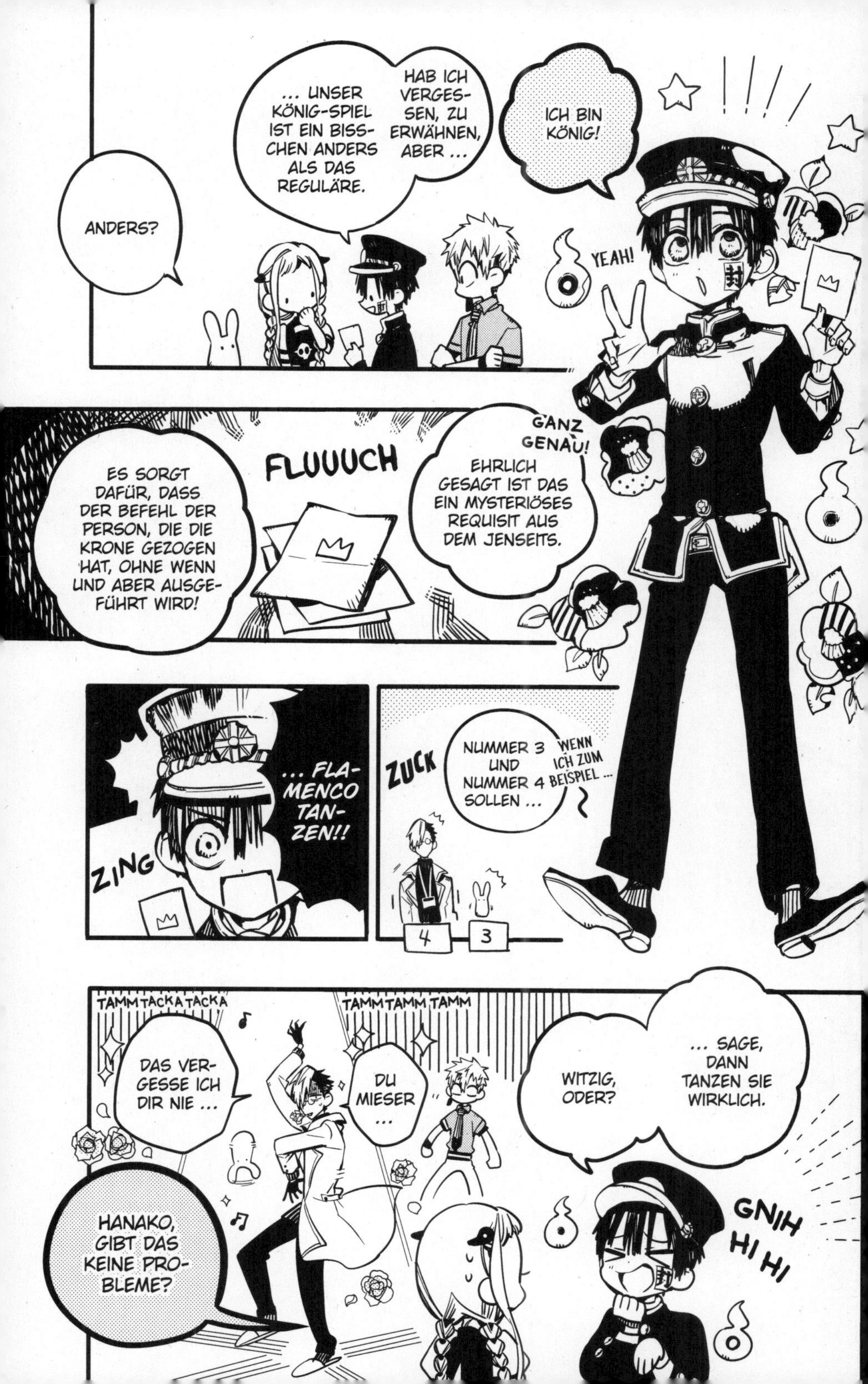
ICH BIN KÖNIG!
YEAH!
HAB ICH VERGES-SEN, ZU ERWÄHNEN, ABER …
… UNSER KÖNIG-SPIEL IST EIN BISS-CHEN ANDERS ALS DAS REGULÄRE.
ANDERS?
GANZ GENAU!
EHRLICH GESAGT IST DAS EIN MYSTERIÖSES REQUISIT AUS DEM JENSEITS.
FLUUUCH
ES SORGT DAFÜR, DASS DER BEFEHL DER PERSON, DIE DIE KRONE GEZOGEN HAT, OHNE WENN UND ABER AUSGE-FÜHRT WIRD!
WENN ICH ZUM BEISPIEL …
NUMMER 3 UND NUMMER 4 SOLLEN …
ZUCK
4
3
… FLA-MENCO TAN-ZEN!!
ZING
… SAGE, DANN TANZEN SIE WIRKLICH.
WITZIG, ODER?
GNIH HI HI
TAMM TAMM TAMM
DU MIESER …
TAMM TACKA TACKA
DAS VER-GESSE ICH DIR NIE …
HANAKO, GIBT DAS KEINE PRO-BLEME?

König Tsuchigomori

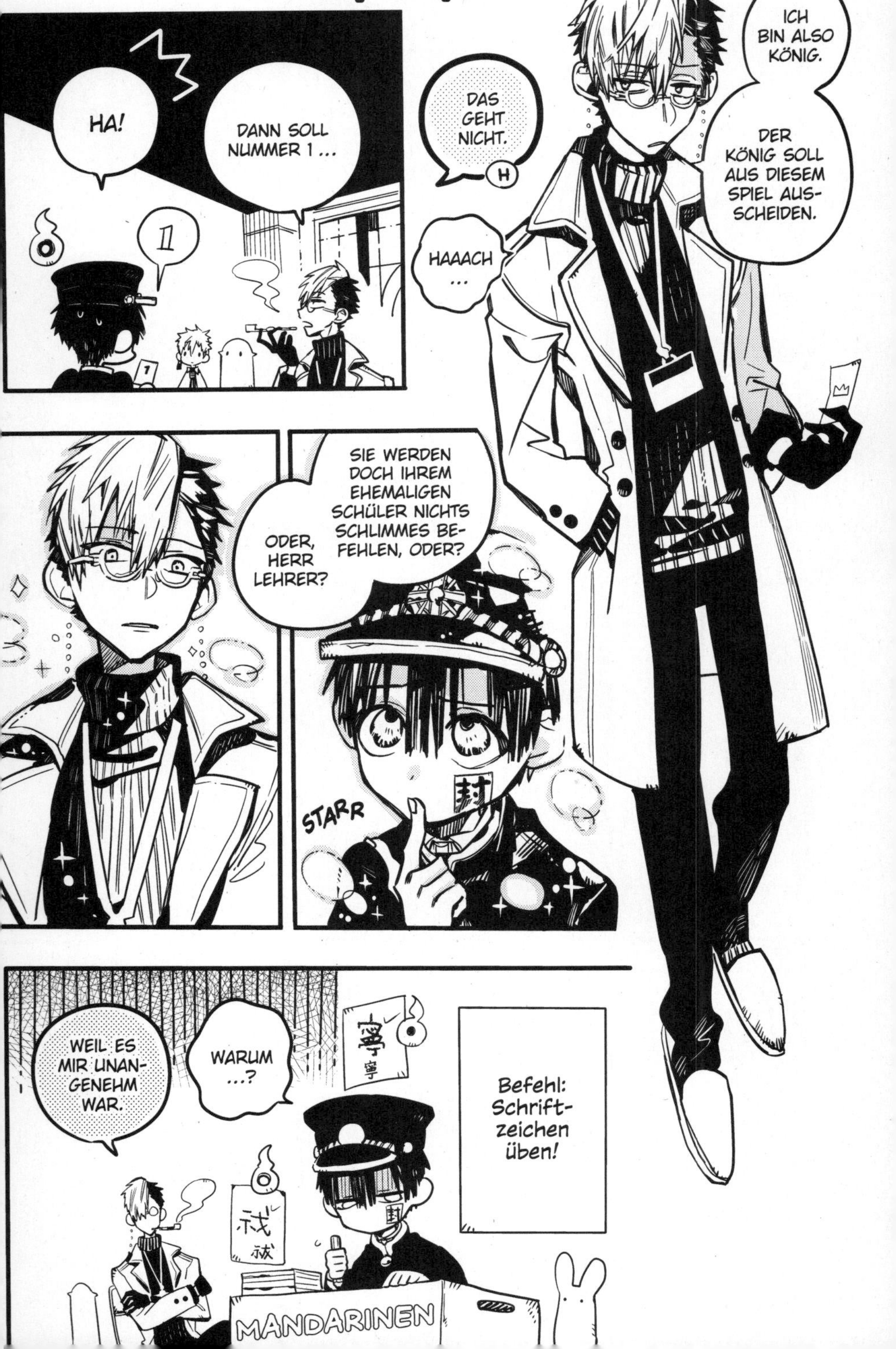

König Mokke

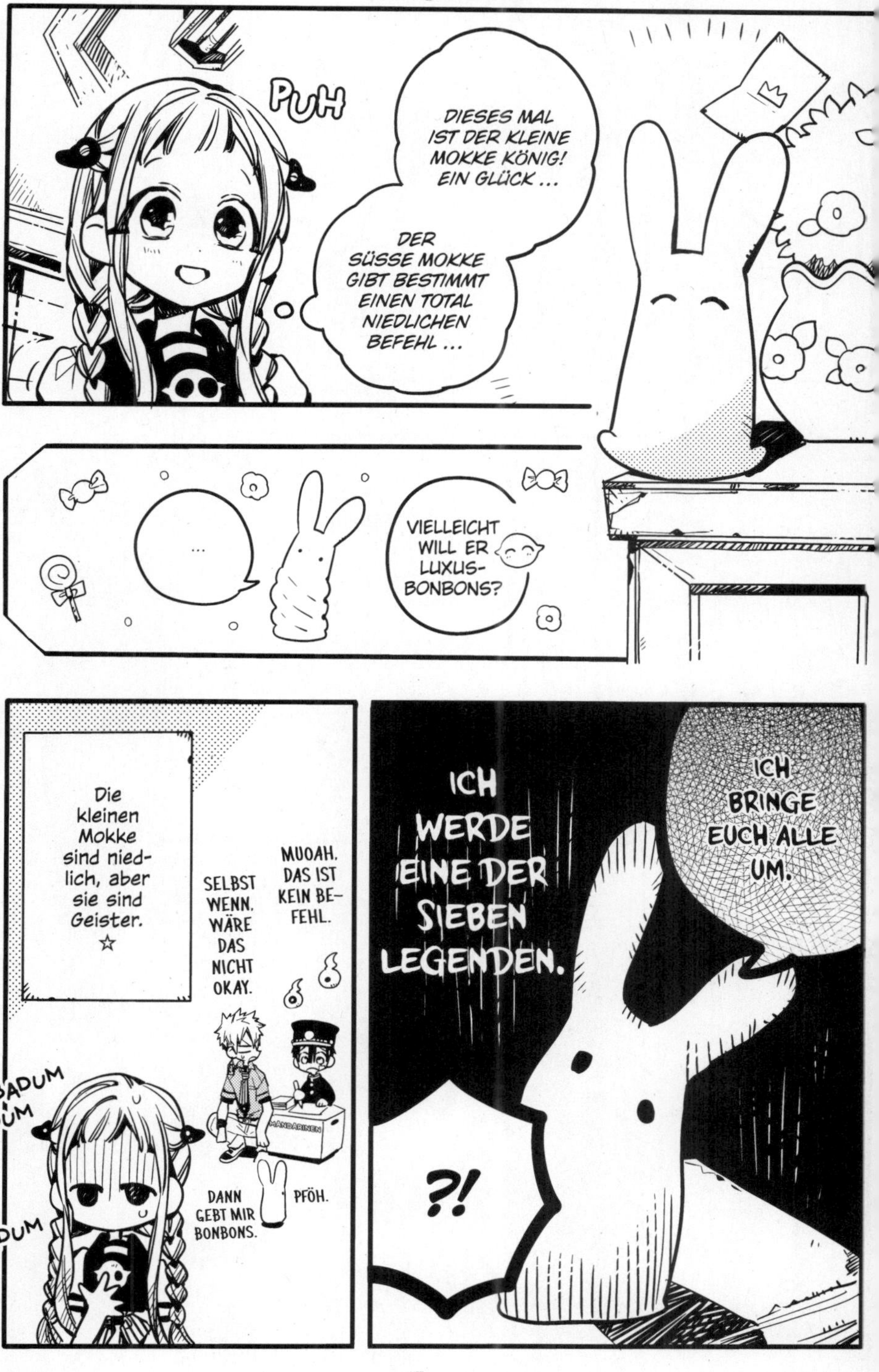

PUH
DIESES MAL IST DER KLEINE MOKKE KÖNIG! EIN GLÜCK …
DER SÜSSE MOKKE GIBT BESTIMMT EINEN TOTAL NIEDLICHEN BEFEHL …
…
VIELLEICHT WILL ER LUXUS-BONBONS?
ICH WERDE EINE DER SIEBEN LEGENDEN.
ICH BRINGE EUCH ALLE UM.
?!
Die kleinen Mokke sind niedlich, aber sie sind Geister. ☆
MUOAH. DAS IST KEIN BEFEHL.
SELBST WENN. WÄRE DAS NICHT OKAY.
MANDARINEN
BADUM BADUM
BADUM
DANN GEBT MIR BONBONS.
PFÖH.

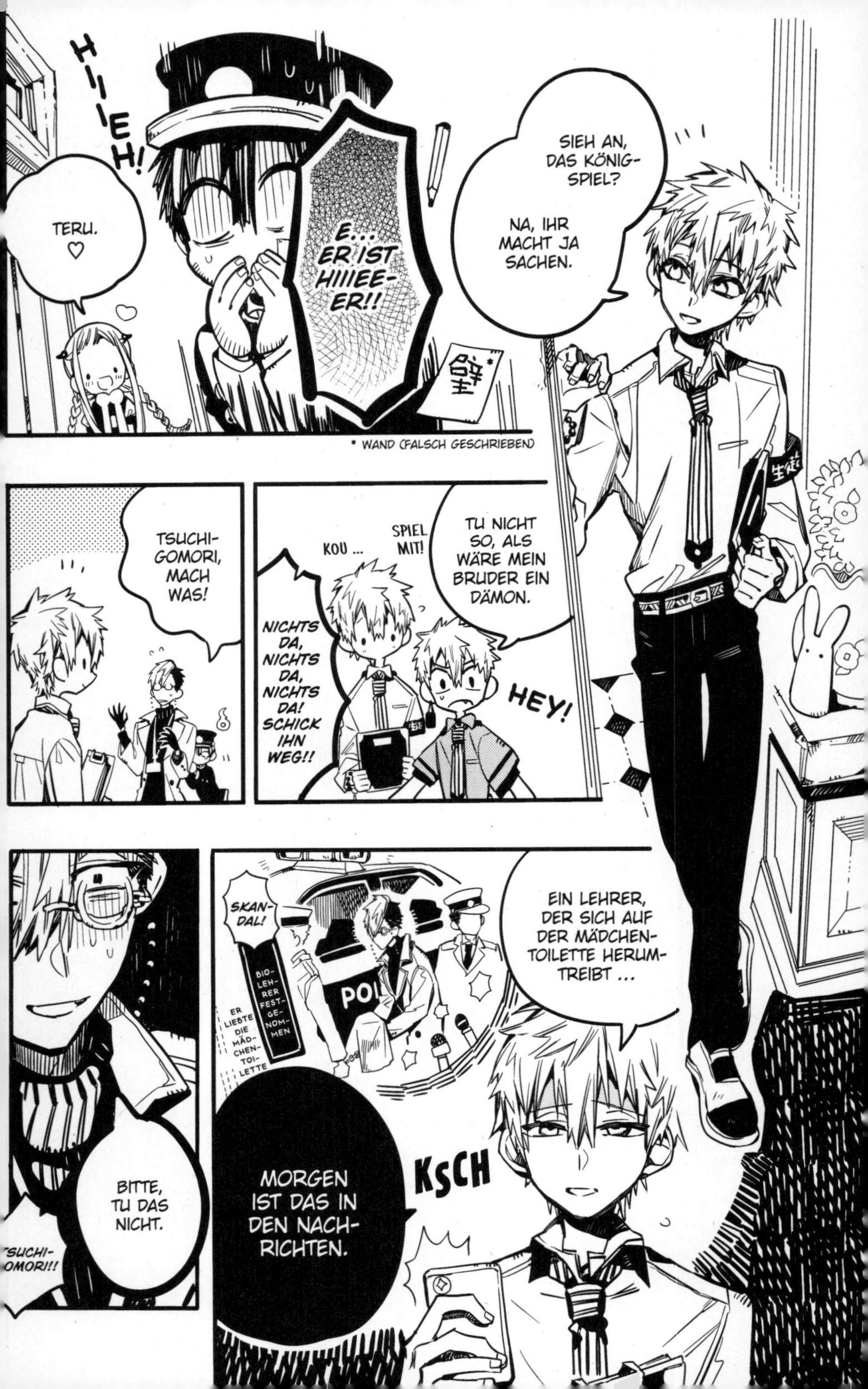

* WAND (FALSCH GESCHRIEBEN)

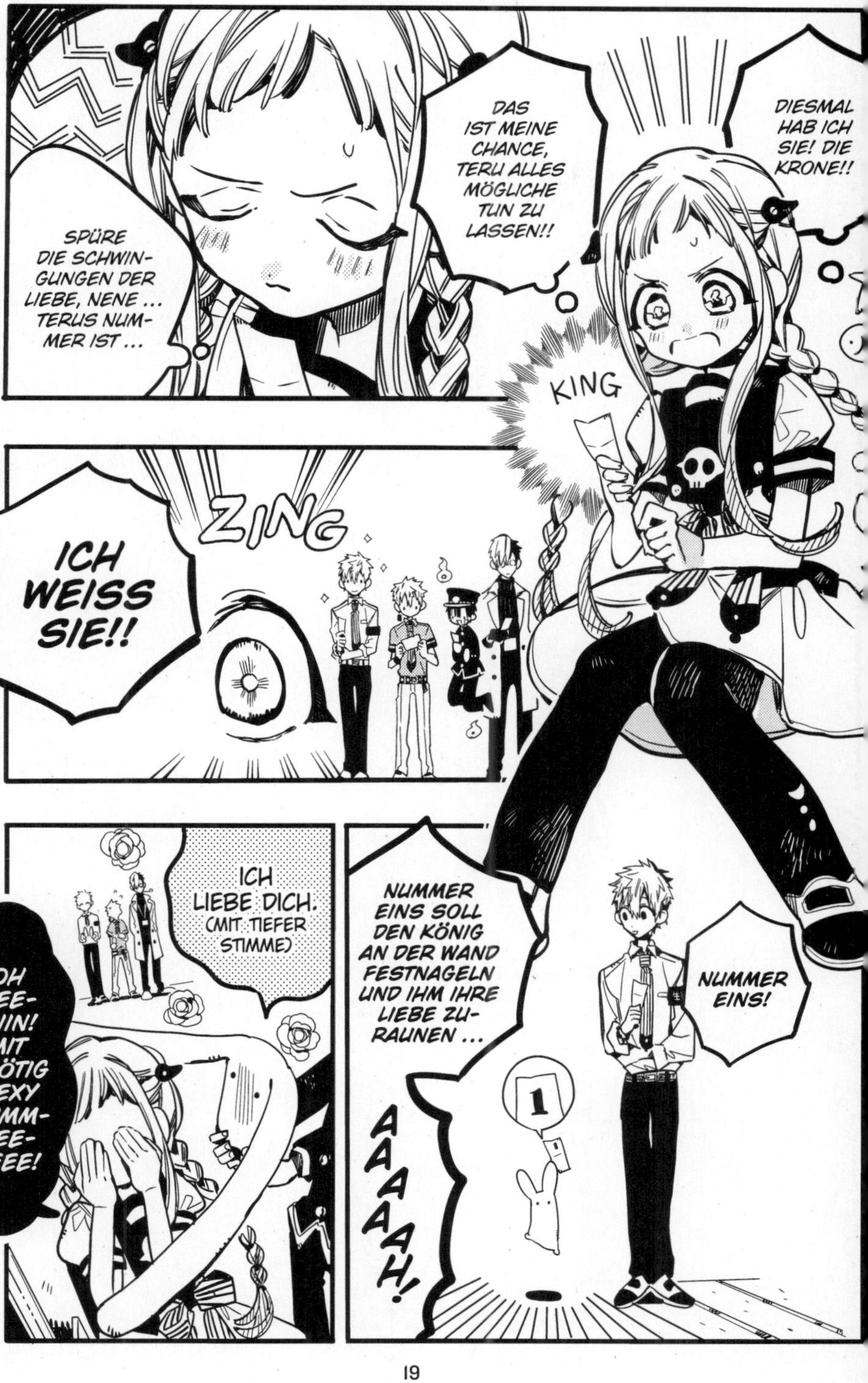
DIESMAL HAB ICH SIE! DIE KRONE!!
KING
DAS IST MEINE CHANCE, TERU ALLES MÖGLICHE TUN ZU LASSEN!!
SPÜRE DIE SCHWIN-GUNGEN DER LIEBE, NENE ... TERUS NUM-MER IST ...
ZING
ICH WEISS SIE!!
NUMMER EINS!
NUMMER EINS SOLL DEN KÖNIG AN DER WAND FESTNAGELN UND IHM IHRE LIEBE ZU-RAUNEN ...
1
AAAAAH!
ICH LIEBE DICH. (MIT TIEFER STIMME)
OH NEE-EIIIN! MIT UNÖTIG SEXY STIMM-EEE-EEEE!

Fataler Fehler

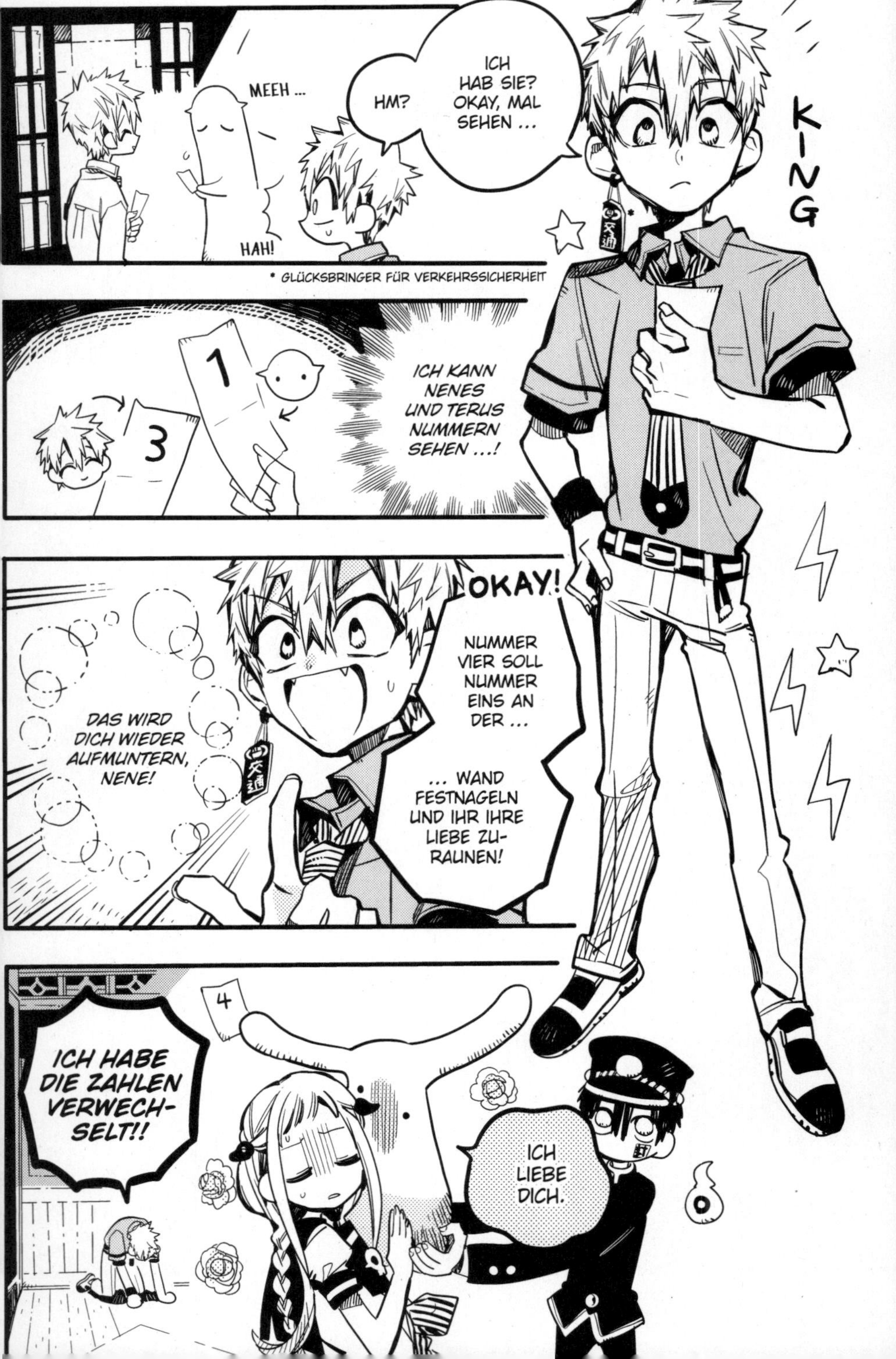

Liep sein

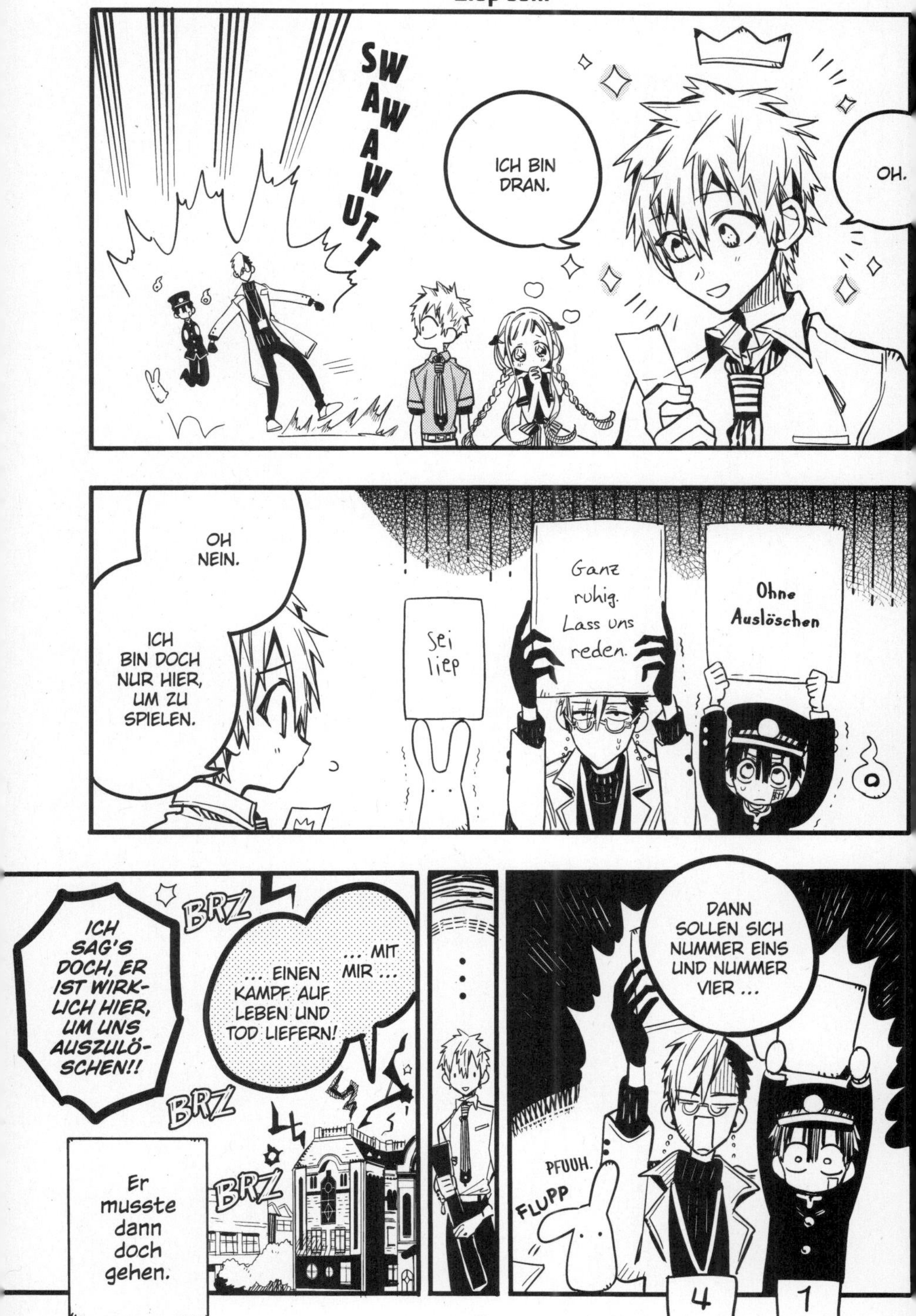
OH.
ICH BIN DRAN.
SWAWAWUTT
Ohne Auslöschen
Ganz ruhig. Lass uns reden.
Sei liep
OH NEIN.
ICH BIN DOCH NUR HIER, UM ZU SPIELEN.
DANN SOLLEN SICH NUMMER EINS UND NUMMER VIER …
PFUUH.
FLUPP
4
1
…
… MIT MIR …
… EINEN KAMPF AUF LEBEN UND TOD LIEFERN!
ICH SAG'S DOCH, ER IST WIRKLICH HIER, UM UNS AUSZULÖSCHEN!!
BRZ
BRZ
BRZ
Er musste dann doch gehen.

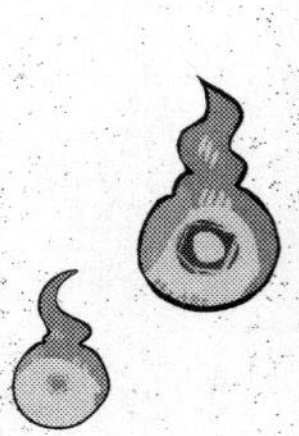

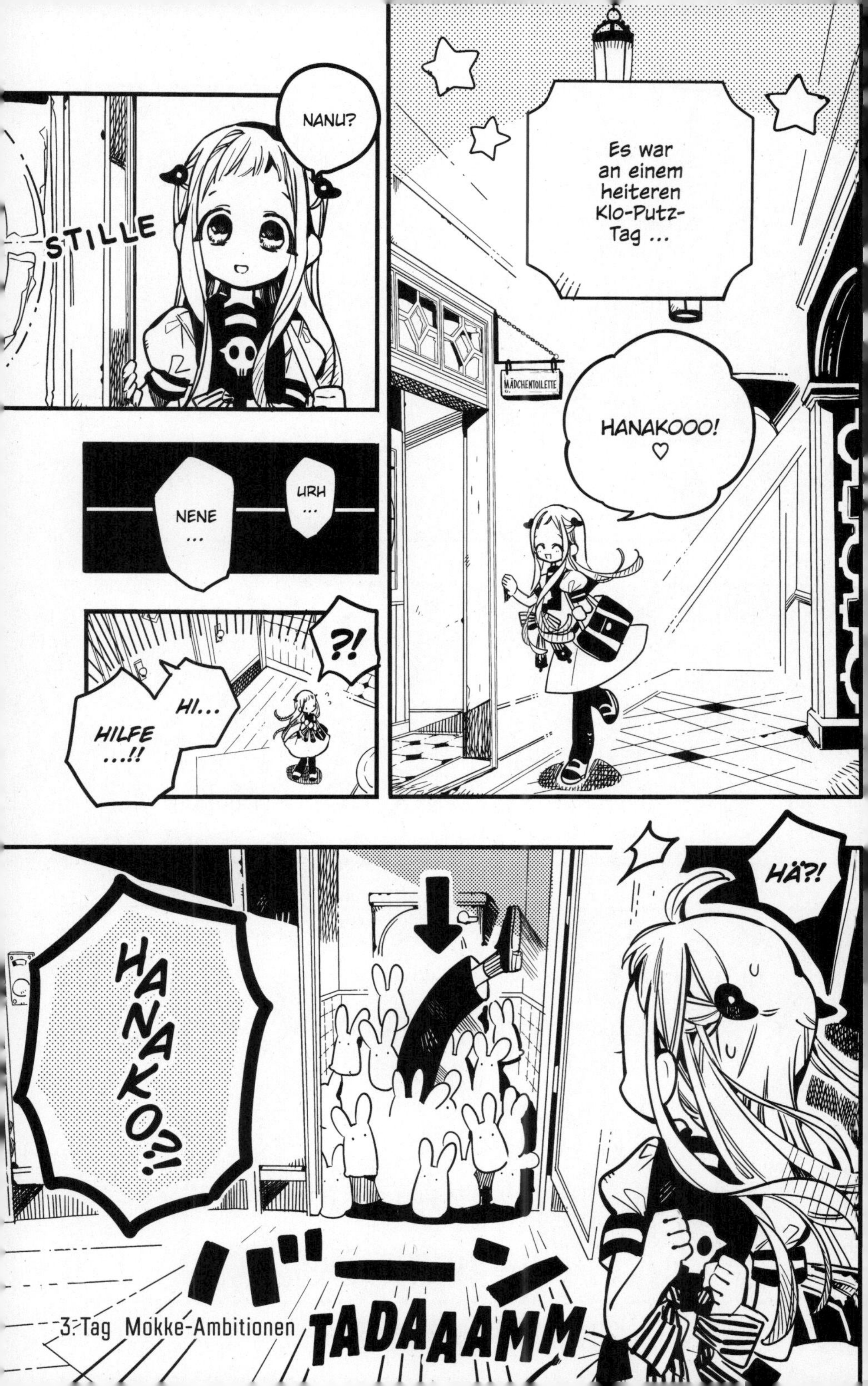
Es war an einem heiteren Klo-Putz-Tag ...
MÄDCHENTOILETTE
HANAKOOO! ♡
NANU?
STILLE
URH ...
NENE ...
?!
HI...
HILFE ...!!
HÄ?!
HANAKO?!
TADAAAAMM
3. Tag Mokke-Ambitionen

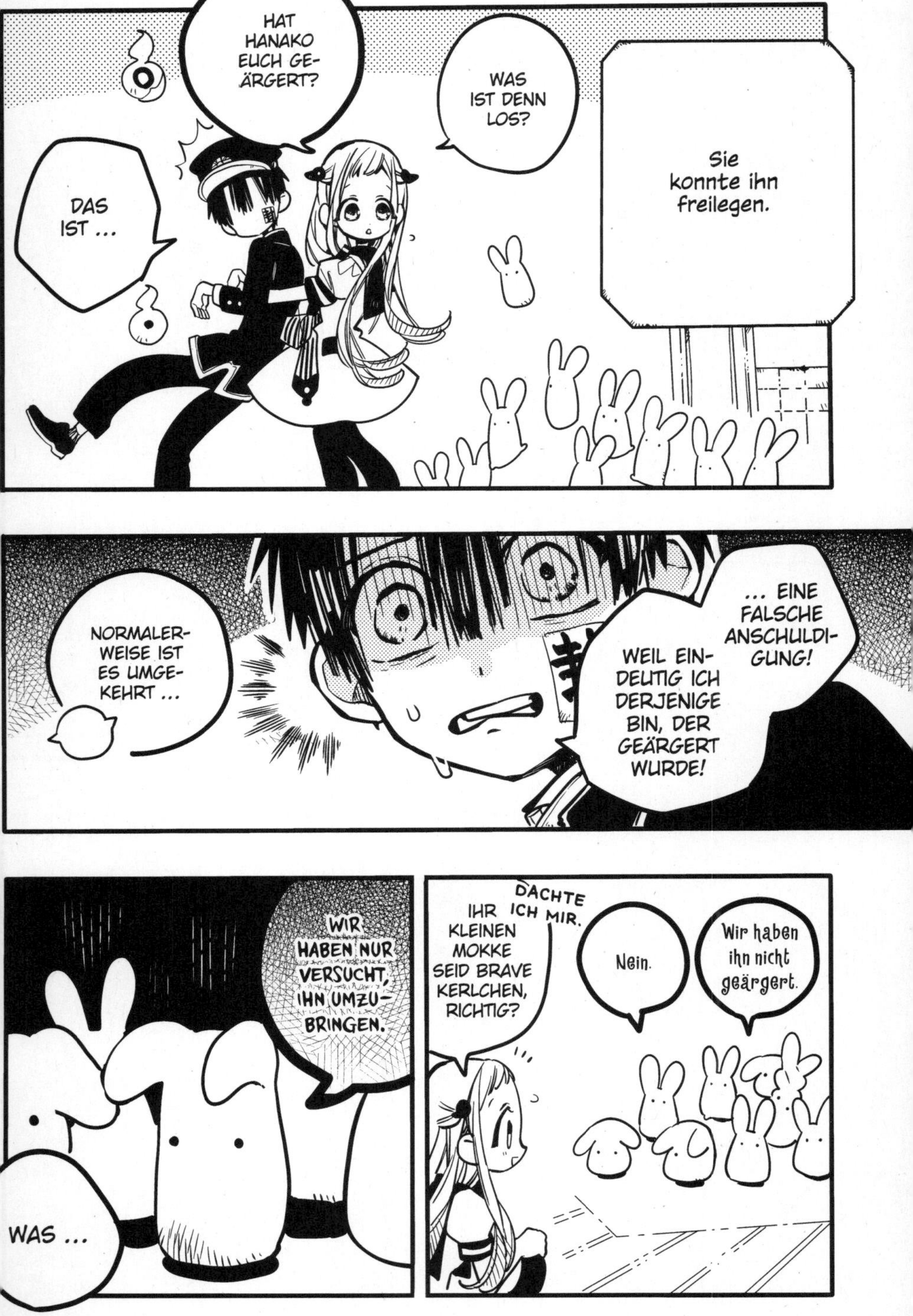
Sie konnte ihn freilegen.
WAS IST DENN LOS?
HAT HANAKO EUCH GEÄRGERT?
DAS IST ...
... EINE FALSCHE ANSCHULDIGUNG!
WEIL EINDEUTIG ICH DERJENIGE BIN, DER GEÄRGERT WURDE!
NORMALERWEISE IST ES UMGEKEHRT ...
IHR KLEINEN MOKKE SEID BRAVE KERLCHEN, RICHTIG?
DACHTE ICH MIR.
Wir haben ihn nicht geärgert.
Nein.
WIR HABEN NUR VERSUCHT, IHN UMZUBRINGEN.
WAS ...

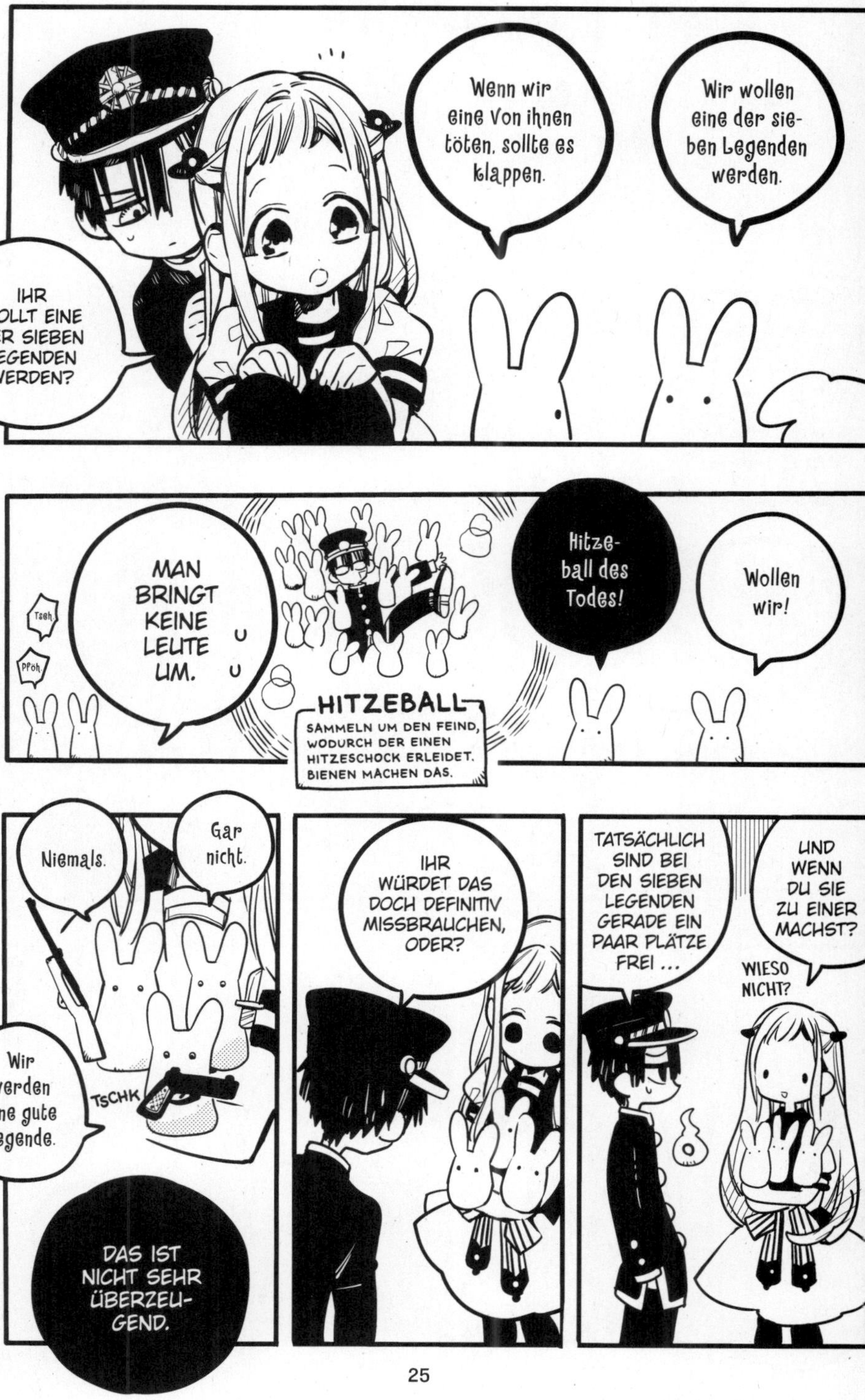

Wir wollen eine der sieben Legenden werden.
Wenn wir eine von ihnen töten, sollte es klappen.
IHR WOLLT EINE DER SIEBEN LEGENDEN WERDEN?
Wollen wir!
Hitzeball des Todes!
HITZEBALL
SAMMELN UM DEN FEIND, WODURCH DER EINEN HITZESCHOCK ERLEIDET. BIENEN MACHEN DAS.
MAN BRINGT KEINE LEUTE UM.
Tsch.
Pföh.
UND WENN DU SIE ZU EINER MACHST?
WIESO NICHT?
TATSÄCHLICH SIND BEI DEN SIEBEN LEGENDEN GERADE EIN PAAR PLÄTZE FREI ...
IHR WÜRDET DAS DOCH DEFINITIV MISSBRAUCHEN, ODER?
Gar nicht.
Niemals.
Wir werden eine gute Legende.
TSCHK
DAS IST NICHT SEHR ÜBERZEUGEND.

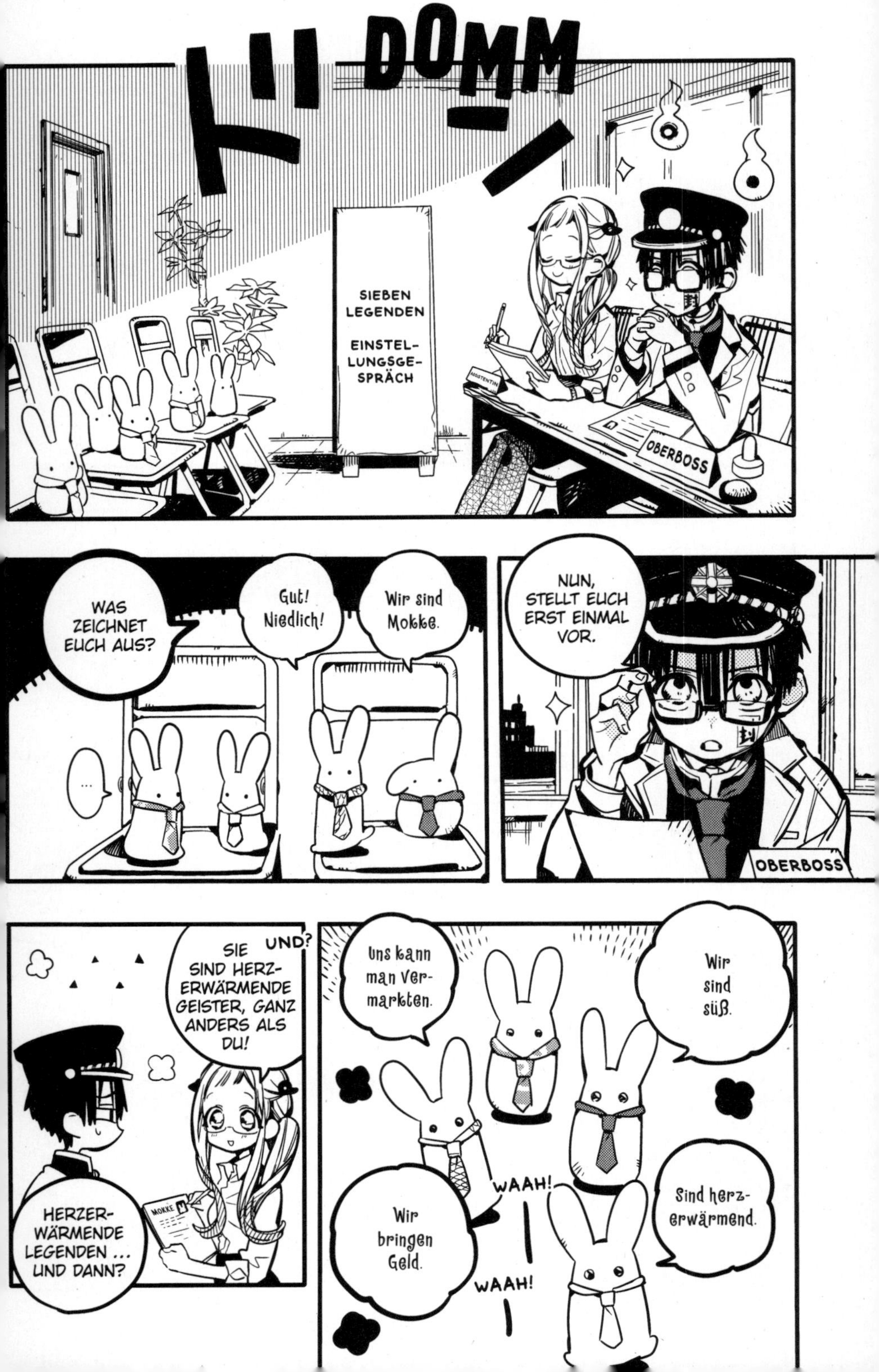
DOMM
SIEBEN LEGENDEN
EINSTELLUNGSGESPRÄCH
ASSISTENTIN
OBERBOSS
NUN, STELLT EUCH ERST EINMAL VOR.
OBERBOSS
Wir sind Mokke.
Gut! Niedlich!
WAS ZEICHNET EUCH AUS?
...
Wir sind süß.
Uns kann man vermarkten.
Sind herzerwärmend.
WAAH!
Wir bringen Geld.
WAAH!
UND?
SIE SIND HERZERWÄRMENDE GEISTER, GANZ ANDERS ALS DU!
MOKKE
HERZERWÄRMENDE LEGENDEN ... UND DANN?

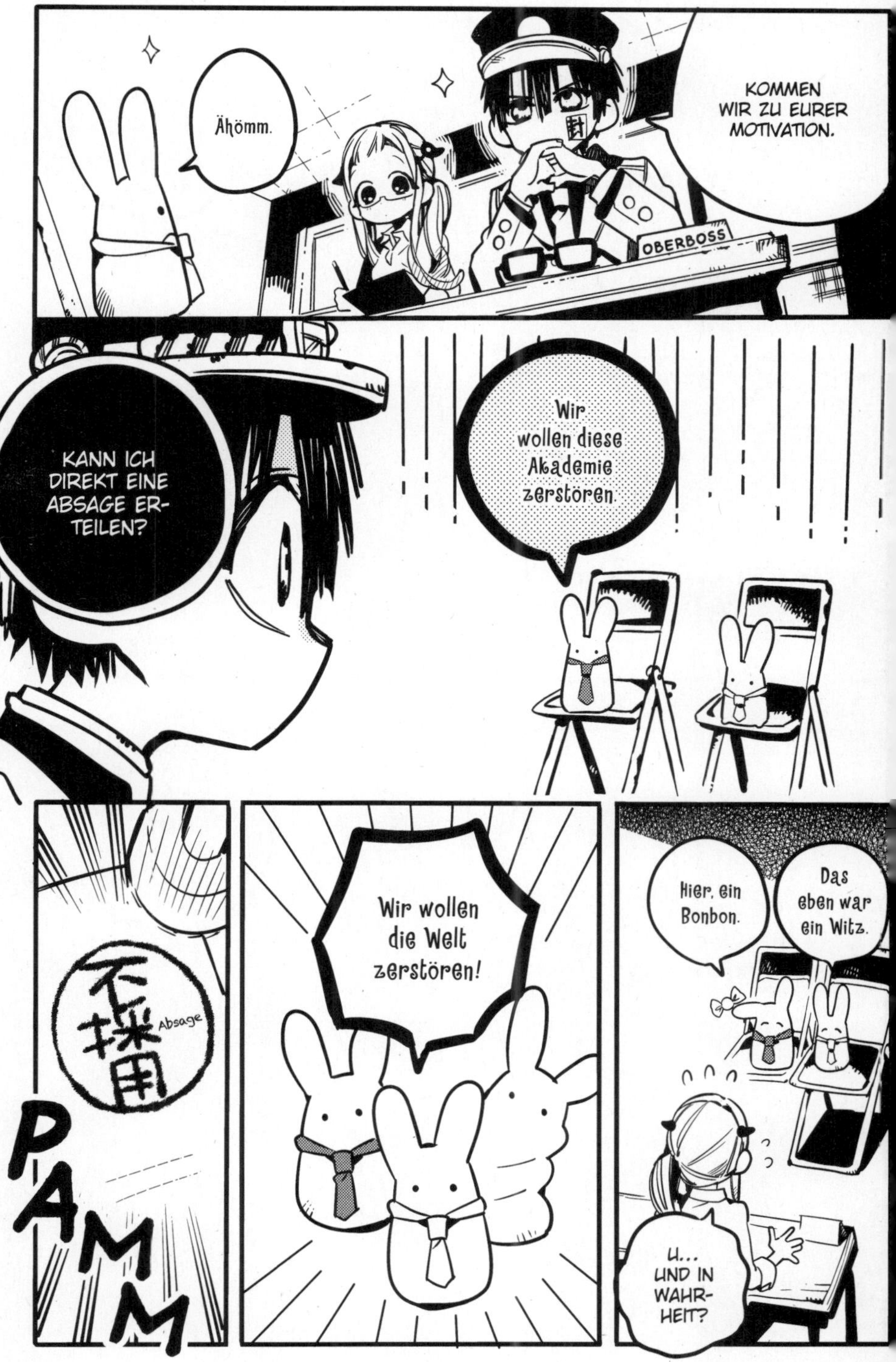
KOMMEN WIR ZU EURER MOTIVATION.
OBERBOSS
Ähömm.
Wir wollen diese Akademie zerstören.
KANN ICH DIREKT EINE ABSAGE ERTEILEN?
Das eben war ein Witz.
Hier, ein Bonbon.
U... UND IN WAHRHEIT?
Wir wollen die Welt zerstören!
不採用
Absage
PAMM

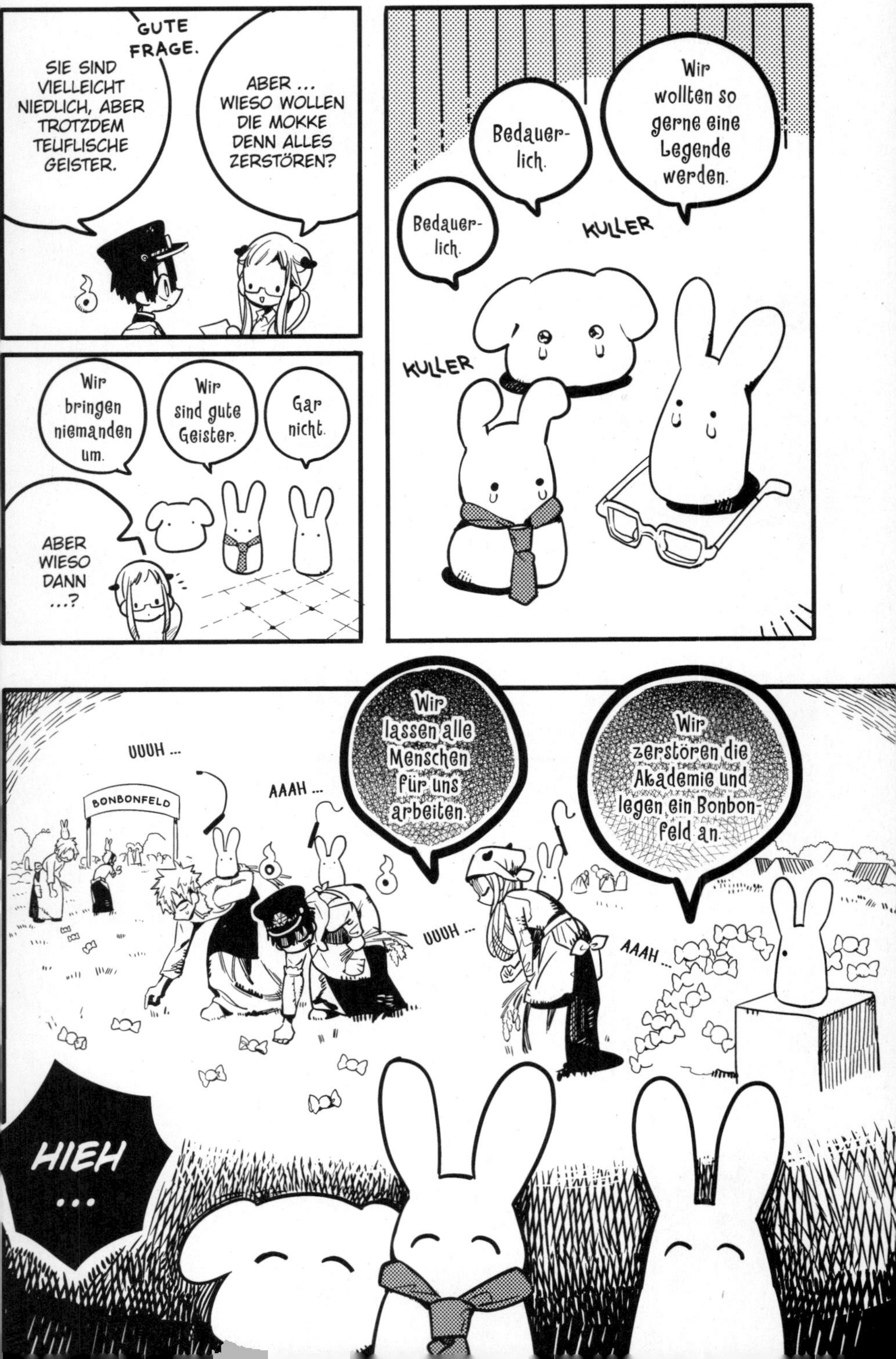

ABER ... WIESO WOLLEN DIE MOKKE DENN ALLES ZERSTÖREN?
GUTE FRAGE.
SIE SIND VIELLEICHT NIEDLICH, ABER TROTZDEM TEUFLISCHE GEISTER.
Gar nicht.
Wir sind gute Geister.
Wir bringen niemanden um.
ABER WIESO DANN ...?
Wir wollten so gerne eine Legende werden.
Bedauerlich.
KULLER
Bedauerlich.
KULLER
Wir zerstören die Akademie und legen ein Bonbonfeld an.
Wir lassen alle Menschen für uns arbeiten.
BONBONFELD
UUUH ...
AAAH ...
UUUH ...
AAAH ...
HIEH ...

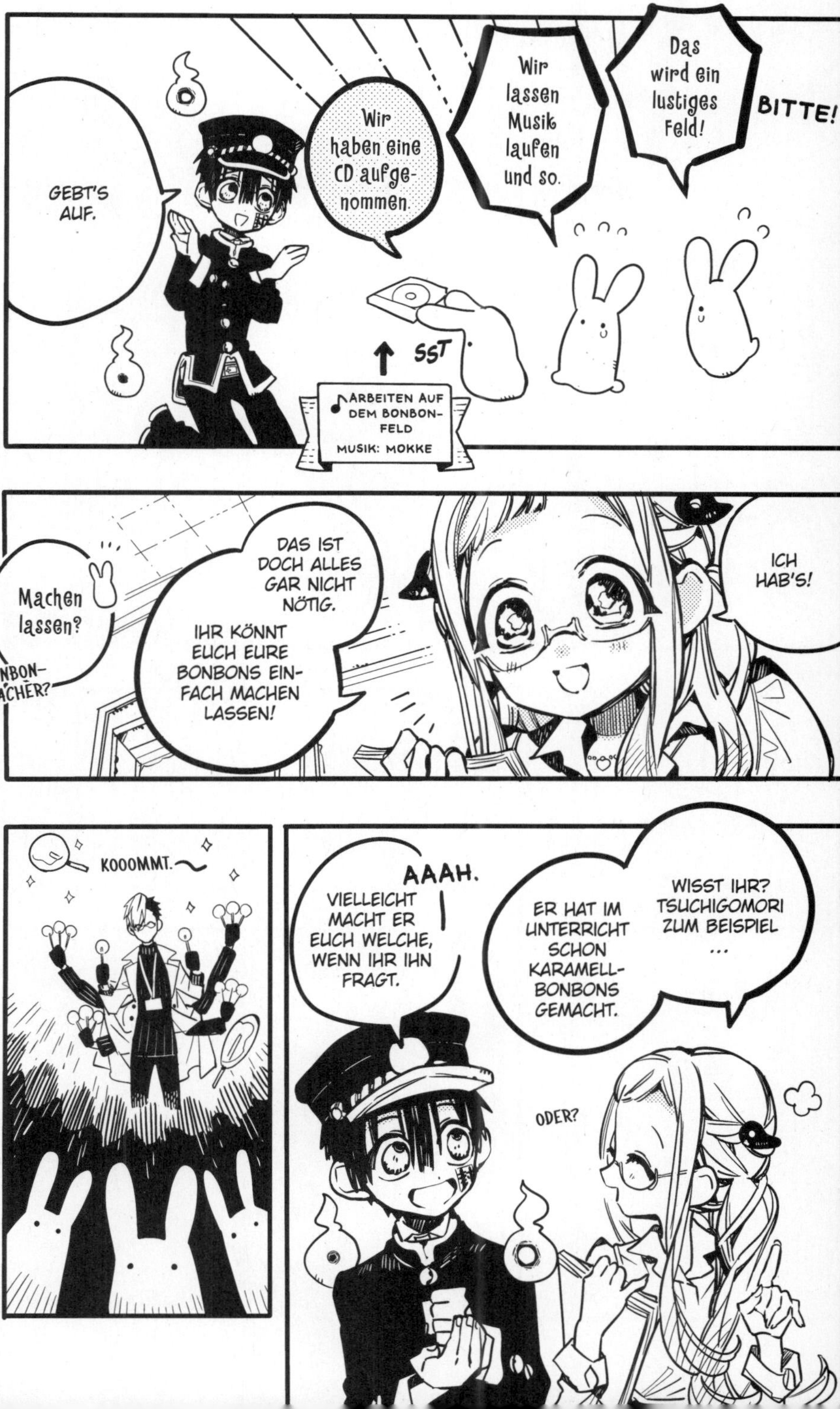
BITTE!
Das wird ein lustiges Feld!
Wir lassen Musik laufen und so.
Wir haben eine CD aufgenommen.
GEBT'S AUF.
SST
ARBEITEN AUF DEM BONBON-FELD
MUSIK: MOKKE
ICH HAB'S!
DAS IST DOCH ALLES GAR NICHT NÖTIG.
IHR KÖNNT EUCH EURE BONBONS EINFACH MACHEN LASSEN!
Machen lassen?
BONBON-MACHER?
WISST IHR? TSUCHIGOMORI ZUM BEISPIEL …
ER HAT IM UNTERRICHT SCHON KARAMELL-BONBONS GEMACHT.
ODER?
AAAH.
VIELLEICHT MACHT ER EUCH WELCHE, WENN IHR IHN FRAGT.
KOOOMMT.

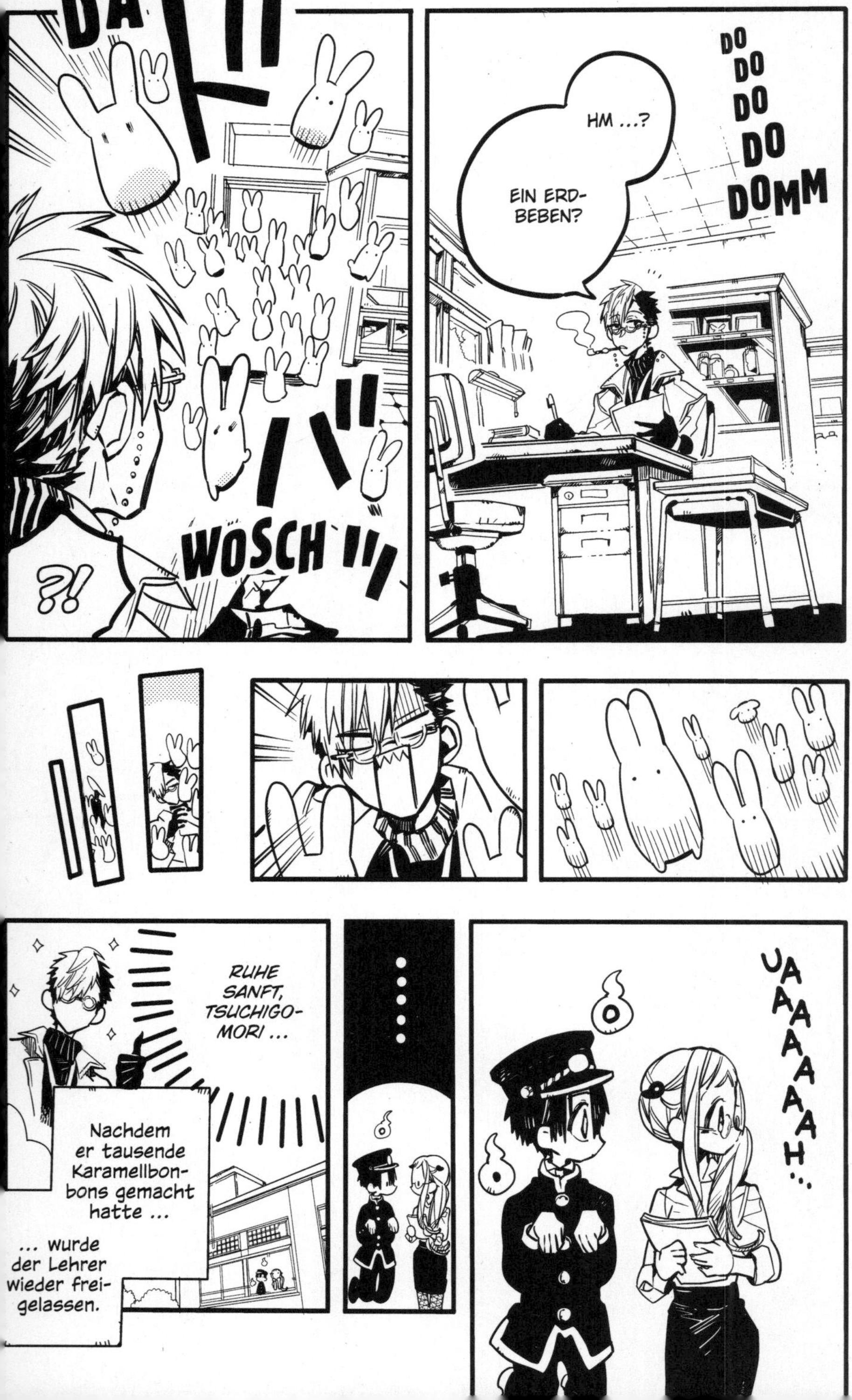
DO DO DO DO DOMM
HM ...?
EIN ERD-BEBEN?
DA
WÖSCH
?!
RUHE SANFT, TSUCHIGOMORI ...
Nachdem er tausende Karamellbonbons gemacht hatte ...
... wurde der Lehrer wieder freigelassen.
UAAAAAAAH...

AidaIro

MEIN SCHULGEIST HANAKO AFTER SCHOOL

4. Tag Kokkuri*

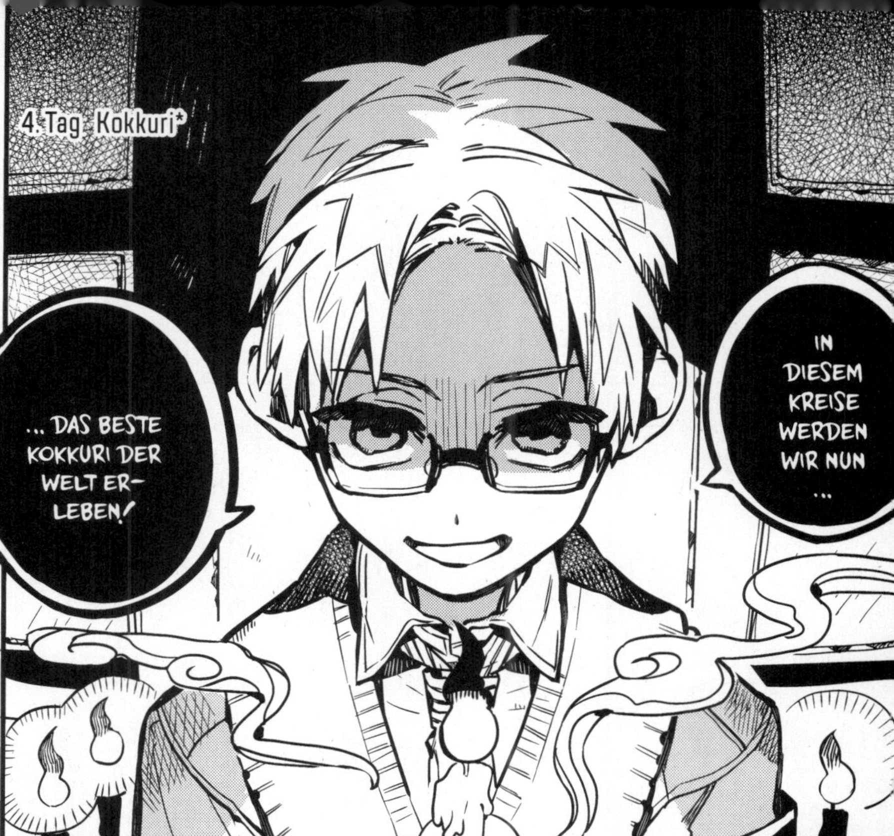

* JAPANISCHES GEISTERBESCHWÖREN BZW. GLÄSERRÜCKEN

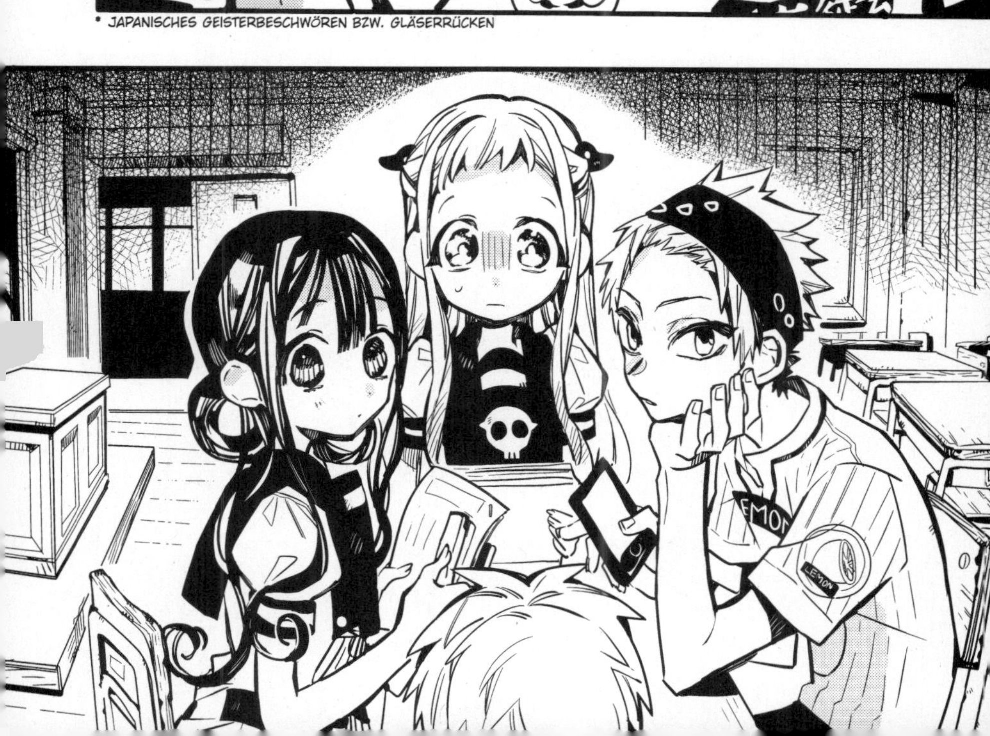

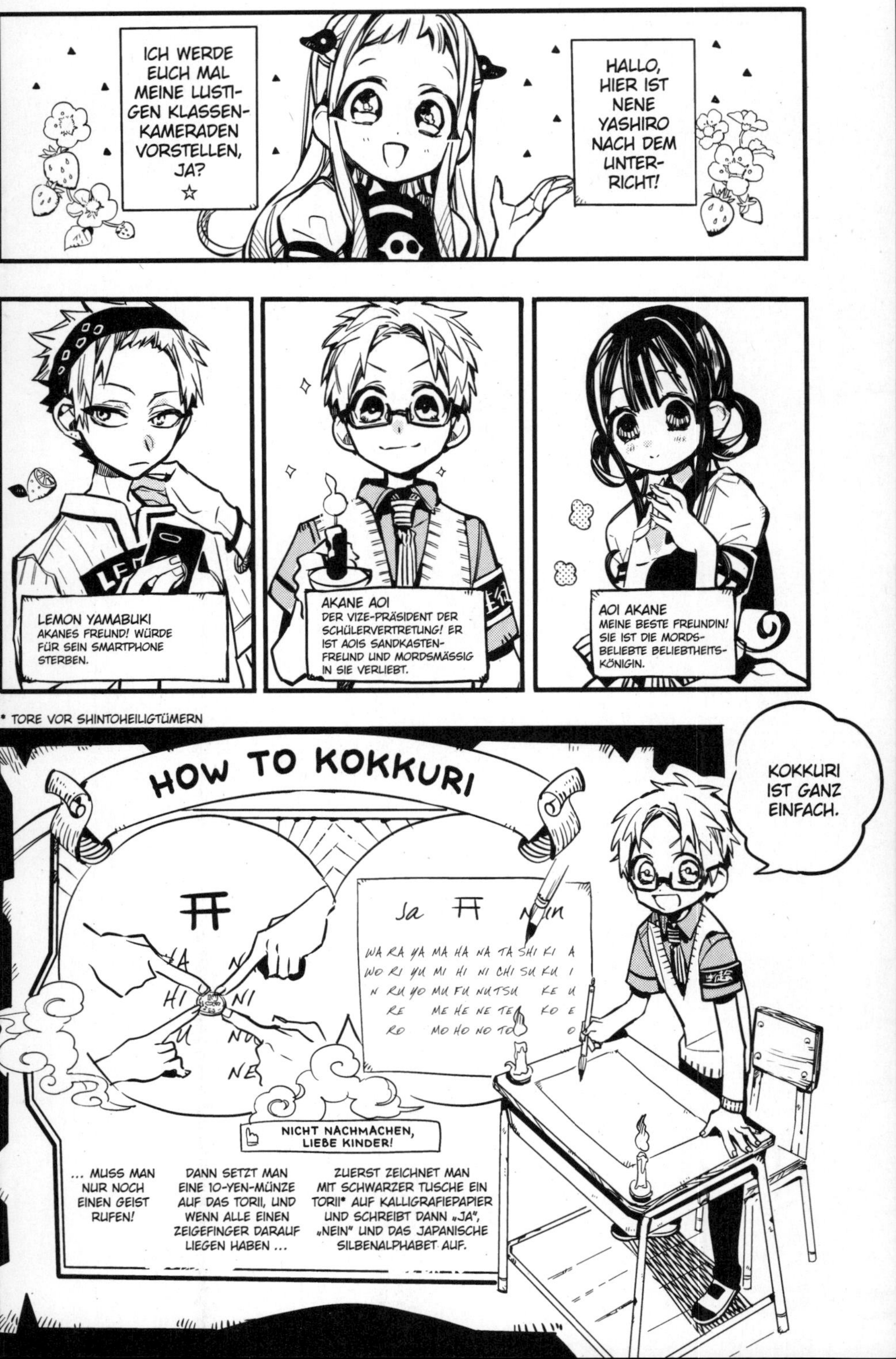
HALLO, HIER IST NENE YASHIRO NACH DEM UNTERRICHT!
ICH WERDE EUCH MAL MEINE LUSTIGEN KLASSENKAMERADEN VORSTELLEN, JA? ☆
AOI AKANE
MEINE BESTE FREUNDIN! SIE IST DIE MORDSBELIEBTE BELIEBTHEITSKÖNIGIN.
AKANE AOI
DER VIZE-PRÄSIDENT DER SCHÜLERVERTRETUNG! ER IST AOIS SANDKASTENFREUND UND MORDSMÄSSIG IN SIE VERLIEBT.
LEMON YAMABUKI
AKANES FREUND! WÜRDE FÜR SEIN SMARTPHONE STERBEN.
* TORE VOR SHINTOHEILIGTÜMERN
KOKKURI IST GANZ EINFACH.
HOW TO KOKKURI
Ja Nein
NICHT NACHMACHEN, LIEBE KINDER!
ZUERST ZEICHNET MAN MIT SCHWARZER TUSCHE EIN TORII* AUF KALLIGRAFIEPAPIER UND SCHREIBT DANN „JA", „NEIN" UND DAS JAPANISCHE SILBENALPHABET AUF.
DANN SETZT MAN EINE 10-YEN-MÜNZE AUF DAS TORII, UND WENN ALLE EINEN ZEIGEFINGER DARAUF LIEGEN HABEN ...
... MUSS MAN NUR NOCH EINEN GEIST RUFEN!

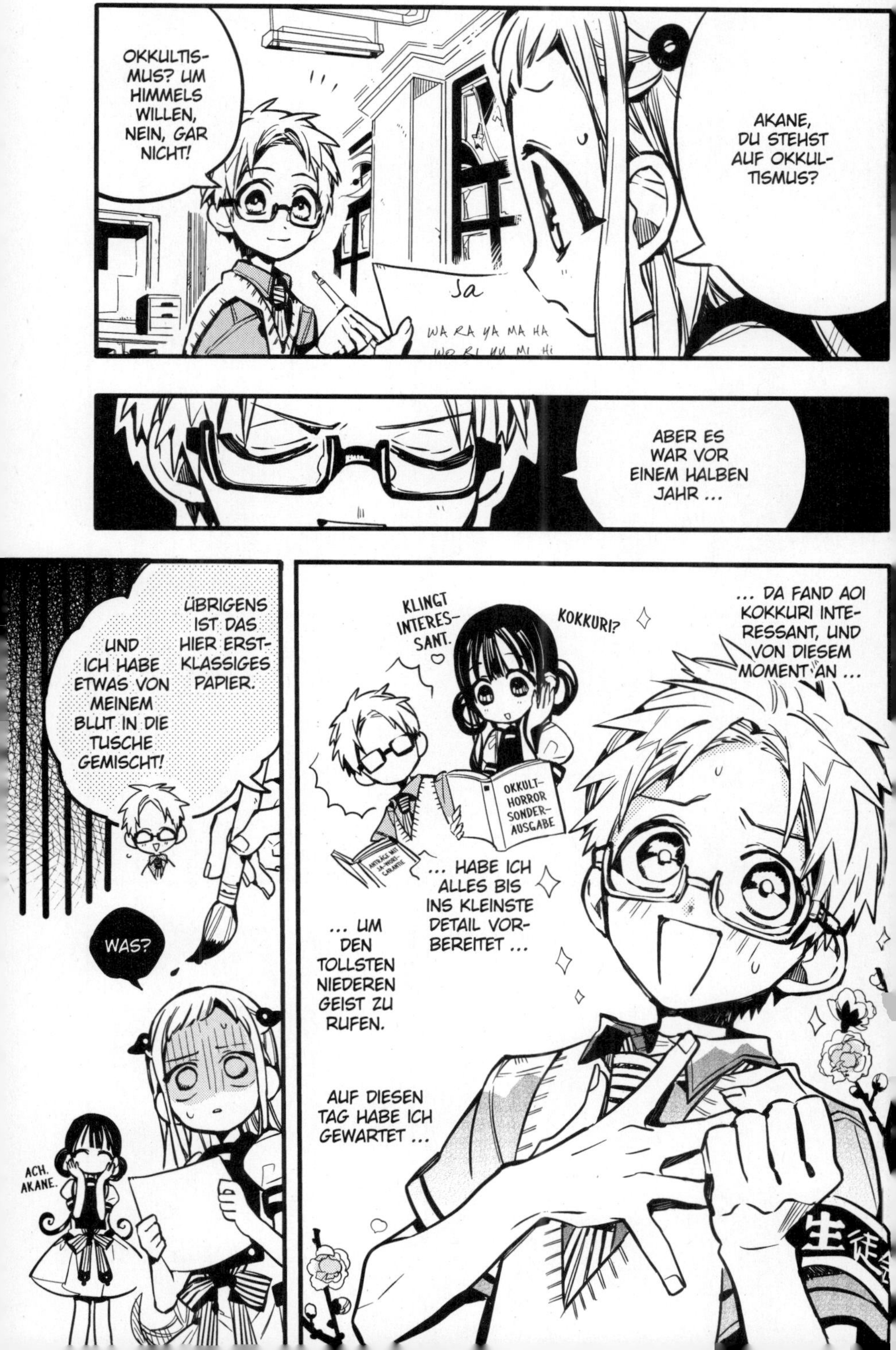
AKANE, DU STEHST AUF OKKULTISMUS?
OKKULTISMUS? UM HIMMELS WILLEN, NEIN, GAR NICHT!
Ja
WA RA YA MA HA
ABER ES WAR VOR EINEM HALBEN JAHR …
… DA FAND AOI KOKKURI INTERESSANT, UND VON DIESEM MOMENT AN …
KOKKURI?
KLINGT INTERESSANT.
OKKULT-HORROR SONDERAUSGABE
… HABE ICH ALLES BIS INS KLEINSTE DETAIL VORBEREITET …
… UM DEN TOLLSTEN NIEDEREN GEIST ZU RUFEN.
AUF DIESEN TAG HABE ICH GEWARTET …
ÜBRIGENS IST DAS HIER ERSTKLASSIGES PAPIER.
UND ICH HABE ETWAS VON MEINEM BLUT IN DIE TUSCHE GEMISCHT!
WAS?
ACH, AKANE.

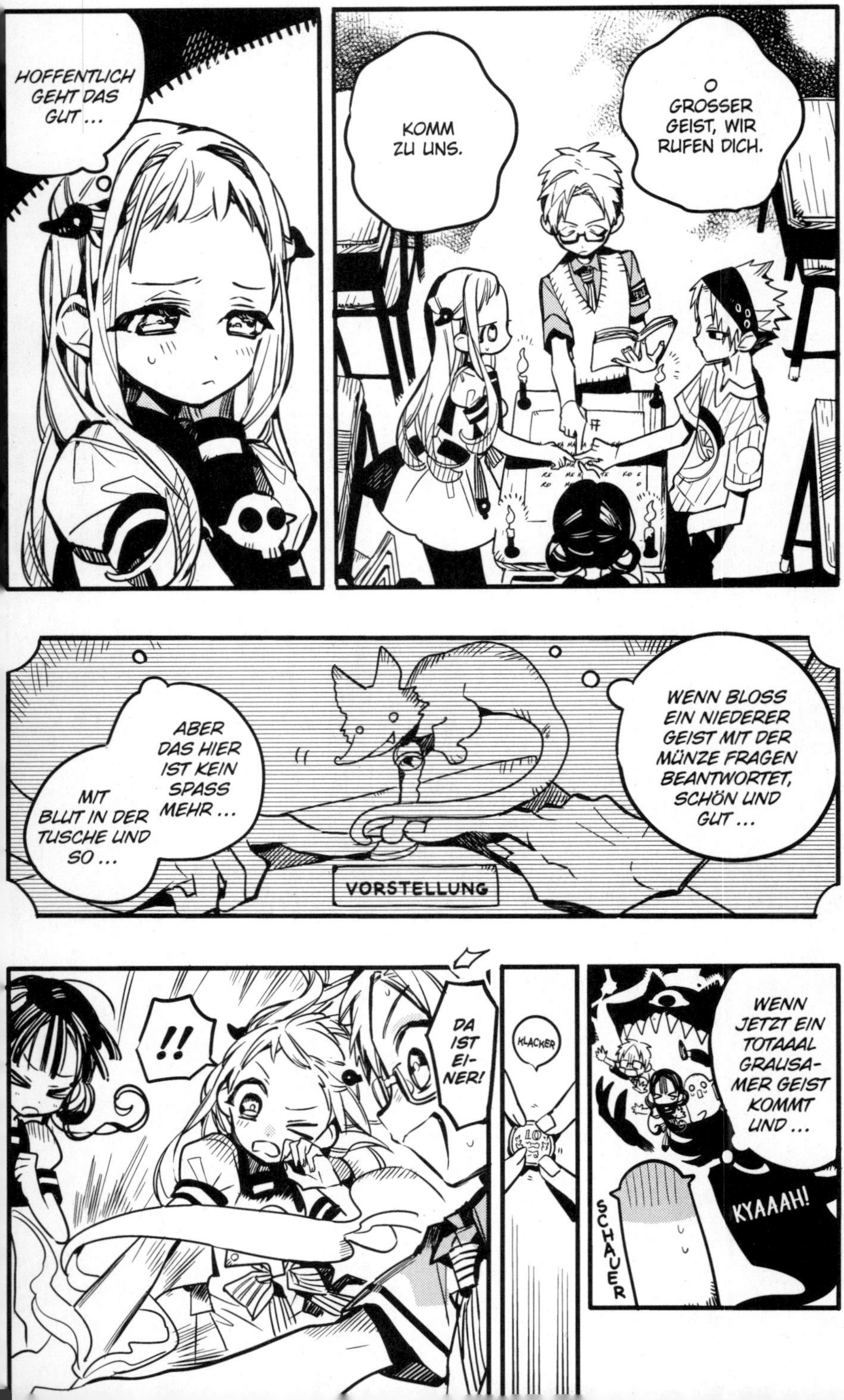
O GROSSER GEIST, WIR RUFEN DICH.
KOMM ZU UNS.
HOFFENTLICH GEHT DAS GUT …
WENN BLOSS EIN NIEDERER GEIST MIT DER MÜNZE FRAGEN BEANTWORTET, SCHÖN UND GUT …
VORSTELLUNG
ABER DAS HIER IST KEIN SPASS MEHR …
MIT BLUT IN DER TUSCHE UND SO …
WENN JETZT EIN TOTAAAL GRAUSAMER GEIST KOMMT UND …
KYAAAH!
SCHAUER
KLACKER
DA IST EINER!
!!

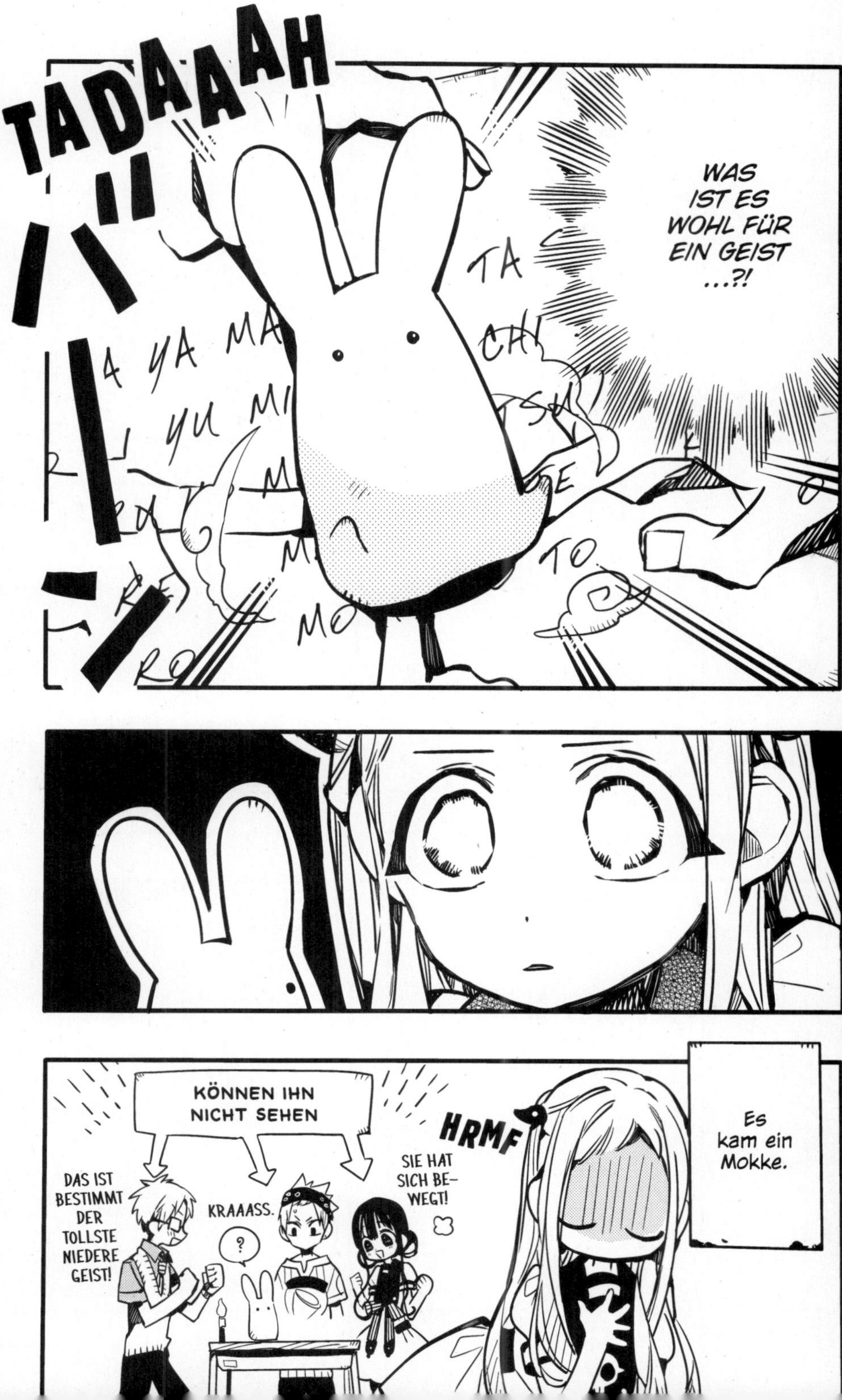
TADAAAH
バ
WAS IST ES WOHL FÜR EIN GEIST ...?!
A YA MA
YU MI
TA
CHI
TSU
TO
MO
RO
Es kam ein Mokke.
HRMF
SIE HAT SICH BE-WEGT!
KÖNNEN IHN NICHT SEHEN
KRAAASS.
?
DAS IST BESTIMMT DER TOLLSTE NIEDERE GEIST!

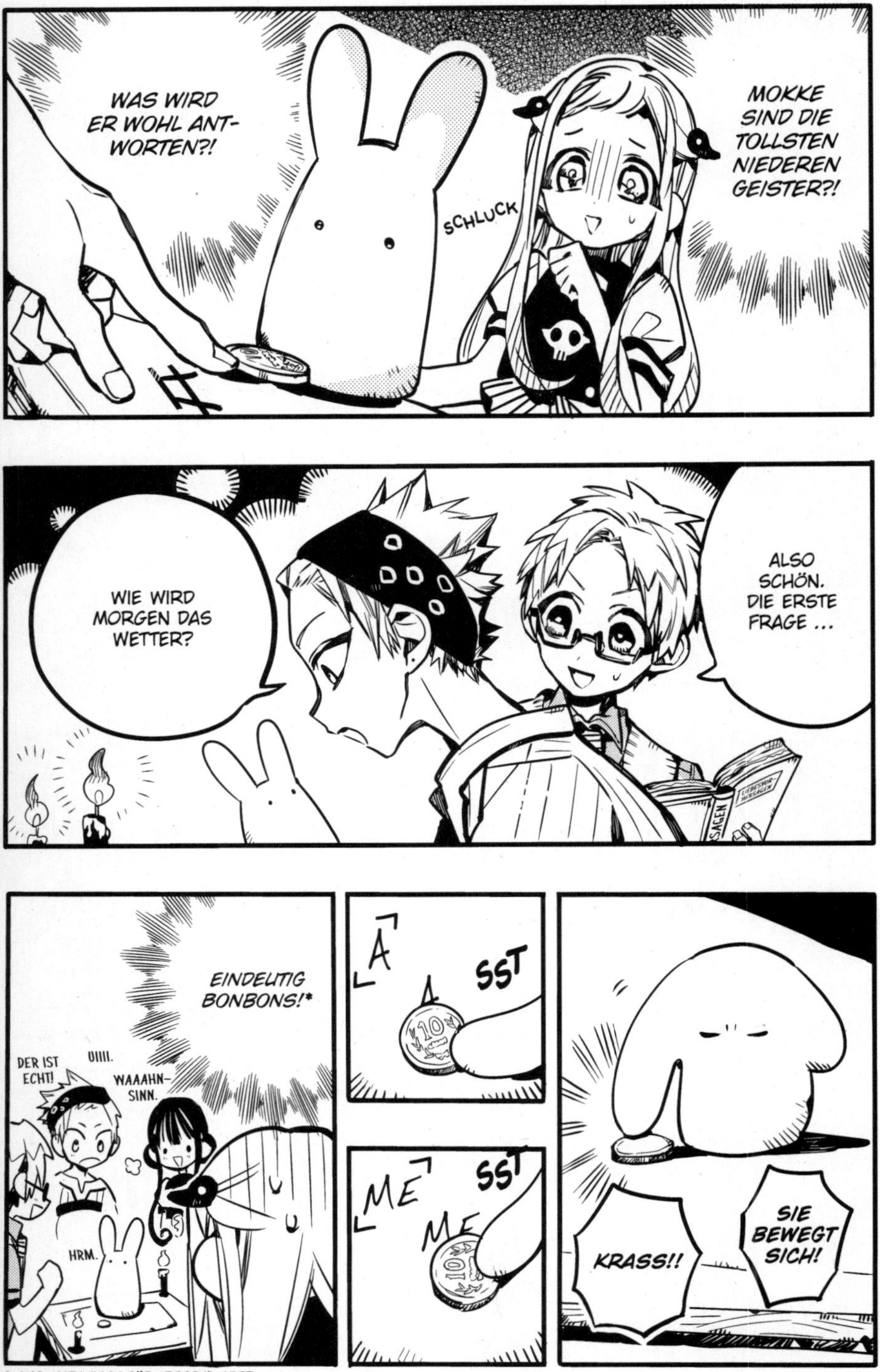

* AME, JAPANISCH FÜR „REGEN", ABER AUCH FÜR „SÜSSIGKEITEN, BONBONS"

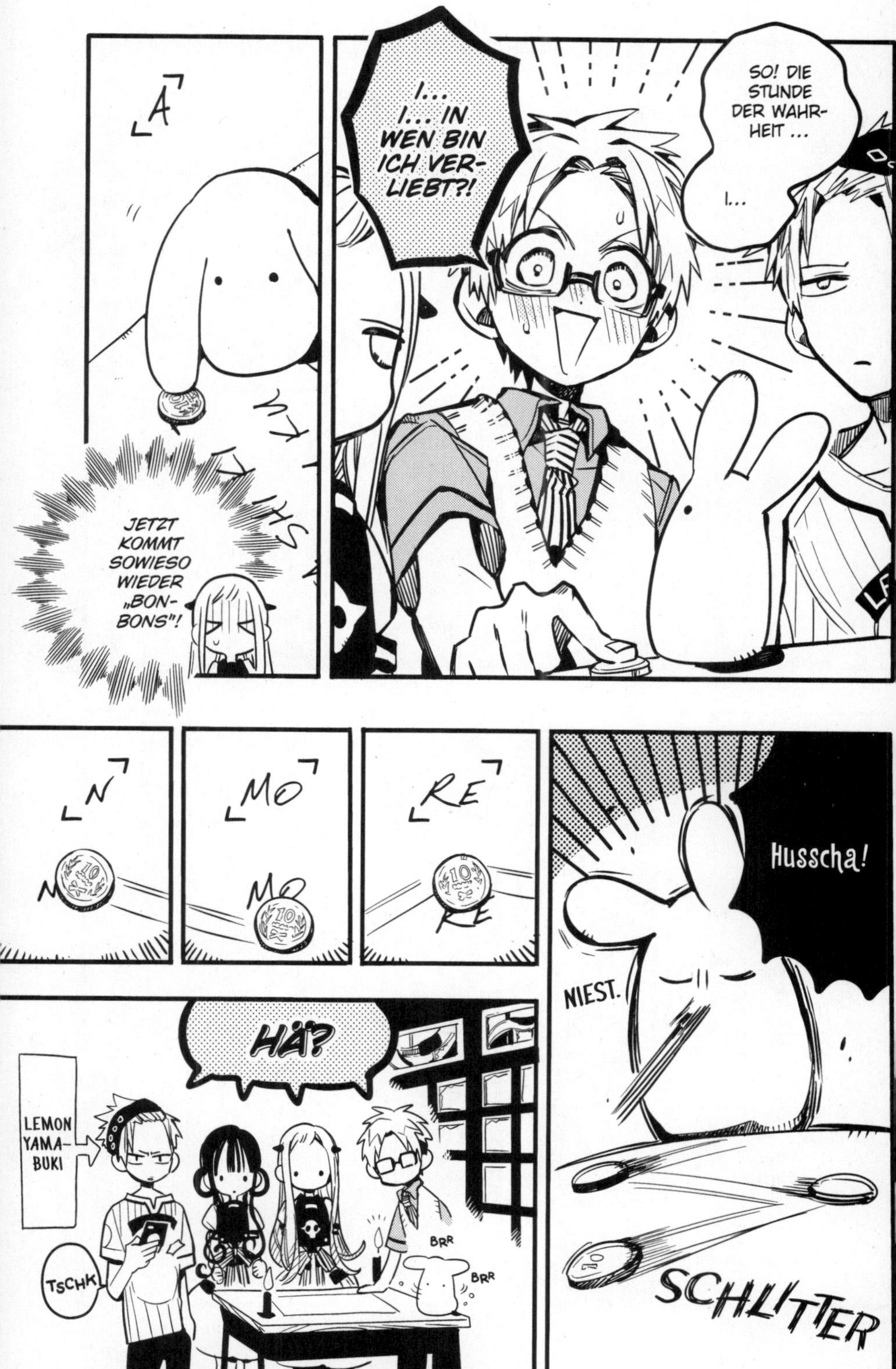

SO! DIE STUNDE DER WAHRHEIT ...
I...
I... I... IN WEN BIN ICH VERLIEBT?!
A
JETZT KOMMT SOWIESO WIEDER „BONBONS"!
Husscha!
NIEST.
SCHLITTER
RE
MO
N
HÄ?
LEMON YAMABUKI
TSCHK
BRR
BRR

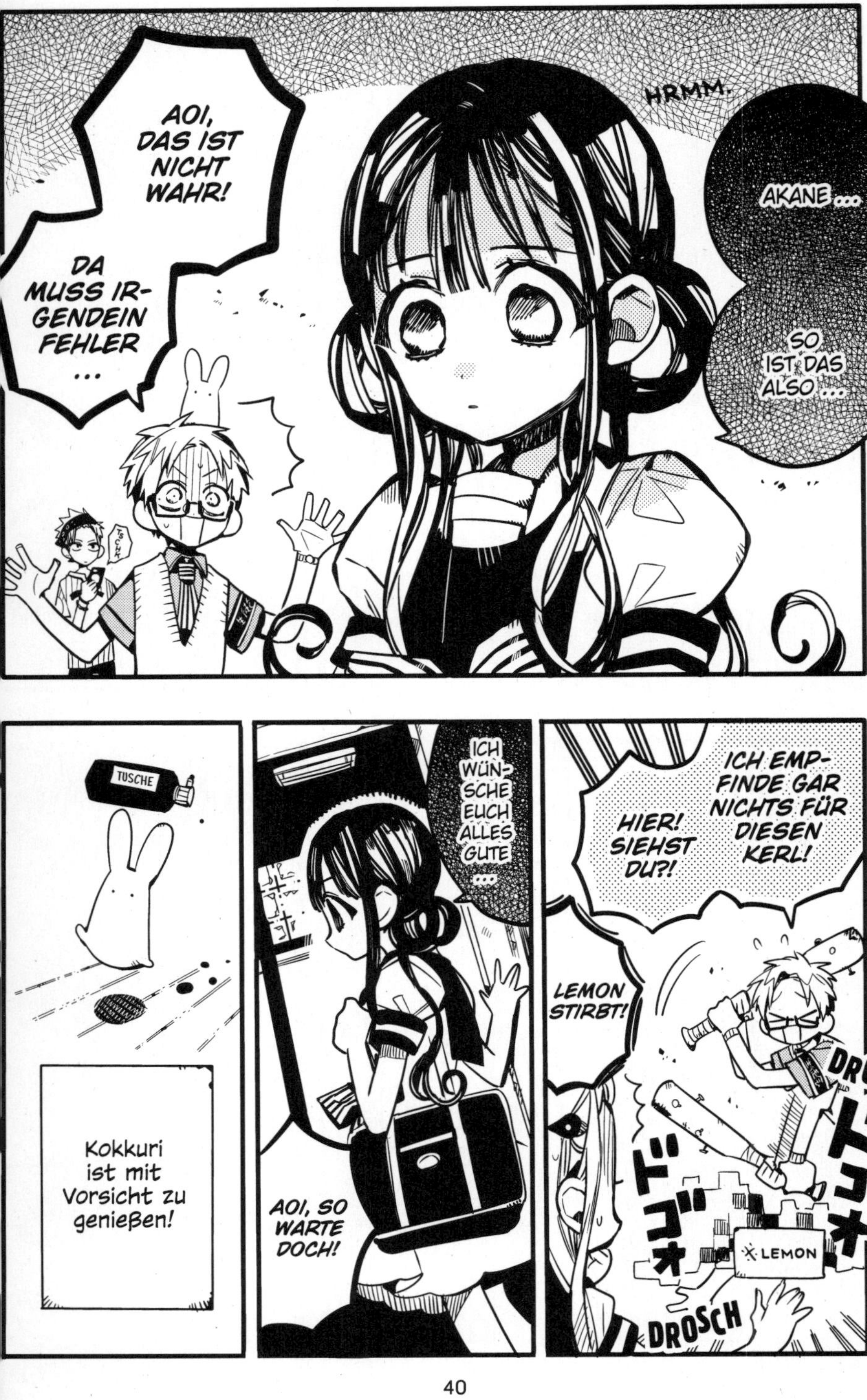
HRMM.
AKANE ...
SO IST DAS ALSO ...
AOI, DAS IST NICHT WAHR!
DA MUSS IRGENDEIN FEHLER ...
TSCH
ICH EMPFINDE GAR NICHTS FÜR DIESEN KERL!
HIER! SIEHST DU?!
LEMON STIRBT!
DROSCH
ドゴオ
LEMON
ドゴオ
DROSCH
ICH WÜNSCHE EUCH ALLES GUTE ...
AOI, SO WARTE DOCH!
TUSCHE
Kokkuri ist mit Vorsicht zu genießen!

AidaIro

MEIN SCHULGEIST HANAKO AFTER SCHOOL

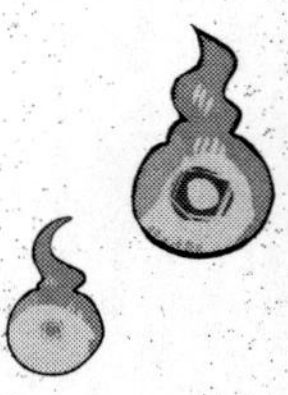

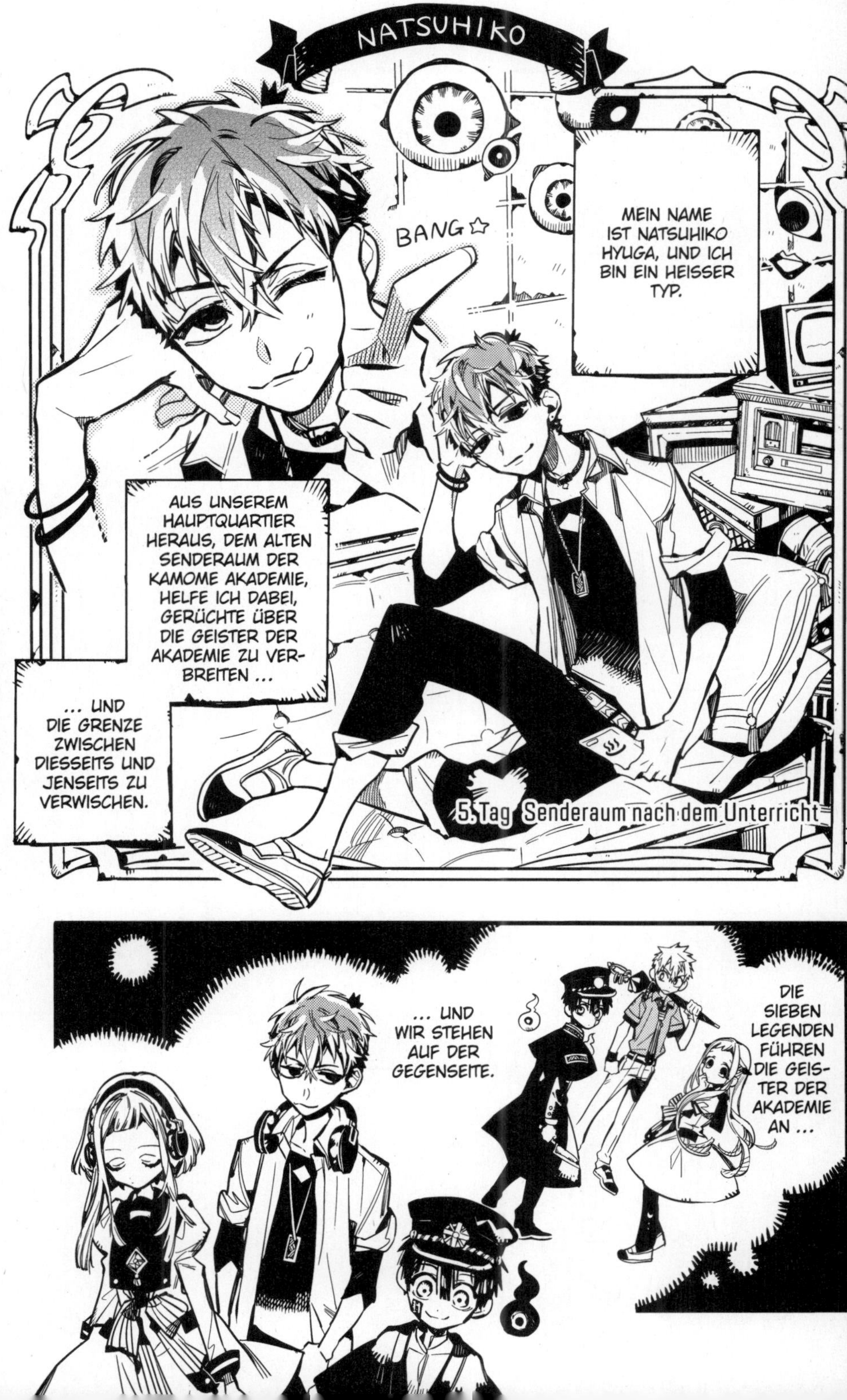
NATSUHIKO
MEIN NAME IST NATSUHIKO HYUGA, UND ICH BIN EIN HEISSER TYP.
BANG☆
AUS UNSEREM HAUPTQUARTIER HERAUS, DEM ALTEN SENDERAUM DER KAMOME AKADEMIE, HELFE ICH DABEI, GERÜCHTE ÜBER DIE GEISTER DER AKADEMIE ZU VERBREITEN …
… UND DIE GRENZE ZWISCHEN DIESSEITS UND JENSEITS ZU VERWISCHEN.
5. Tag Senderaum nach dem Unterricht
DIE SIEBEN LEGENDEN FÜHREN DIE GEISTER DER AKADEMIE AN …
… UND WIR STEHEN AUF DER GEGENSEITE.

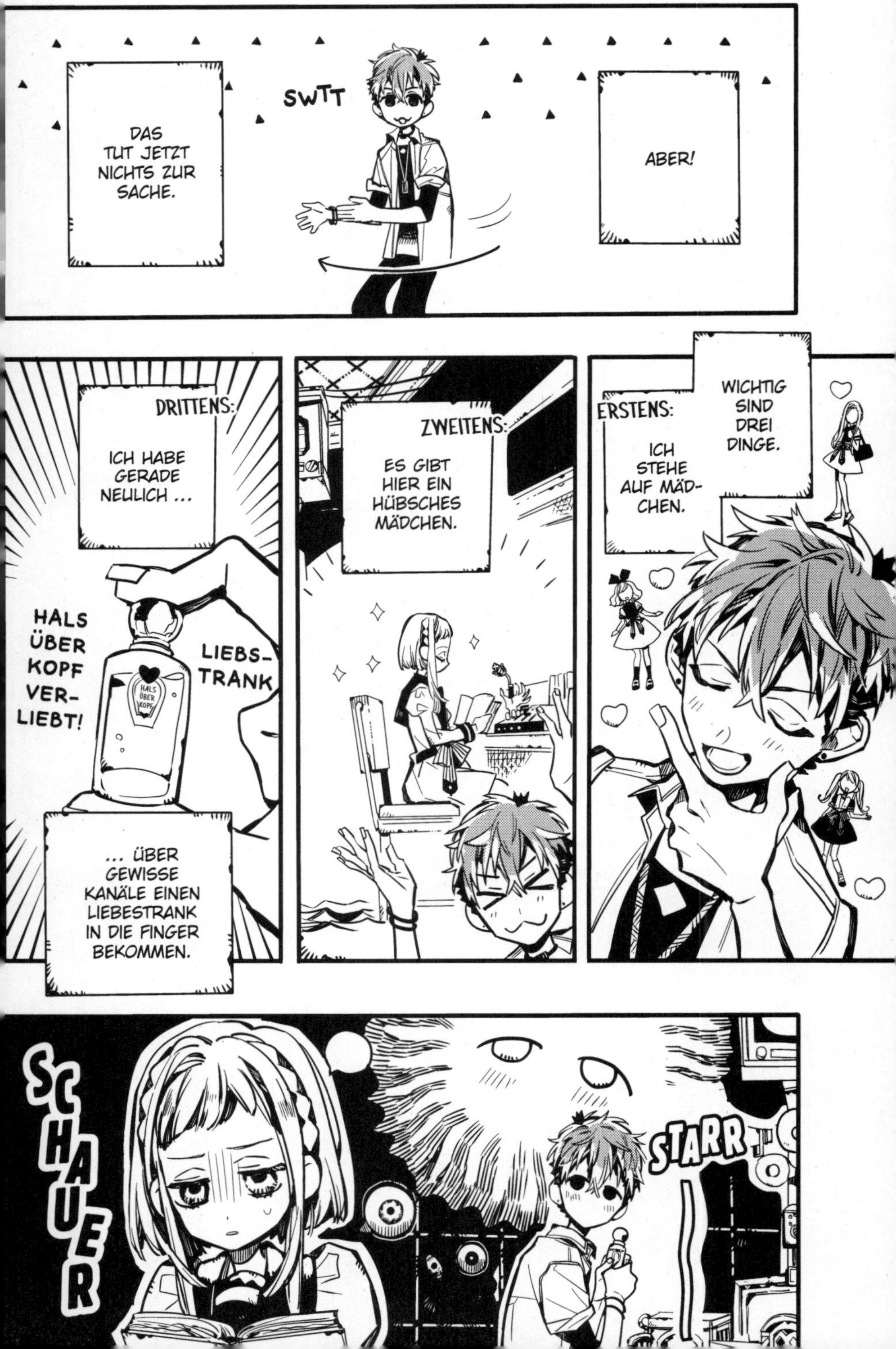

DAS TUT JETZT NICHTS ZUR SACHE.
SWTT
ABER!
WICHTIG SIND DREI DINGE.
ERSTENS:
ICH STEHE AUF MÄD-CHEN.
ZWEITENS:
ES GIBT HIER EIN HÜBSCHES MÄDCHEN.
DRITTENS:
ICH HABE GERADE NEULICH …
LIEBS-TRANK
HALS ÜBER KOPF VER-LIEBT!
HALS ÜBER KOPF
… ÜBER GEWISSE KANÄLE EINEN LIEBESTRANK IN DIE FINGER BEKOMMEN.
STARR
SCHAUER

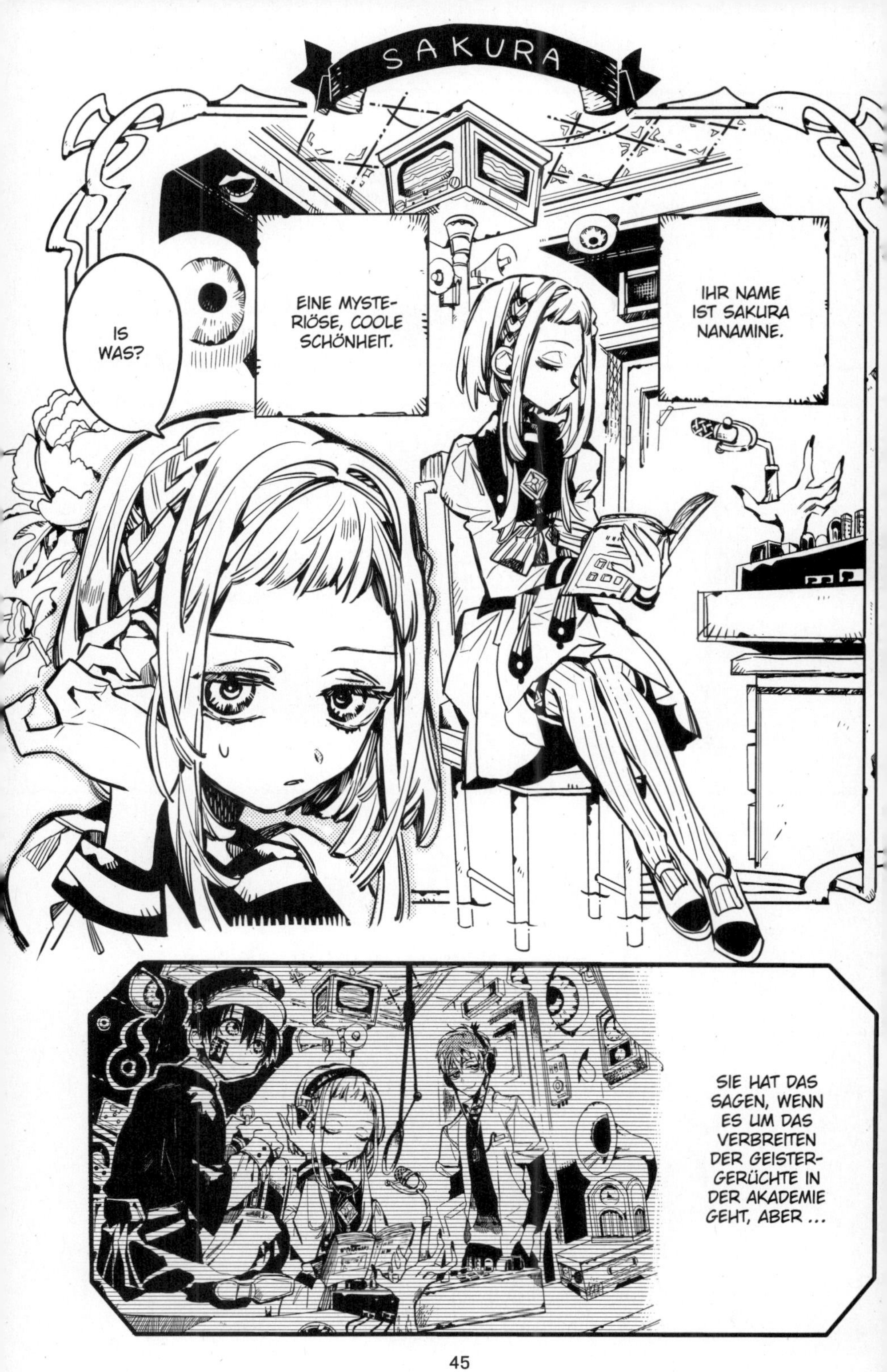
SAKURA
IHR NAME IST SAKURA NANAMINE.
EINE MYSTERIÖSE, COOLE SCHÖNHEIT.
IS WAS?
SIE HAT DAS SAGEN, WENN ES UM DAS VERBREITEN DER GEISTERGERÜCHTE IN DER AKADEMIE GEHT, ABER …

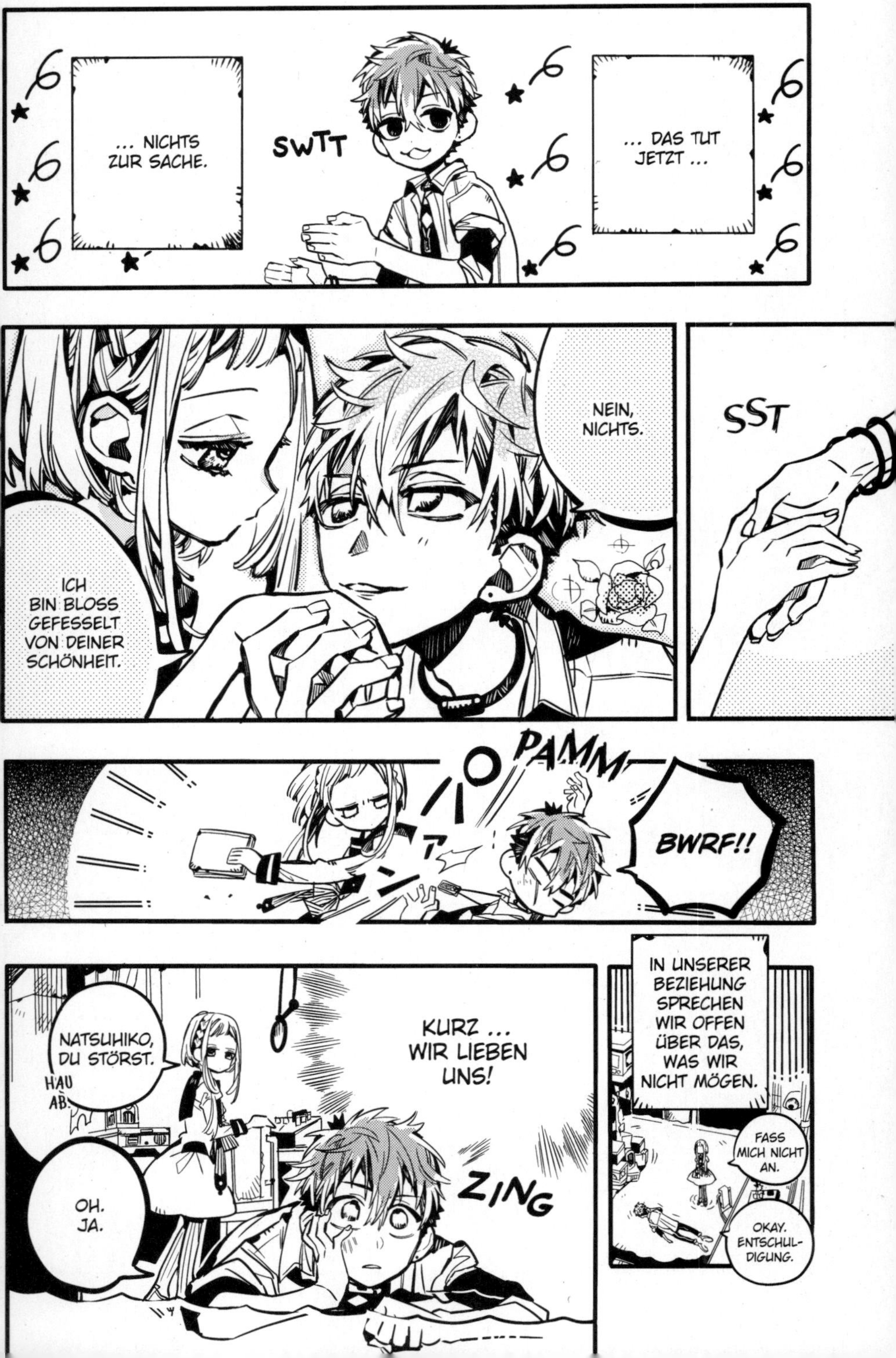

... DAS TUT JETZT ...
SWTT
... NICHTS ZUR SACHE.
SST
NEIN, NICHTS.
ICH BIN BLOSS GEFESSELT VON DEINER SCHÖNHEIT.
PAMM
BWRF!!
IN UNSERER BEZIEHUNG SPRECHEN WIR OFFEN ÜBER DAS, WAS WIR NICHT MÖGEN.
FASS MICH NICHT AN.
OKAY. ENTSCHULDIGUNG.
KURZ ... WIR LIEBEN UNS!
NATSUHIKO, DU STÖRST.
HAU AB.
ZING
OH. JA.

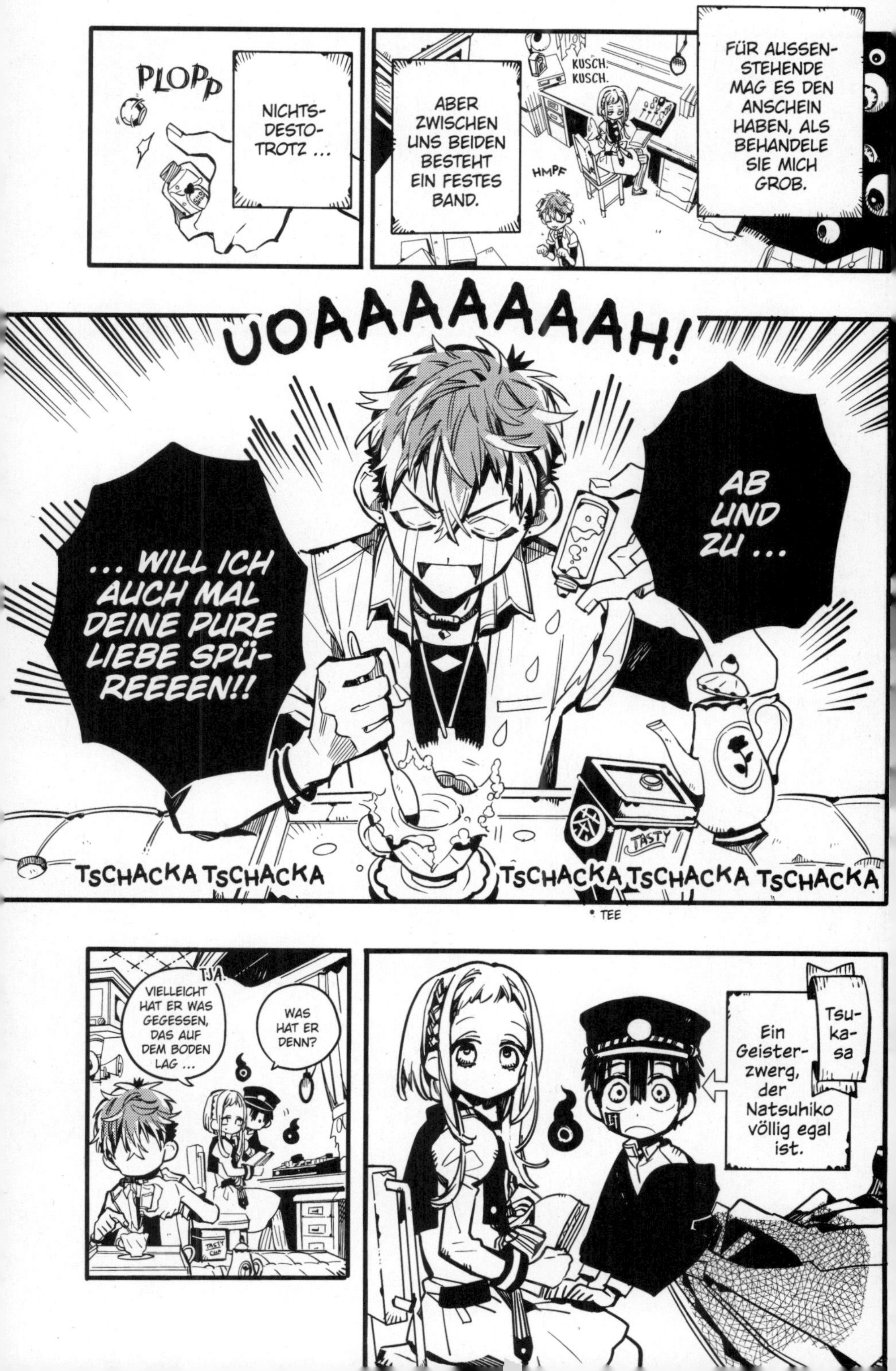

FÜR AUSSEN-STEHENDE MAG ES DEN ANSCHEIN HABEN, ALS BEHANDELE SIE MICH GROB.
KUSCH. KUSCH.
HMPF
ABER ZWISCHEN UNS BEIDEN BESTEHT EIN FESTES BAND.
NICHTS-DESTO-TROTZ …
PLOPP
UOAAAAAAAH!
AB UND ZU …
… WILL ICH AUCH MAL DEINE PURE LIEBE SPÜ-REEEEN!!
TASTY
TSCHACKA TSCHACKA TSCHACKA
TSCHACKA TSCHACKA
* TEE
Tsu-ka-sa
Ein Geister-zwerg, der Natsuhiko völlig egal ist.
WAS HAT ER DENN?
TJA.
VIELLEICHT HAT ER WAS GEGESSEN, DAS AUF DEM BODEN LAG …

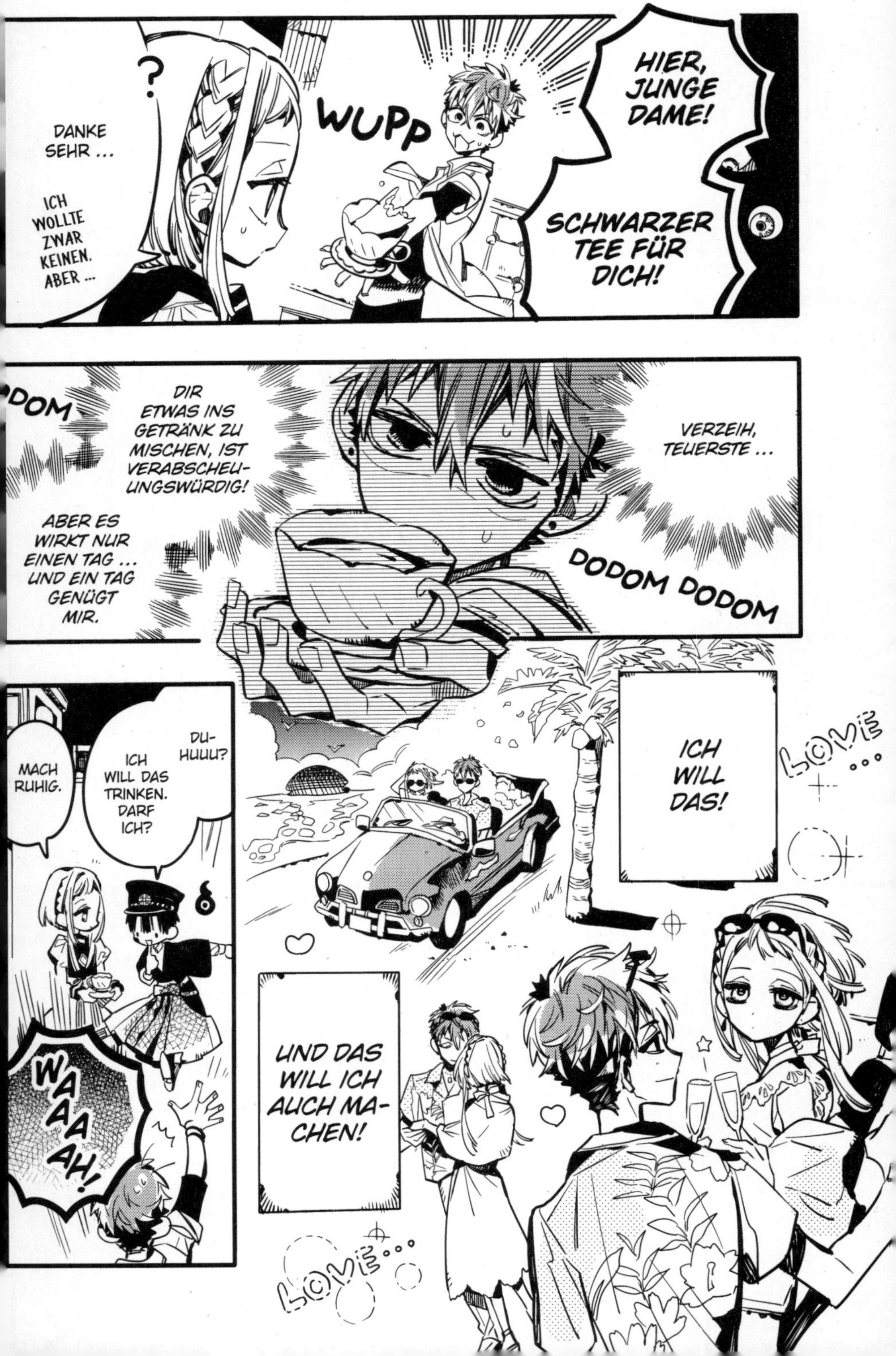
HIER, JUNGE DAME!
SCHWARZER TEE FÜR DICH!
WUPP
?
DANKE SEHR …
ICH WOLLTE ZWAR KEINEN, ABER …
VERZEIH, TEUERSTE …
DODOM DODOM
DIR ETWAS INS GETRÄNK ZU MISCHEN, IST VERABSCHEU-UNGSWÜRDIG!
ABER ES WIRKT NUR EINEN TAG … UND EIN TAG GENÜGT MIR.
DOM
ICH WILL DAS!
LOVE …
UND DAS WILL ICH AUCH MA-CHEN!
LOVE …
DU-HUUU?
ICH WILL DAS TRINKEN. DARF ICH?
MACH RUHIG.
WAAAAH!

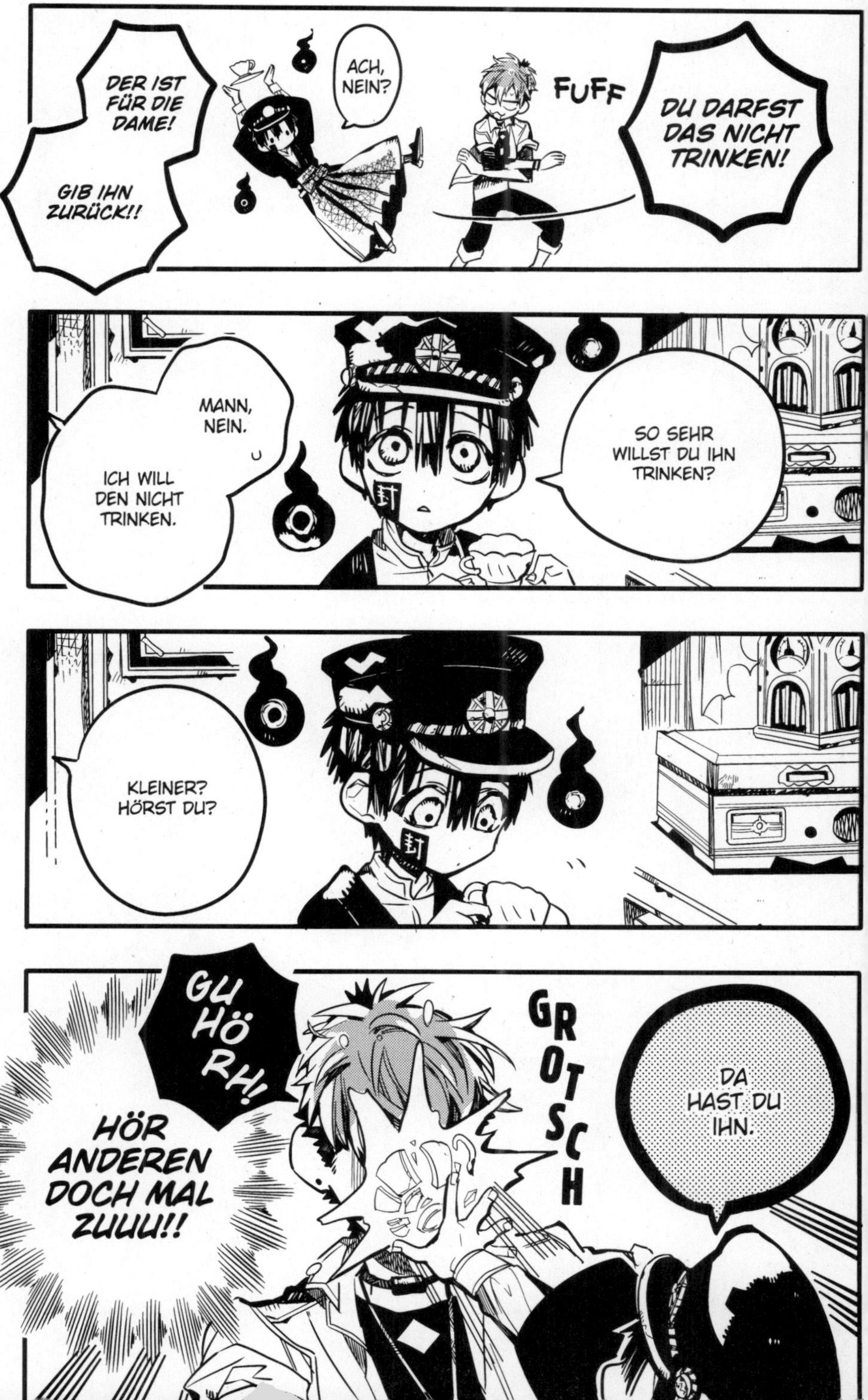
DU DARFST DAS NICHT TRINKEN!
FUFF
ACH, NEIN?
DER IST FÜR DIE DAME!
GIB IHN ZURÜCK!!
SO SEHR WILLST DU IHN TRINKEN?
MANN, NEIN.
ICH WILL DEN NICHT TRINKEN.
KLEINER? HÖRST DU?
DA HAST DU IHN.
GROTSCH
GU HÖ RH!
HÖR ANDEREN DOCH MAL ZUUU!!

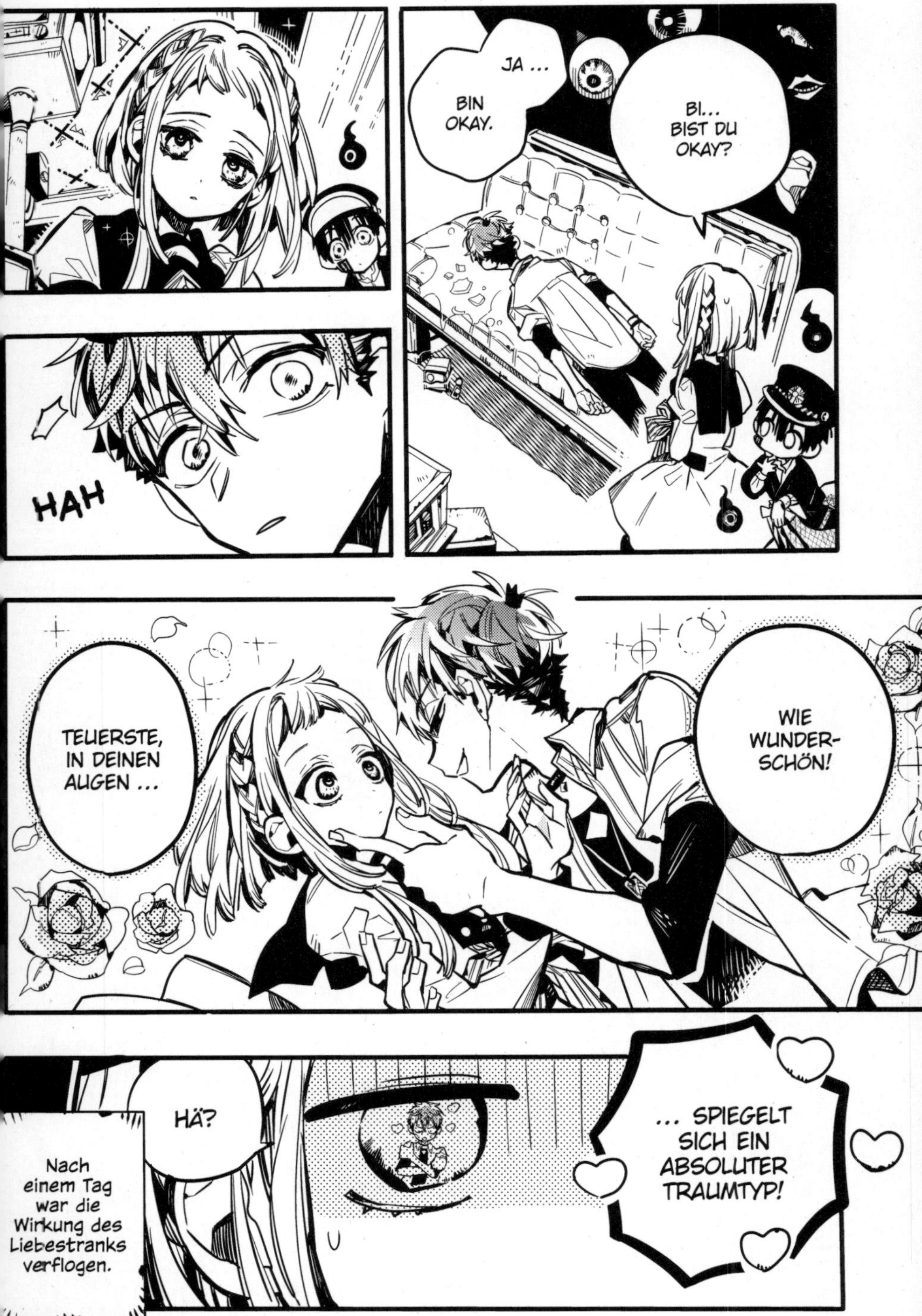
BI... BIST DU OKAY?
JA ... BIN OKAY.
HAH
WIE WUNDER-SCHÖN!
TEUERSTE, IN DEINEN AUGEN ...
... SPIEGELT SICH EIN ABSOLUTER TRAUMTYP!
HÄ?
Nach einem Tag war die Wirkung des Liebestranks verflogen.

AidaIro

MEIN SCHULGEIST HANAKO AFTER SCHOOL

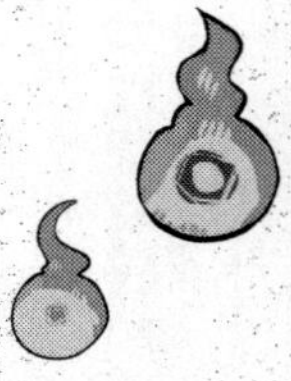

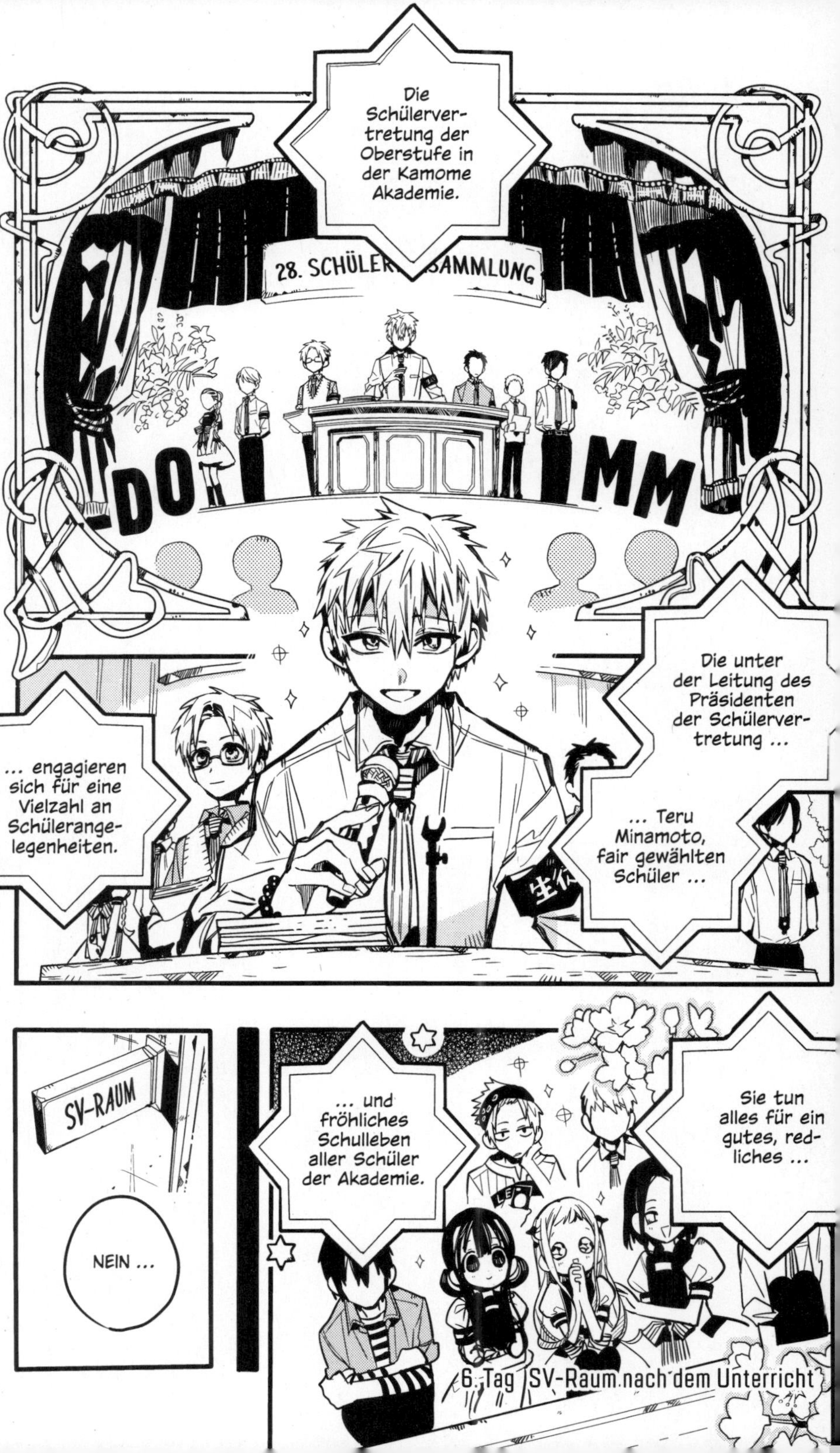

Die Schülervertretung der Oberstufe in der Kamome Akademie.
28. SCHÜLER
SAMMLUNG
DO
MM
Die unter der Leitung des Präsidenten der Schülervertretung ...
... Teru Minamoto, fair gewählten Schüler ...
... engagieren sich für eine Vielzahl an Schülerangelegenheiten.
Sie tun alles für ein gutes, redliches ...
... und fröhliches Schulleben aller Schüler der Akademie.
6. Tag SV-Raum nach dem Unterricht
SV-RAUM
NEIN ...

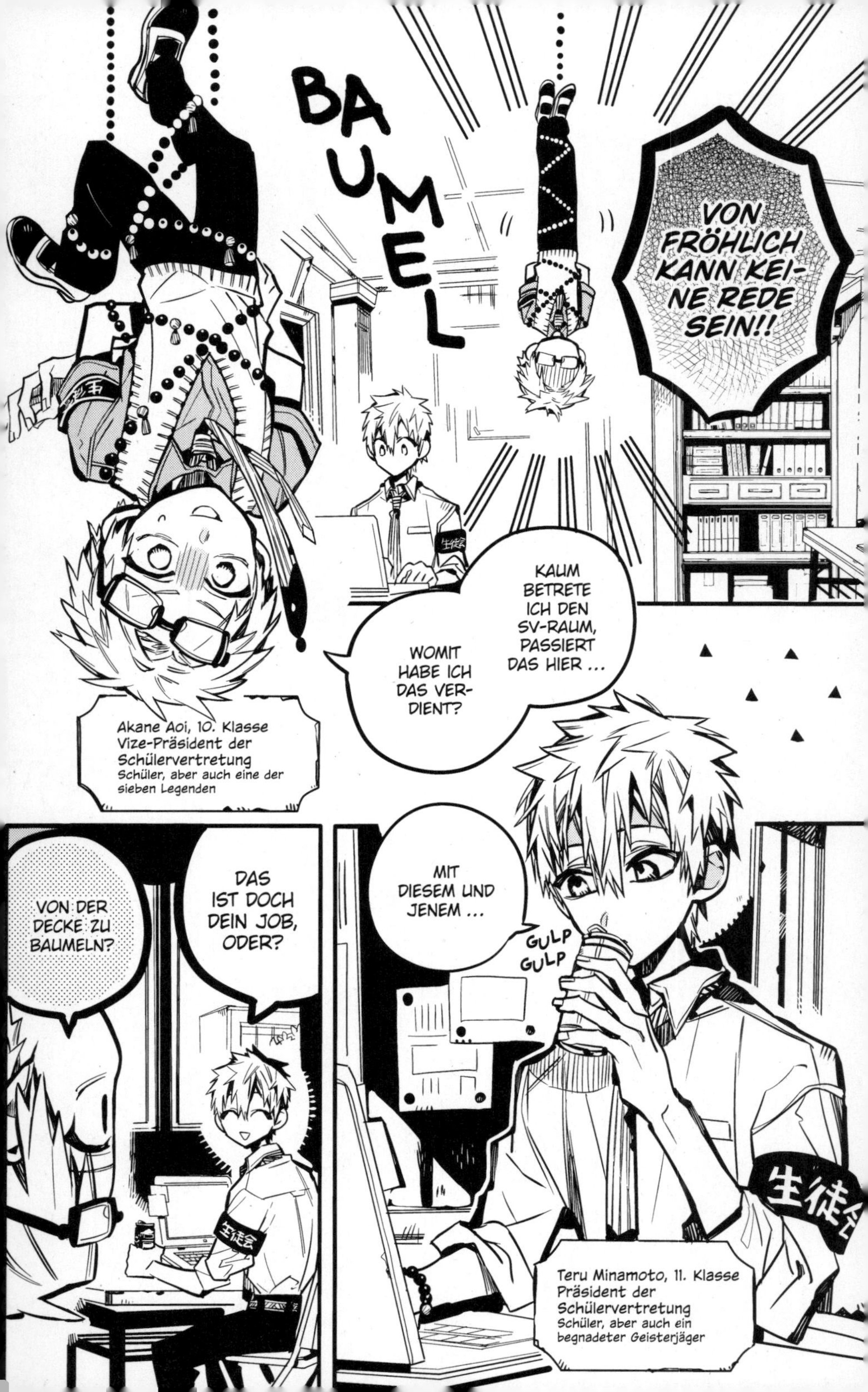
BAUMEL
VON FRÖHLICH KANN KEINE REDE SEIN!!
Akane Aoi, 10. Klasse Vize-Präsident der Schülervertretung Schüler, aber auch eine der sieben Legenden
KAUM BETRETE ICH DEN SV-RAUM, PASSIERT DAS HIER …
WOMIT HABE ICH DAS VERDIENT?
MIT DIESEM UND JENEM …
GULP GULP
Teru Minamoto, 11. Klasse Präsident der Schülervertretung Schüler, aber auch ein begnadeter Geisterjäger
DAS IST DOCH DEIN JOB, ODER?
VON DER DECKE ZU BAUMELN?

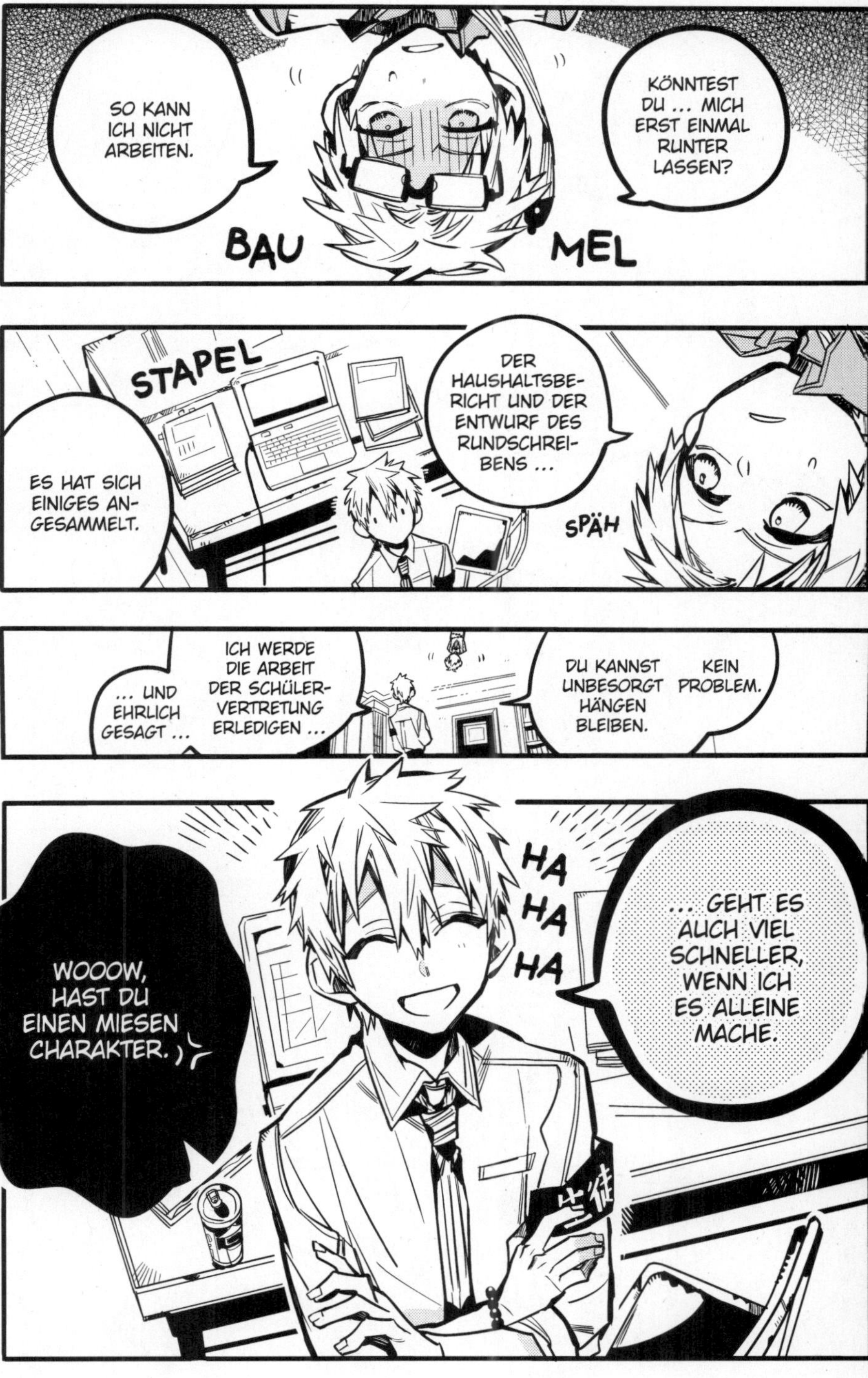
KÖNNTEST DU … MICH ERST EINMAL RUNTER LASSEN?
SO KANN ICH NICHT ARBEITEN.
BAU MEL
DER HAUSHALTSBERICHT UND DER ENTWURF DES RUNDSCHREIBENS …
SPÄH
STAPEL
ES HAT SICH EINIGES ANGESAMMELT.
KEIN PROBLEM.
DU KANNST UNBESORGT HÄNGEN BLEIBEN.
ICH WERDE DIE ARBEIT DER SCHÜLERVERTRETUNG ERLEDIGEN …
… UND EHRLICH GESAGT …
… GEHT ES AUCH VIEL SCHNELLER, WENN ICH ES ALLEINE MACHE.
HA HA HA HA
WOOOW, HAST DU EINEN MIESEN CHARAKTER.

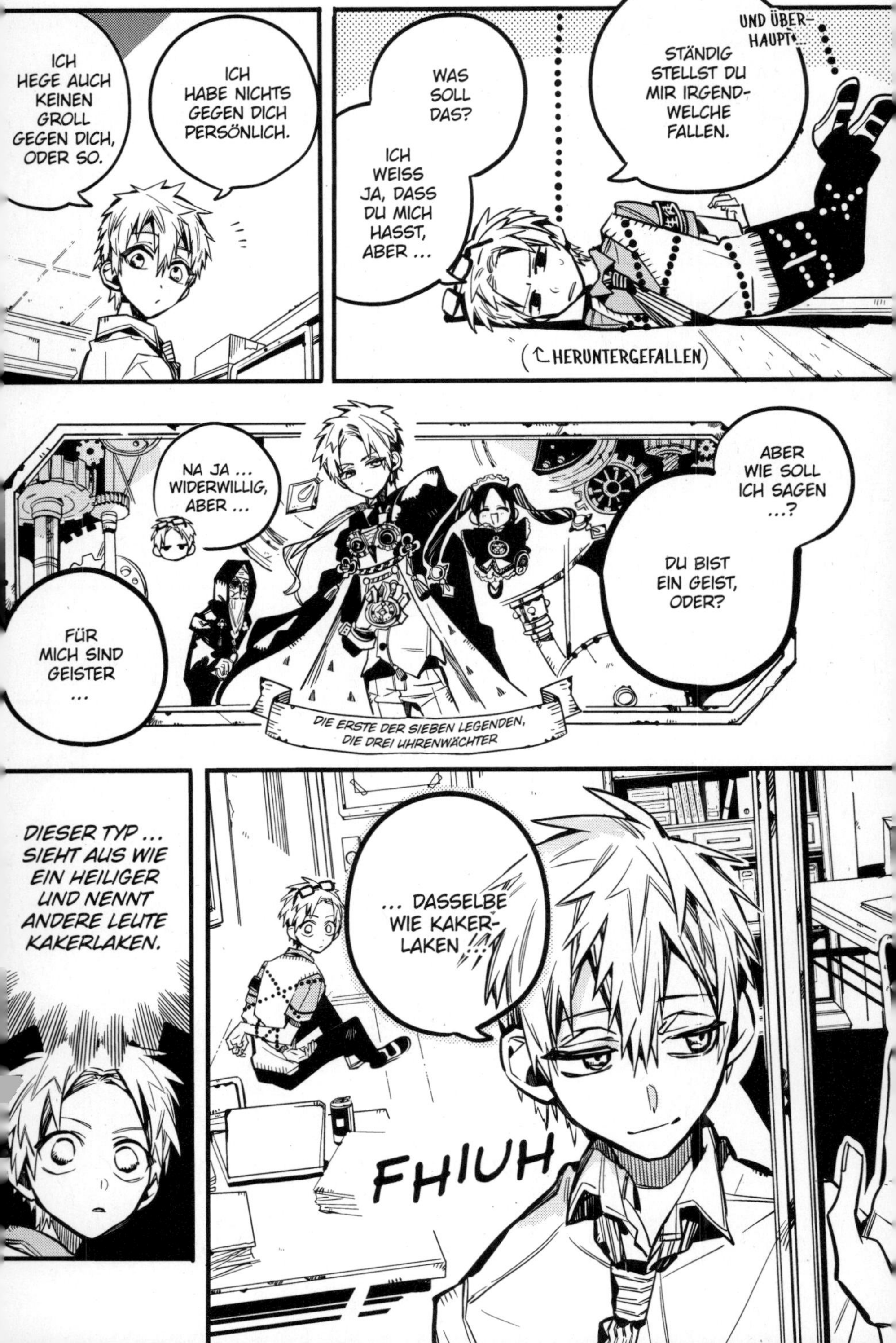
UND ÜBERHAUPT …
STÄNDIG STELLST DU MIR IRGENDWELCHE FALLEN.
WAS SOLL DAS?
ICH WEISS JA, DASS DU MICH HASST, ABER …
(↰HERUNTERGEFALLEN)
ICH HABE NICHTS GEGEN DICH PERSÖNLICH.
ICH HEGE AUCH KEINEN GROLL GEGEN DICH, ODER SO.
ABER WIE SOLL ICH SAGEN …?
DU BIST EIN GEIST, ODER?
NA JA … WIDERWILLIG, ABER …
FÜR MICH SIND GEISTER …
DIE ERSTE DER SIEBEN LEGENDEN, DIE DREI UHRENWÄCHTER
… DASSELBE WIE KAKERLAKEN …!
FHIUH
DIESER TYP … SIEHT AUS WIE EIN HEILIGER UND NENNT ANDERE LEUTE KAKERLAKEN.

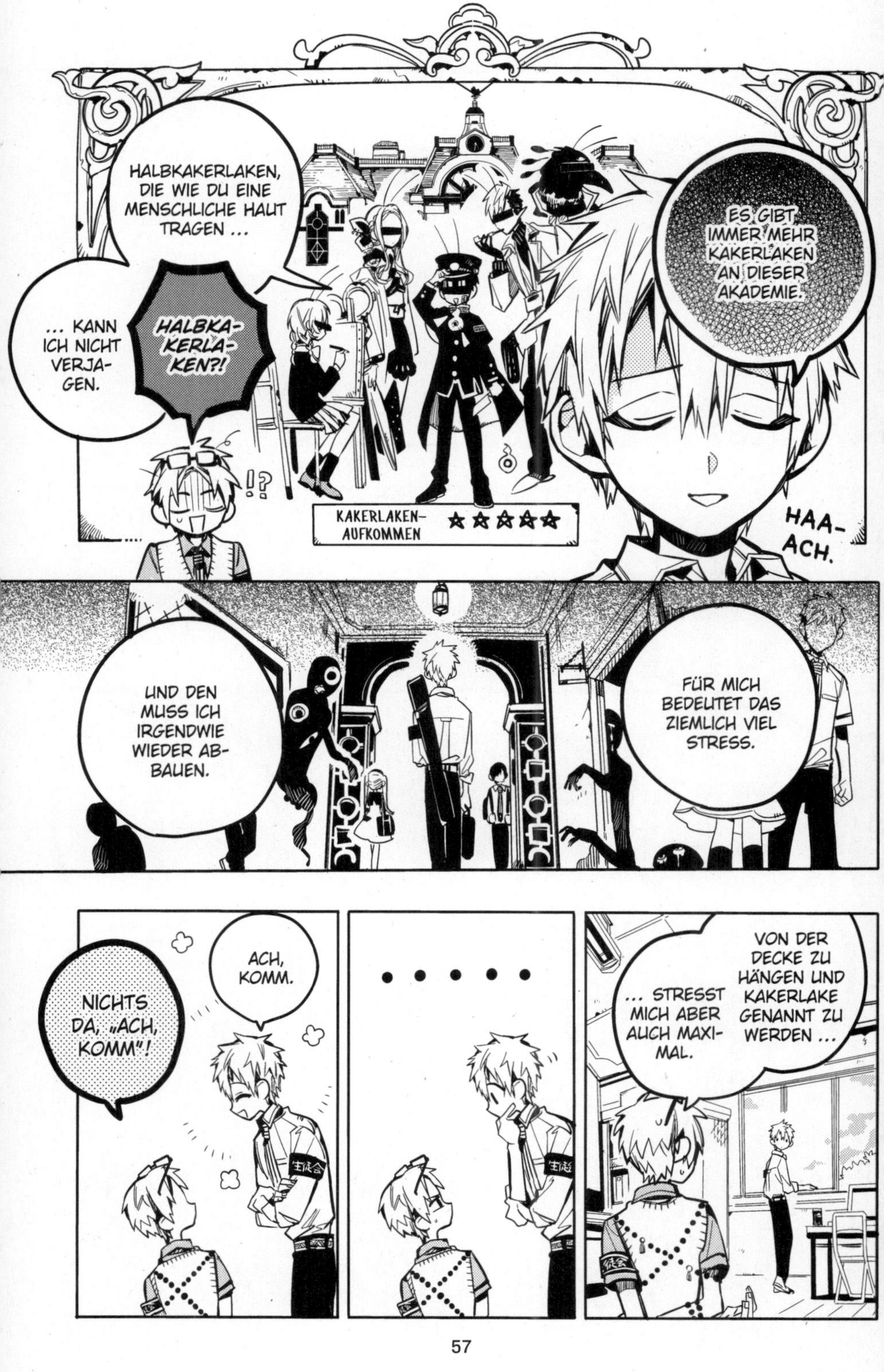
ES GIBT IMMER MEHR KAKERLAKEN AN DIESER AKADEMIE.
HALBKAKERLAKEN, DIE WIE DU EINE MENSCHLICHE HAUT TRAGEN …
… KANN ICH NICHT VERJAGEN.
HALBKAKERLAKEN?!
!?
KAKERLAKEN-AUFKOMMEN ★★★★★
HAAACH.
FÜR MICH BEDEUTET DAS ZIEMLICH VIEL STRESS.
UND DEN MUSS ICH IRGENDWIE WIEDER ABBAUEN.
VON DER DECKE ZU HÄNGEN UND KAKERLAKE GENANNT ZU WERDEN …
… STRESST MICH ABER AUCH MAXIMAL.
• • • • •
ACH, KOMM.
NICHTS DA, „ACH, KOMM“!

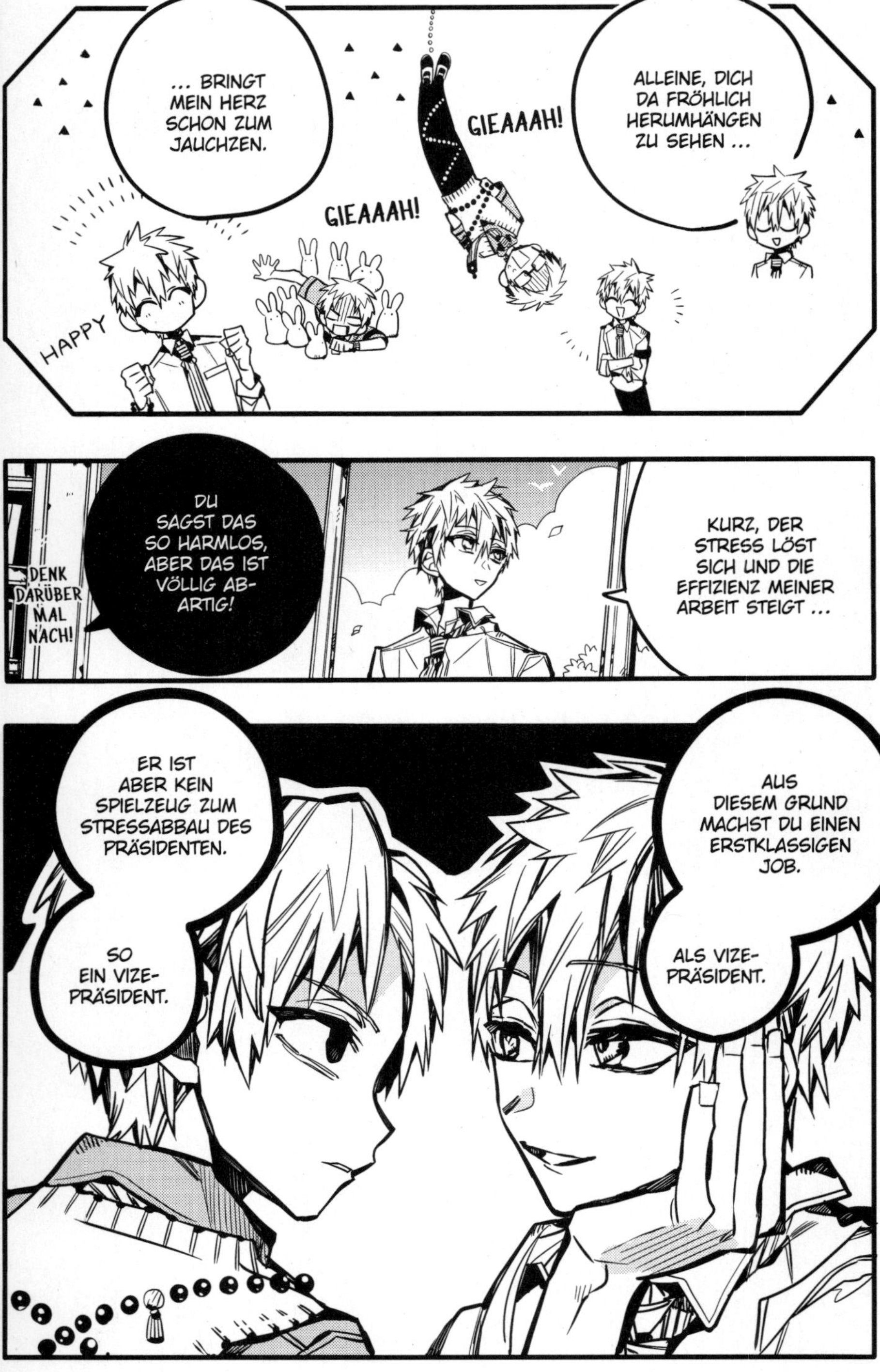
ALLEINE, DICH DA FRÖHLICH HERUMHÄNGEN ZU SEHEN …
GIEAAAH!
… BRINGT MEIN HERZ SCHON ZUM JAUCHZEN.
GIEAAAH!
HAPPY
KURZ, DER STRESS LÖST SICH UND DIE EFFIZIENZ MEINER ARBEIT STEIGT …
DU SAGST DAS SO HARMLOS, ABER DAS IST VÖLLIG AB-ARTIG!
DENK DARÜBER MAL NACH!
AUS DIESEM GRUND MACHST DU EINEN ERSTKLASSIGEN JOB.
ALS VIZE-PRÄSIDENT.
ER IST ABER KEIN SPIELZEUG ZUM STRESSABBAU DES PRÄSIDENTEN.
SO EIN VIZE-PRÄSIDENT.

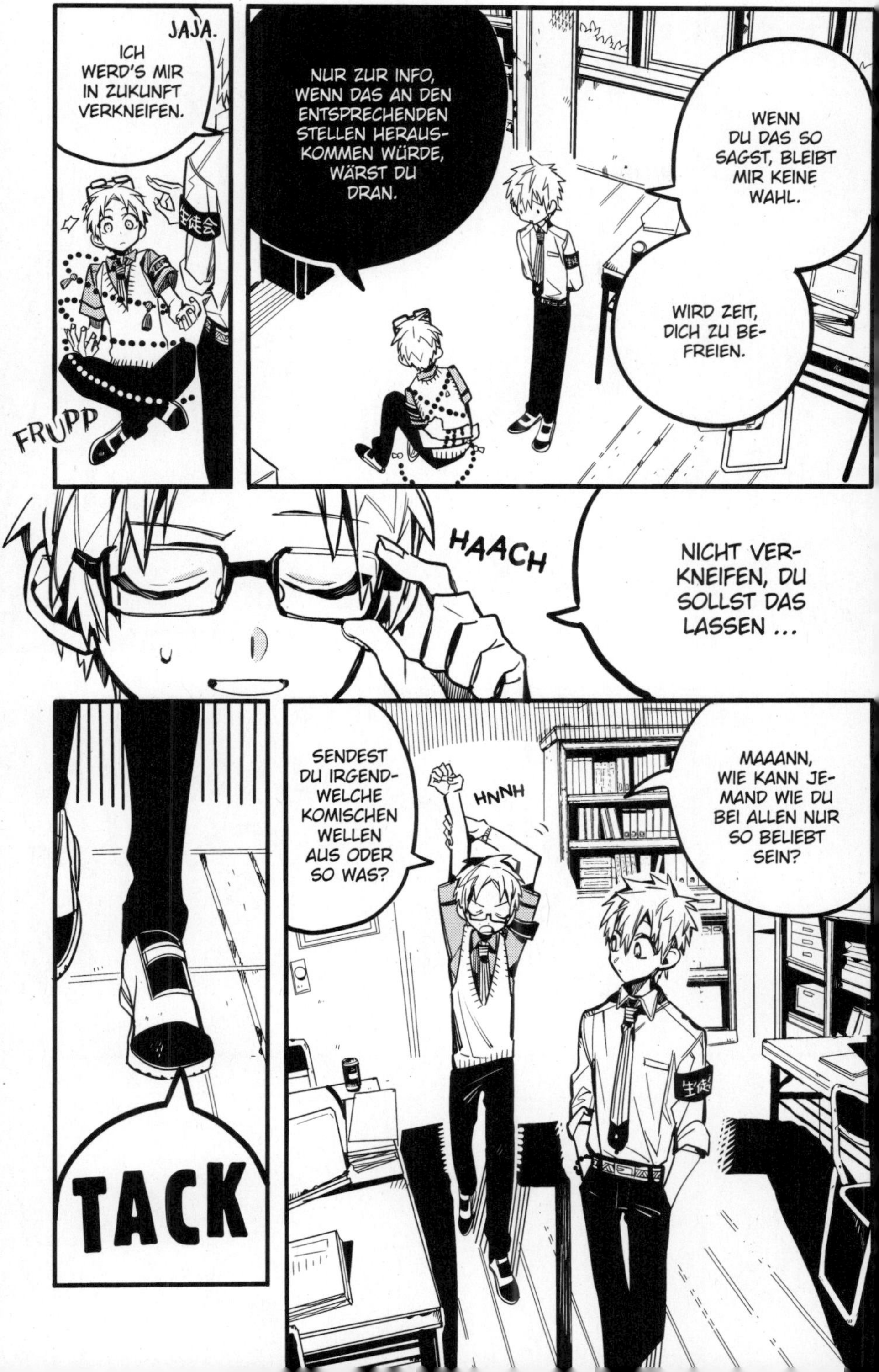

WENN DU DAS SO SAGST, BLEIBT MIR KEINE WAHL.
WIRD ZEIT, DICH ZU BEFREIEN.
NUR ZUR INFO, WENN DAS AN DEN ENTSPRECHENDEN STELLEN HERAUSKOMMEN WÜRDE, WÄRST DU DRAN.
JAJA.
ICH WERD'S MIR IN ZUKUNFT VERKNEIFEN.
FRUPP
HAACH
NICHT VERKNEIFEN, DU SOLLST DAS LASSEN ...
MAAANN, WIE KANN JEMAND WIE DU BEI ALLEN NUR SO BELIEBT SEIN?
HNNH
SENDEST DU IRGENDWELCHE KOMISCHEN WELLEN AUS ODER SO WAS?
TACK

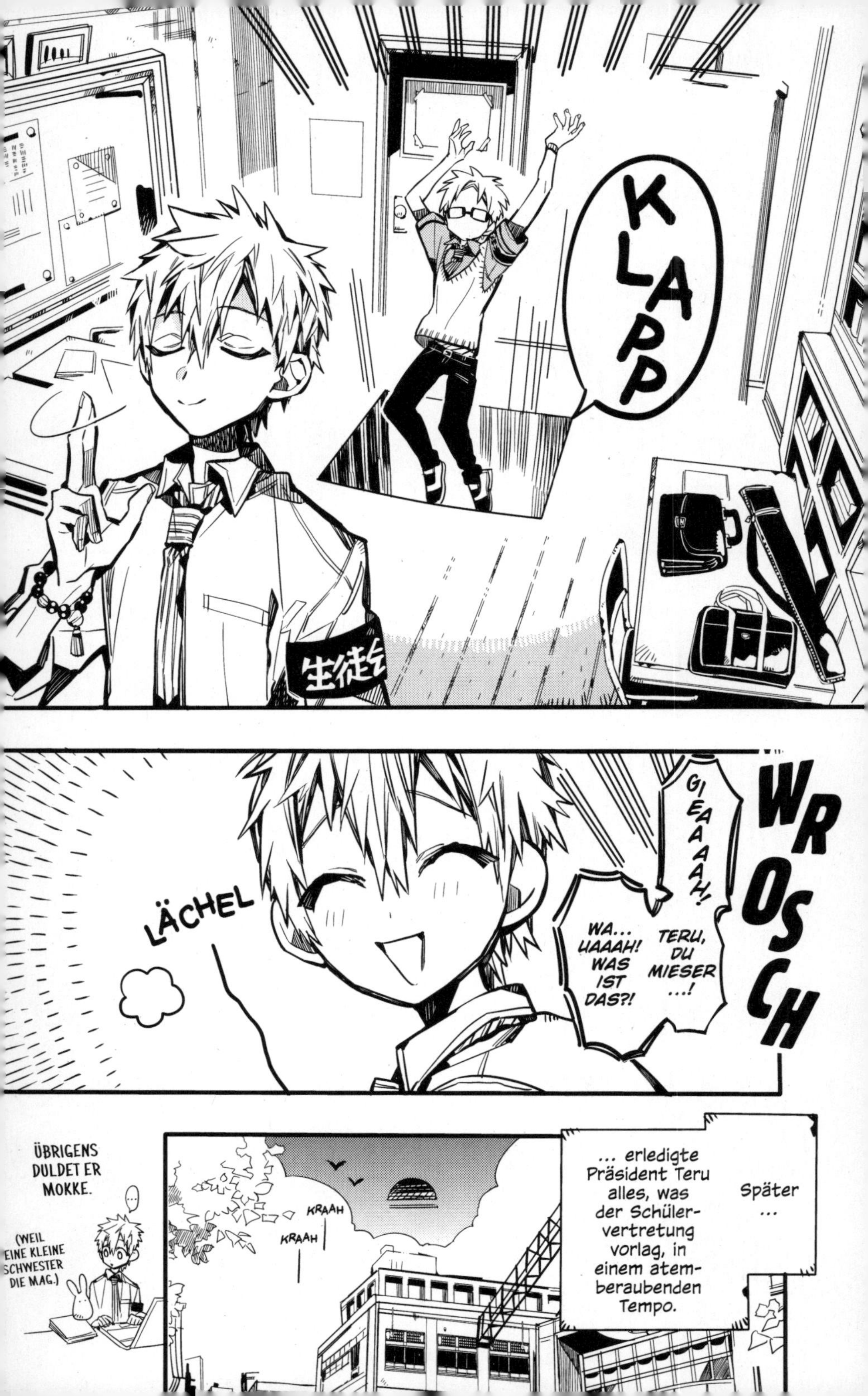
KLAPP
WROSCH
GIEAAAAH!
TERU, DU MIESER ...!
WA... UAAAH! WAS IST DAS?!
LÄCHEL
Später ...
... erledigte Präsident Teru alles, was der Schülervertretung vorlag, in einem atemberaubenden Tempo.
KRAAH
KRAAH
ÜBRIGENS DULDET ER MOKKE.
...
(WEIL EINE KLEINE SCHWESTER DIE MAG.)

AidaIro

MEIN SCHULGEIST HANAKO AFTER SCHOOL

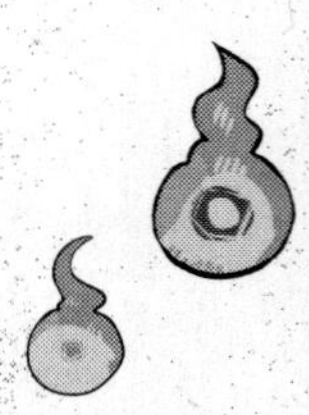

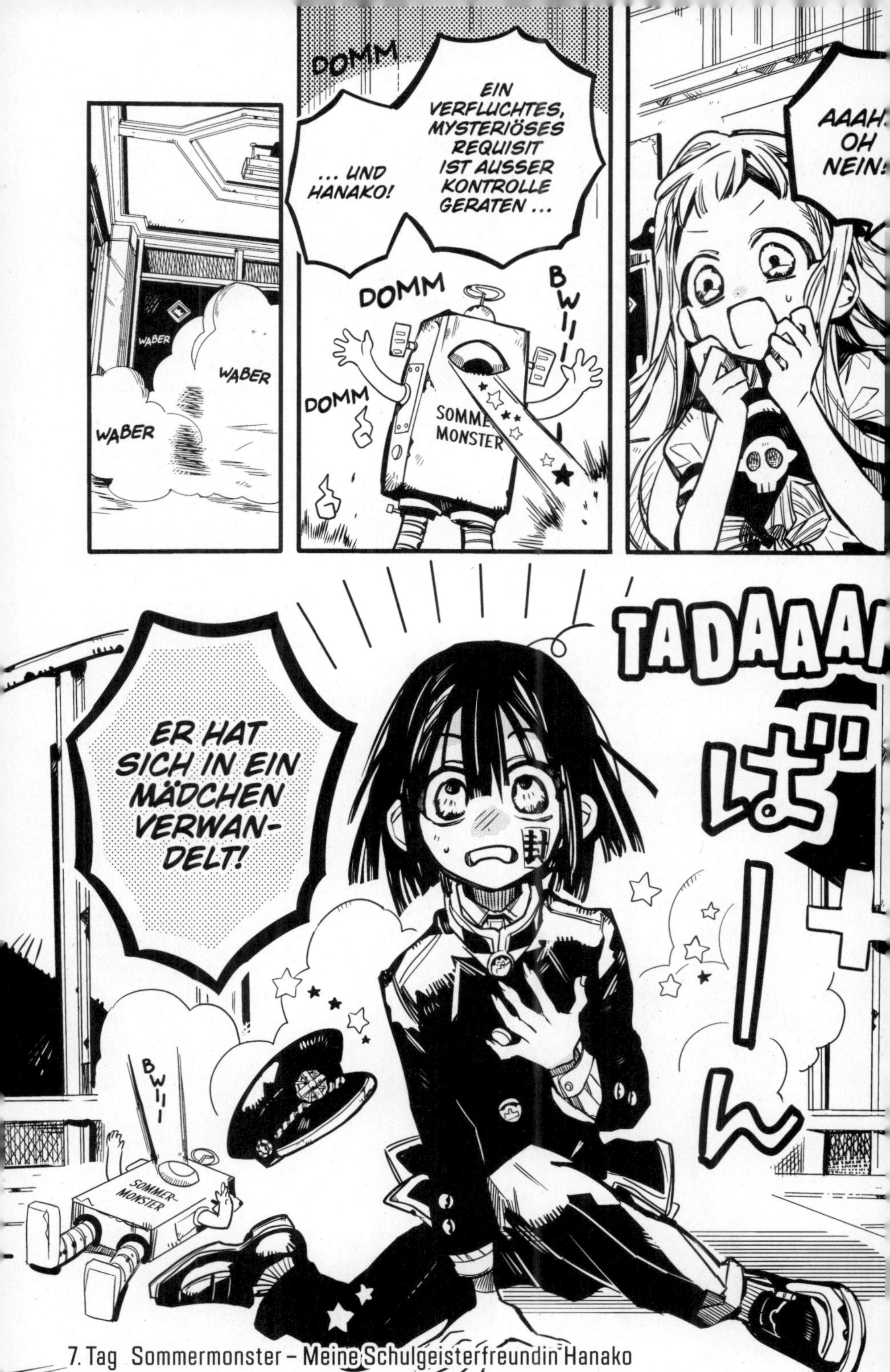
DOMM
EIN VERFLUCHTES, MYSTERIÖSES REQUISIT IST AUSSER KONTROLLE GERATEN …
… UND HANAKO!
AAAH! OH NEIN!
WABER
WABER
WABER
DOMM
DOMM
BWIII
SOMMERMONSTER
TADAAAA
ER HAT SICH IN EIN MÄDCHEN VERWANDELT!
BWIII
SOMMER-MONSTER

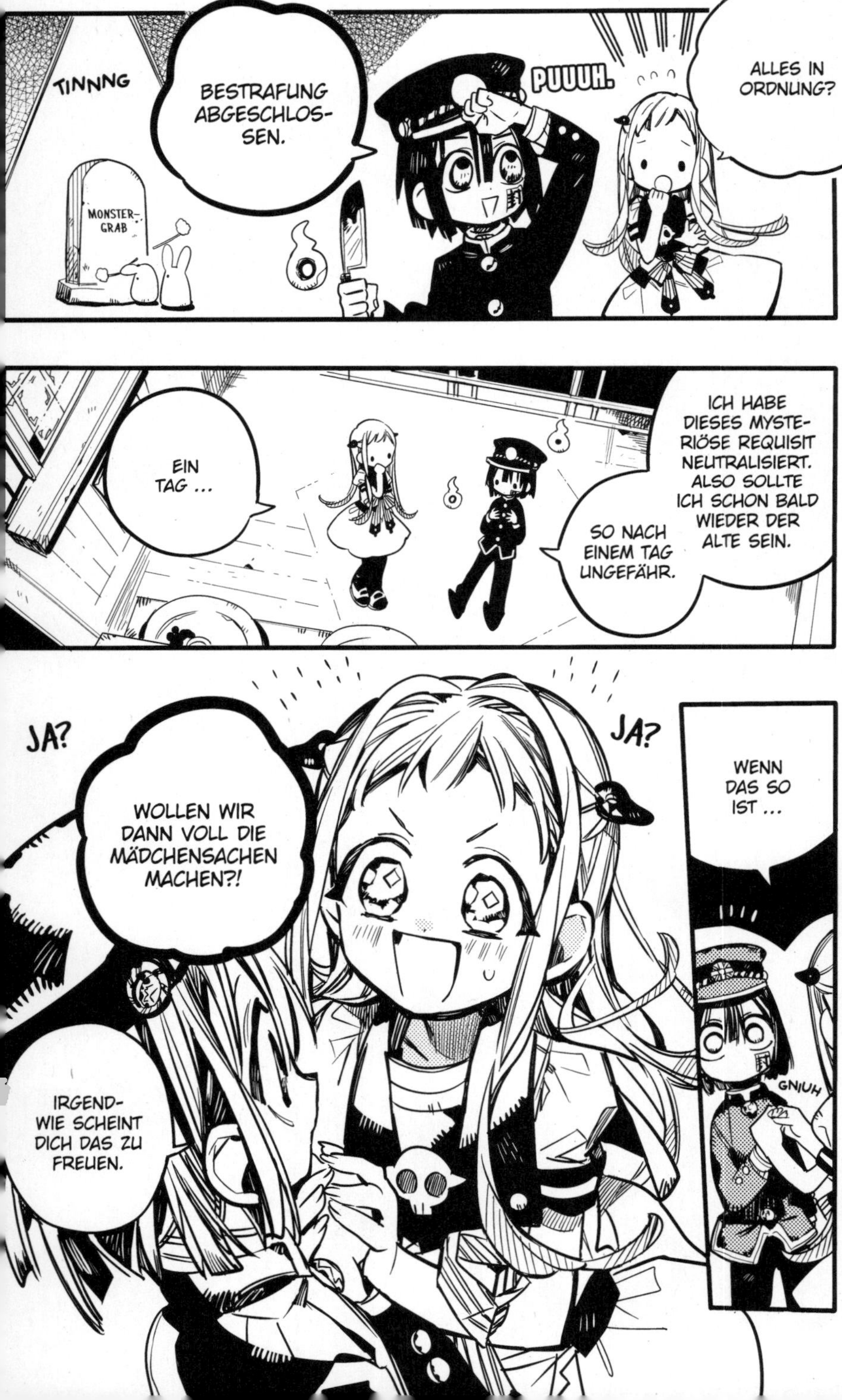
ALLES IN ORDNUNG?
PUUUH.
BESTRAFUNG ABGESCHLOS-SEN.
TINNNG
MONSTER-GRAB
ICH HABE DIESES MYSTE-RIÖSE REQUISIT NEUTRALISIERT. ALSO SOLLTE ICH SCHON BALD WIEDER DER ALTE SEIN.
SO NACH EINEM TAG UNGEFÄHR.
EIN TAG …
WENN DAS SO IST …
GNIUH
JA?
WOLLEN WIR DANN VOLL DIE MÄDCHENSACHEN MACHEN?!
JA?
IRGEND-WIE SCHEINT DICH DAS ZU FREUEN.

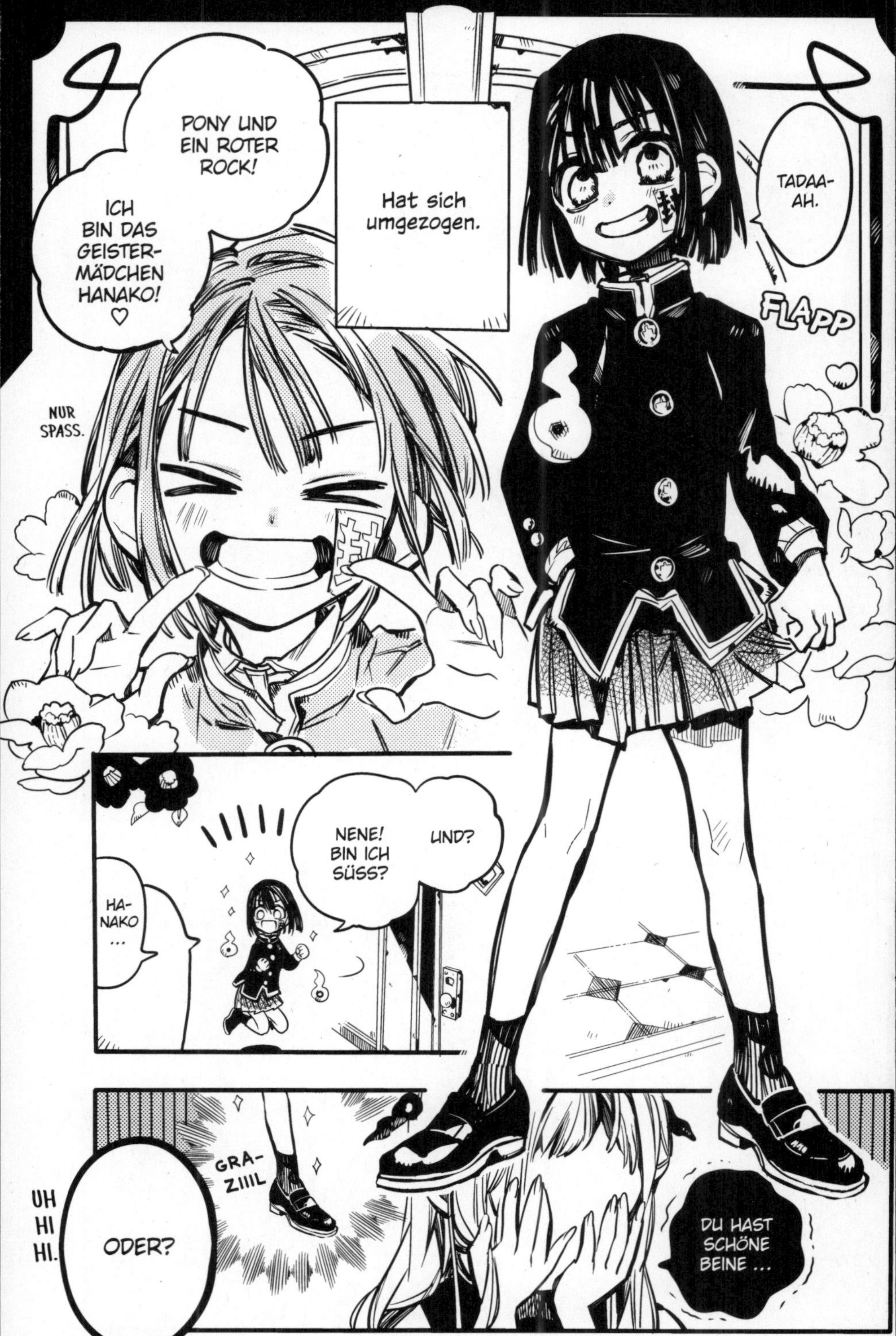
TADAA-AH.
FLAPP
Hat sich umgezogen.
PONY UND EIN ROTER ROCK!
ICH BIN DAS GEISTER-MÄDCHEN HANAKO! ♡
NUR SPASS.
UND?
NENE! BIN ICH SÜSS?
HA-NAKO …
DU HAST SCHÖNE BEINE …
GRA-ZIIIL
ODER?
UH HI HI.

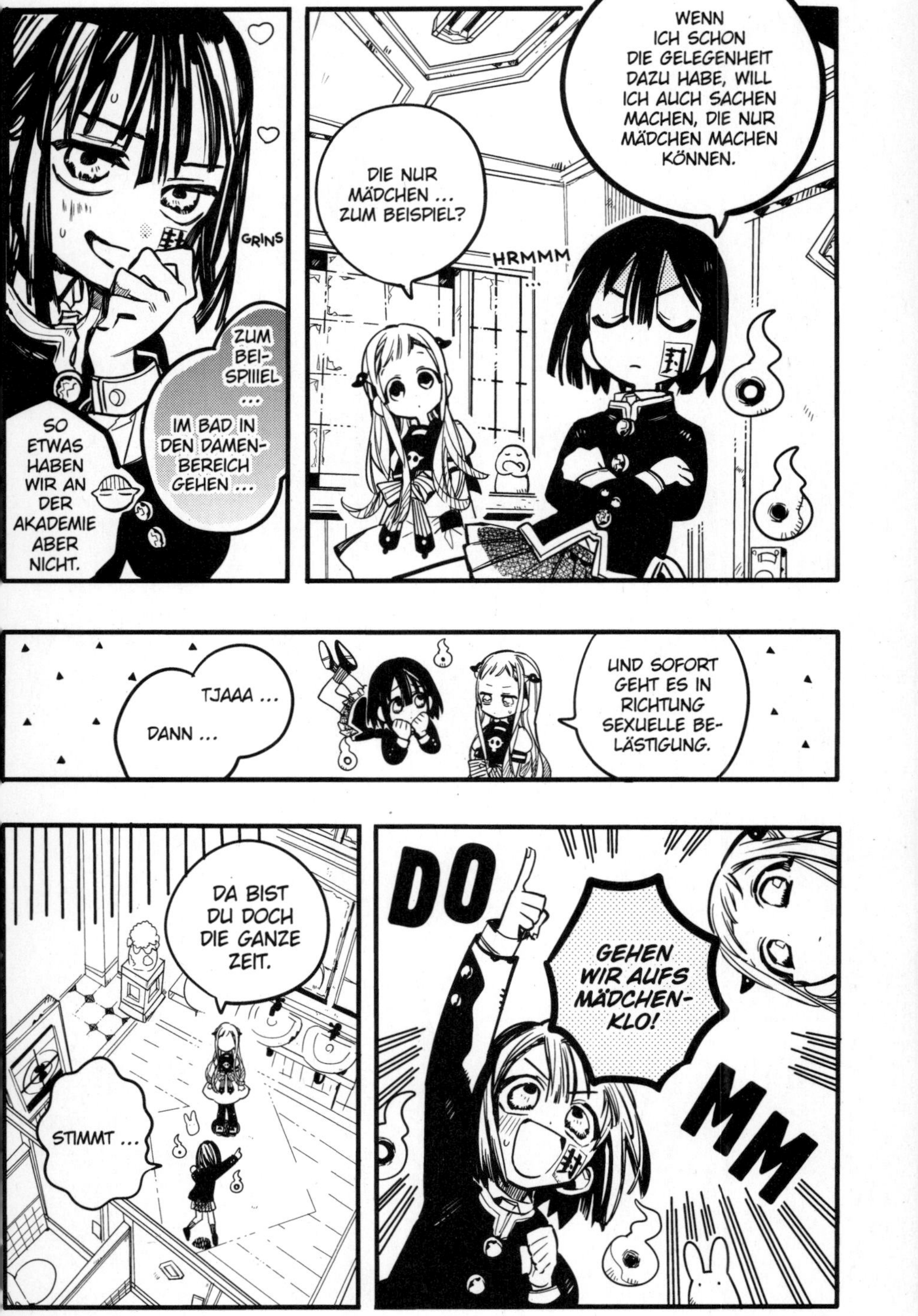
WENN ICH SCHON DIE GELEGENHEIT DAZU HABE, WILL ICH AUCH SACHEN MACHEN, DIE NUR MÄDCHEN MACHEN KÖNNEN.
HRMMM ...
DIE NUR MÄDCHEN ... ZUM BEISPIEL?
GRINS
ZUM BEI-SPIIIEL ... IM BAD IN DEN DAMEN-BEREICH GEHEN ...
SO ETWAS HABEN WIR AN DER AKADEMIE ABER NICHT.
UND SOFORT GEHT ES IN RICHTUNG SEXUELLE BE-LÄSTIGUNG.
TJAAA ... DANN ...
DO
GEHEN WIR AUFS MÄDCHEN-KLO!
MM
DA BIST DU DOCH DIE GANZE ZEIT.
STIMMT ...

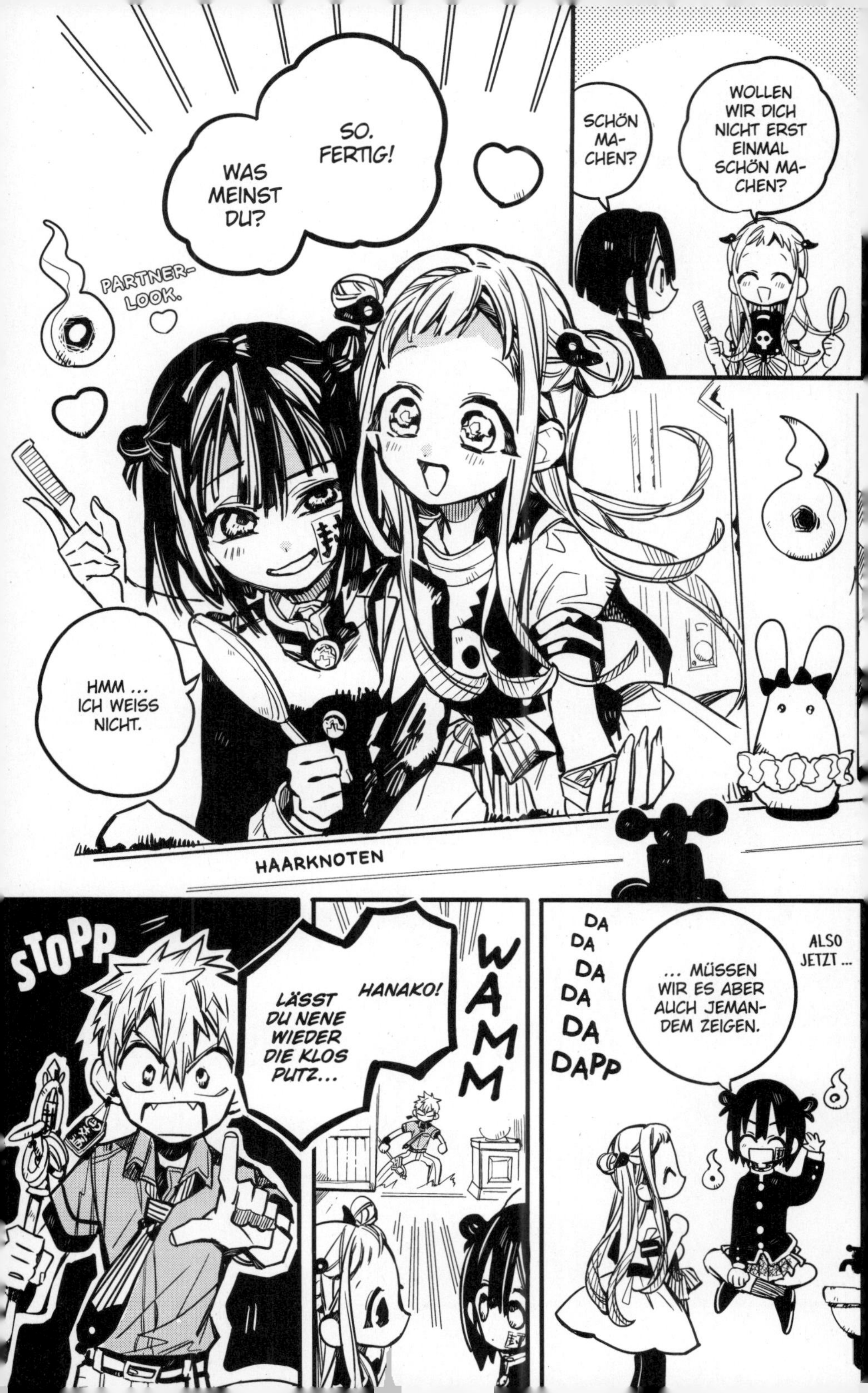
WOLLEN WIR DICH NICHT ERST EINMAL SCHÖN MA-CHEN?
SCHÖN MA-CHEN?
SO. FERTIG!
WAS MEINST DU?
PARTNER-LOOK.
HMM ... ICH WEISS NICHT.
HAARKNOTEN
ALSO JETZT ...
... MÜSSEN WIR ES ABER AUCH JEMAN-DEM ZEIGEN.
DA DA DA DA DA DA DAPP
WAMM
HANAKO!
LÄSST DU NENE WIEDER DIE KLOS PUTZ...
STOPP

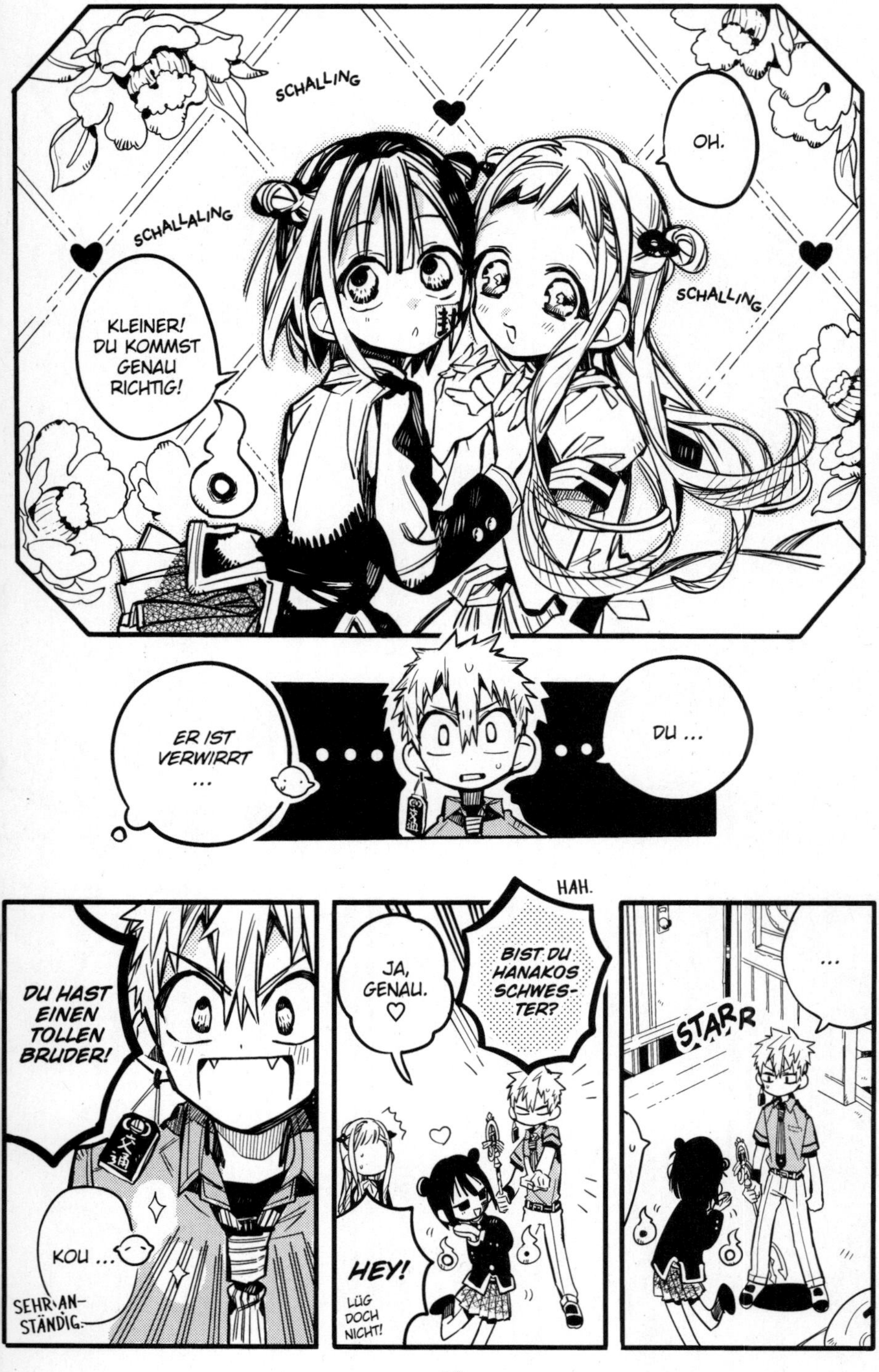
SCHALLING
OH.
SCHALLING
SCHALLALING
KLEINER! DU KOMMST GENAU RICHTIG!
DU ...
ER IST VERWIRRT ...
HAH.
BIST DU HANAKOS SCHWESTER?
JA, GENAU. ♡
HEY!
LÜG DOCH NICHT!
...
STARR
DU HAST EINEN TOLLEN BRUDER!
KOU ...
SEHR ANSTÄNDIG.

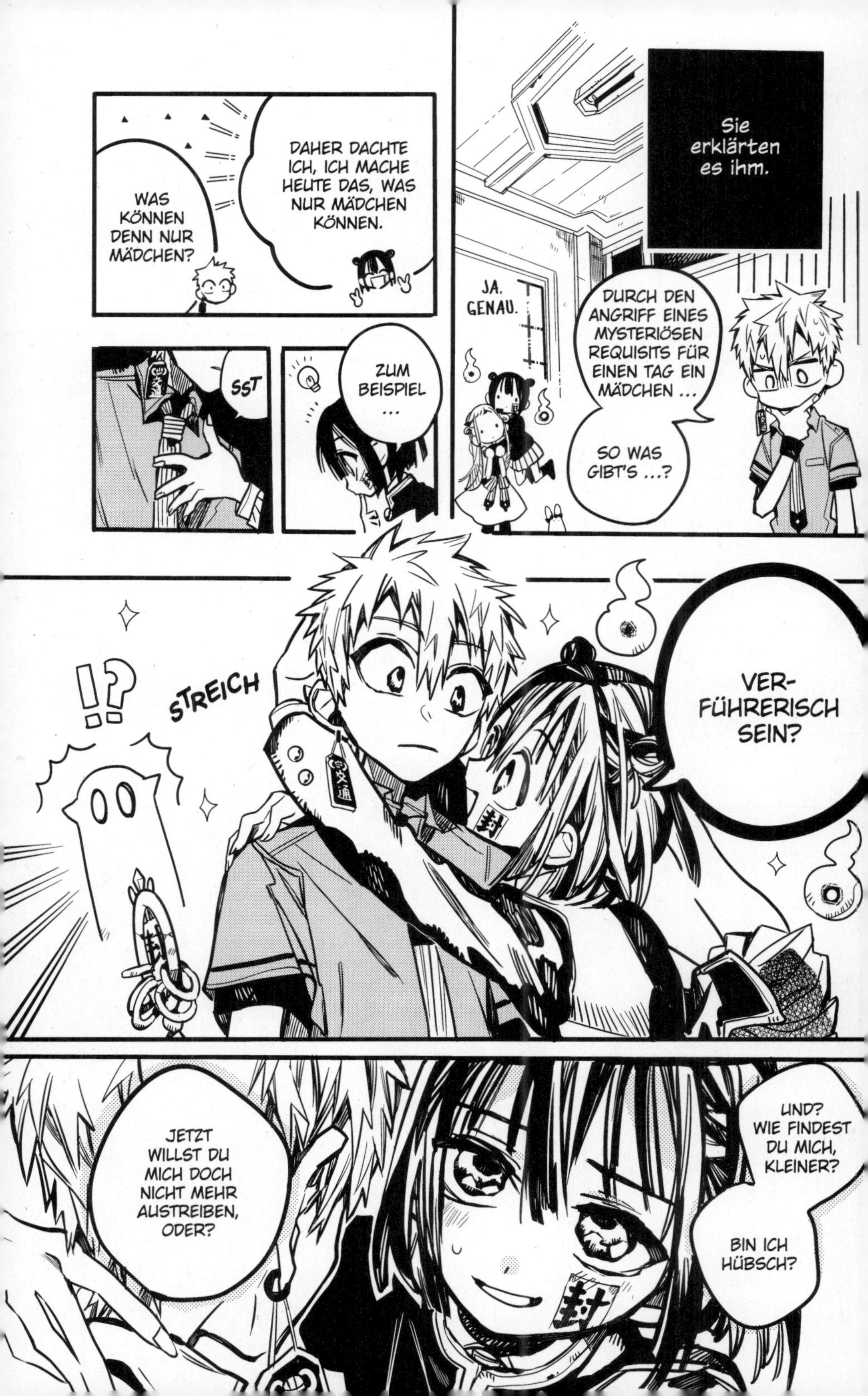
Sie erklärten es ihm.
DURCH DEN ANGRIFF EINES MYSTERIÖSEN REQUISITS FÜR EINEN TAG EIN MÄDCHEN ...
SO WAS GIBT'S ...?
JA. GENAU.
DAHER DACHTE ICH, ICH MACHE HEUTE DAS, WAS NUR MÄDCHEN KÖNNEN.
WAS KÖNNEN DENN NUR MÄDCHEN?
ZUM BEISPIEL ...
SST
VER-FÜHRERISCH SEIN?
STREICH
!?
UND? WIE FINDEST DU MICH, KLEINER?
BIN ICH HÜBSCH?
JETZT WILLST DU MICH DOCH NICHT MEHR AUSTREIBEN, ODER?

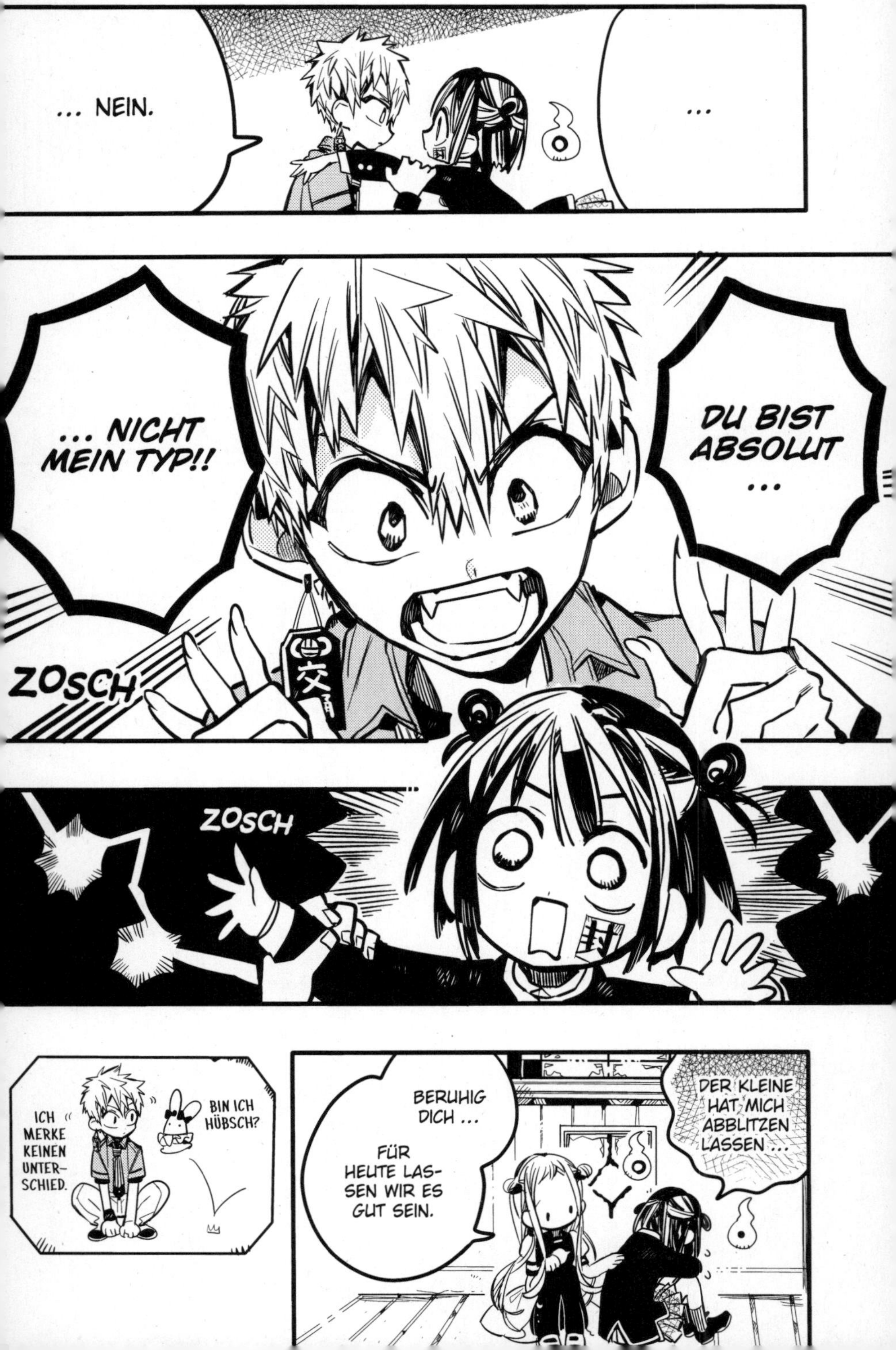

...
... NEIN.
DU BIST ABSOLUT ...
... NICHT MEIN TYP!!
ZOSCH
ZOSCH
DER KLEINE HAT MICH ABBLITZEN LASSEN ...
BERUHIG DICH ...
FÜR HEUTE LASSEN WIR ES GUT SEIN.
BIN ICH HÜBSCH?
ICH MERKE KEINEN UNTERSCHIED.

AidaIro

MEIN SCHULGEIST HANAKO AFTER SCHOOL

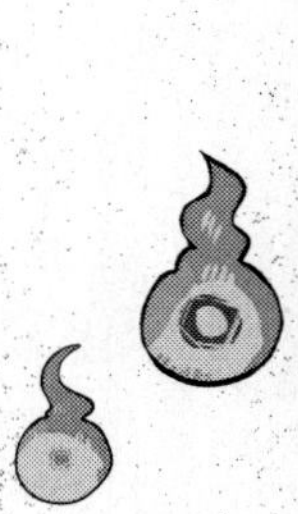

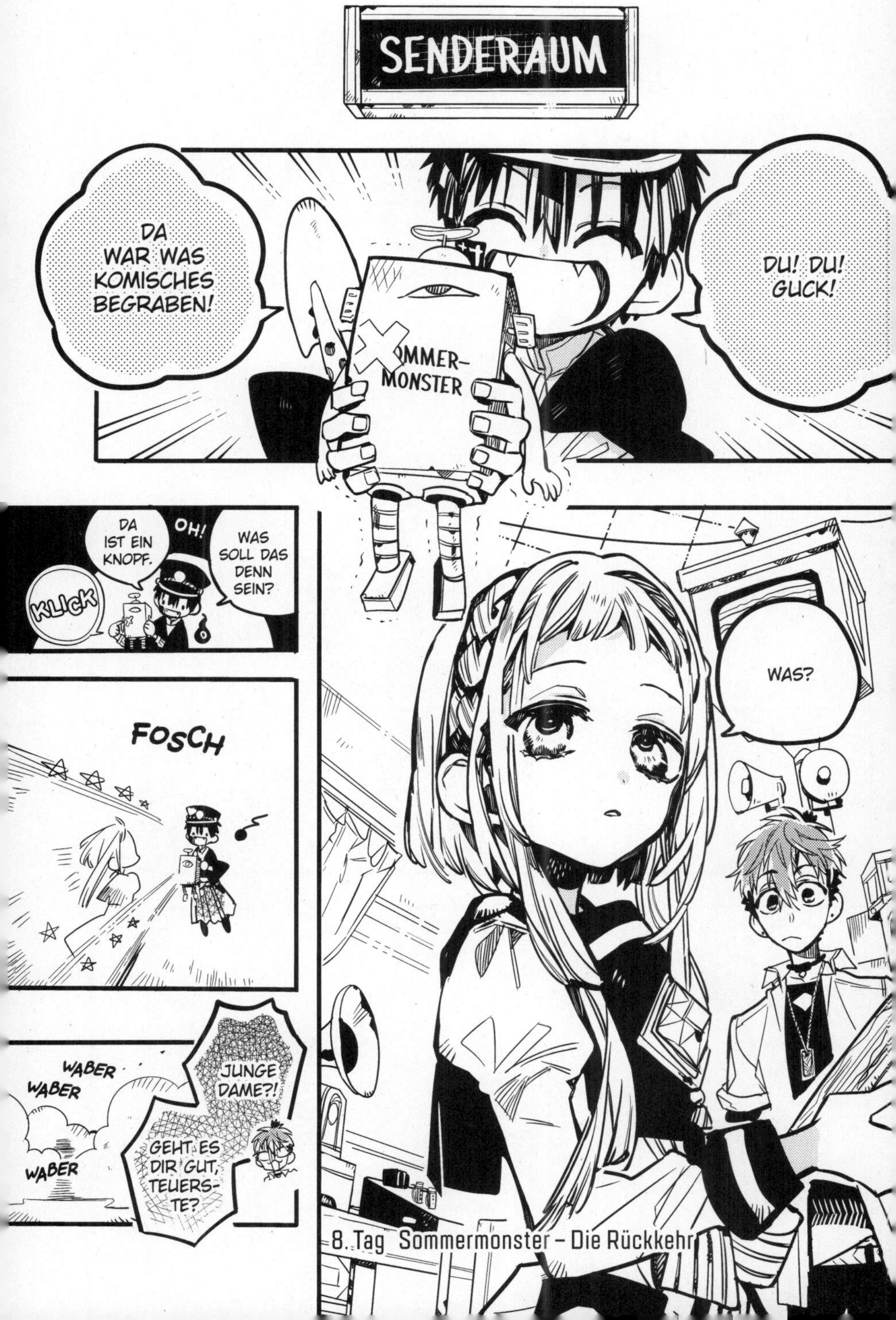

8. Tag Sommermonster – Die Rückkehr

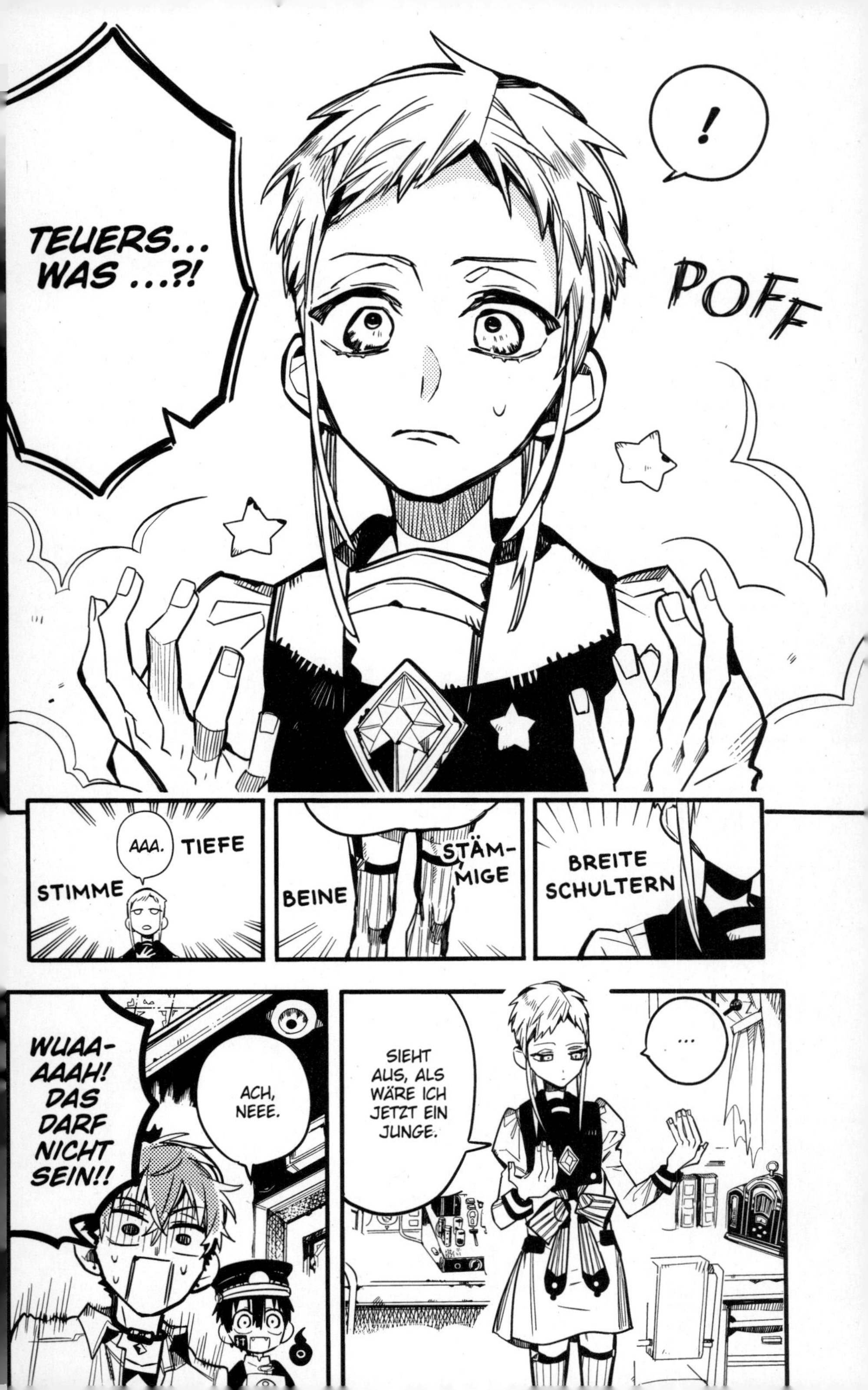
!
POFF
TEUERS... WAS ...?!
BREITE SCHULTERN
STÄM-MIGE BEINE
AAA.
TIEFE STIMME
...
SIEHT AUS, ALS WÄRE ICH JETZT EIN JUNGE.
ACH, NEEE.
WUAAA-AAAH! DAS DARF NICHT SEIN!!

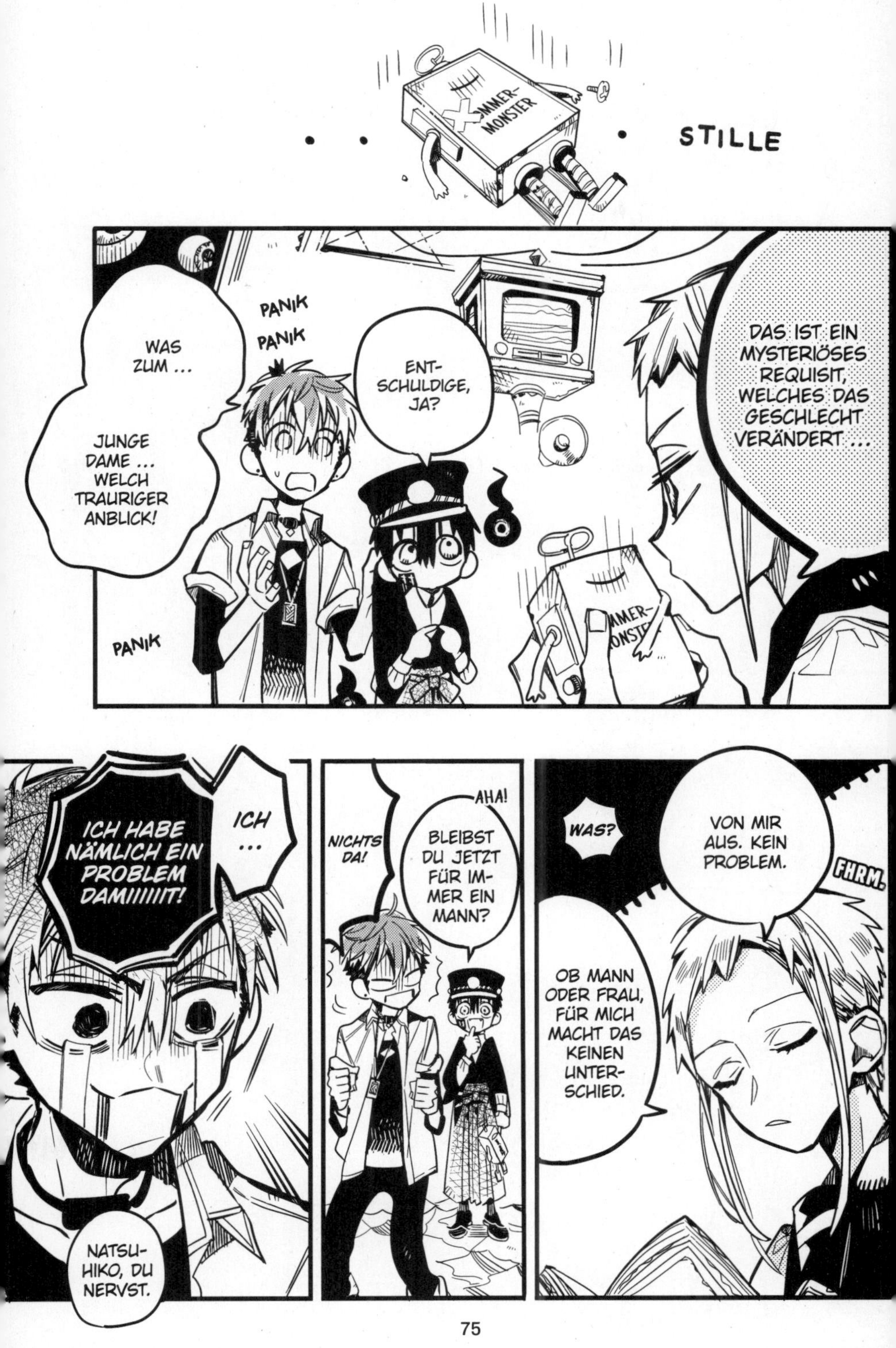
...
STILLE
DAS IST EIN MYSTERIÖSES REQUISIT, WELCHES DAS GESCHLECHT VERÄNDERT ...
ENT-SCHULDIGE, JA?
PANIK
PANIK
WAS ZUM ...
JUNGE DAME ... WELCH TRAURIGER ANBLICK!
PANIK
VON MIR AUS. KEIN PROBLEM.
FHRM.
WAS?
OB MANN ODER FRAU, FÜR MICH MACHT DAS KEINEN UNTER-SCHIED.
AHA!
BLEIBST DU JETZT FÜR IMMER EIN MANN?
NICHTS DA!
ICH ...
ICH HABE NÄMLICH EIN PROBLEM DAMIIIIIIT!
NATSU-HIKO, DU NERVST.

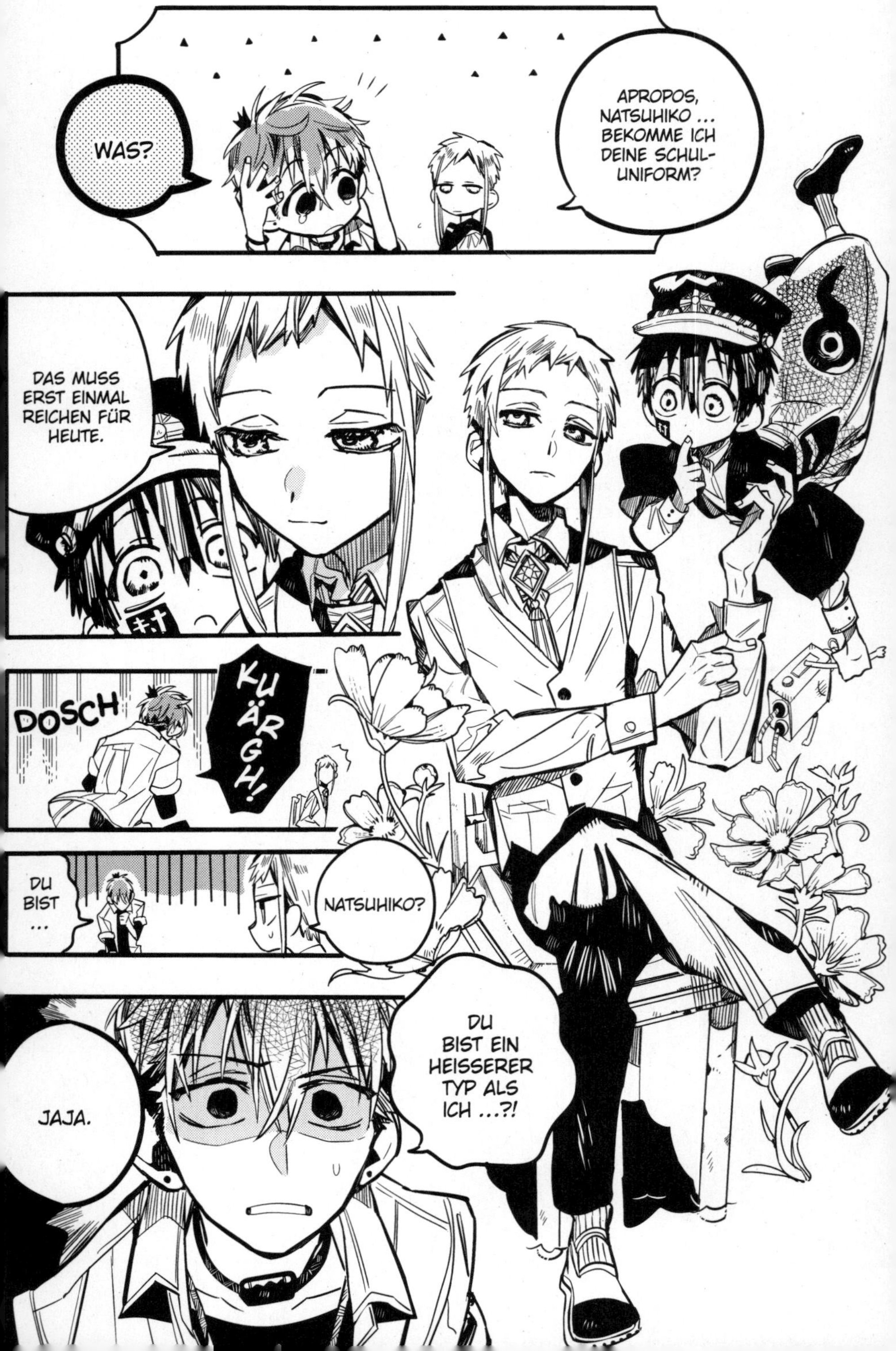

APROPOS, NATSUHIKO … BEKOMME ICH DEINE SCHUL-UNIFORM?
WAS?
DAS MUSS ERST EINMAL REICHEN FÜR HEUTE.
KUÄRGH!
DOSCH
NATSUHIKO?
DU BIST …
DU BIST EIN HEISSERER TYP ALS ICH …?!
JAJA.

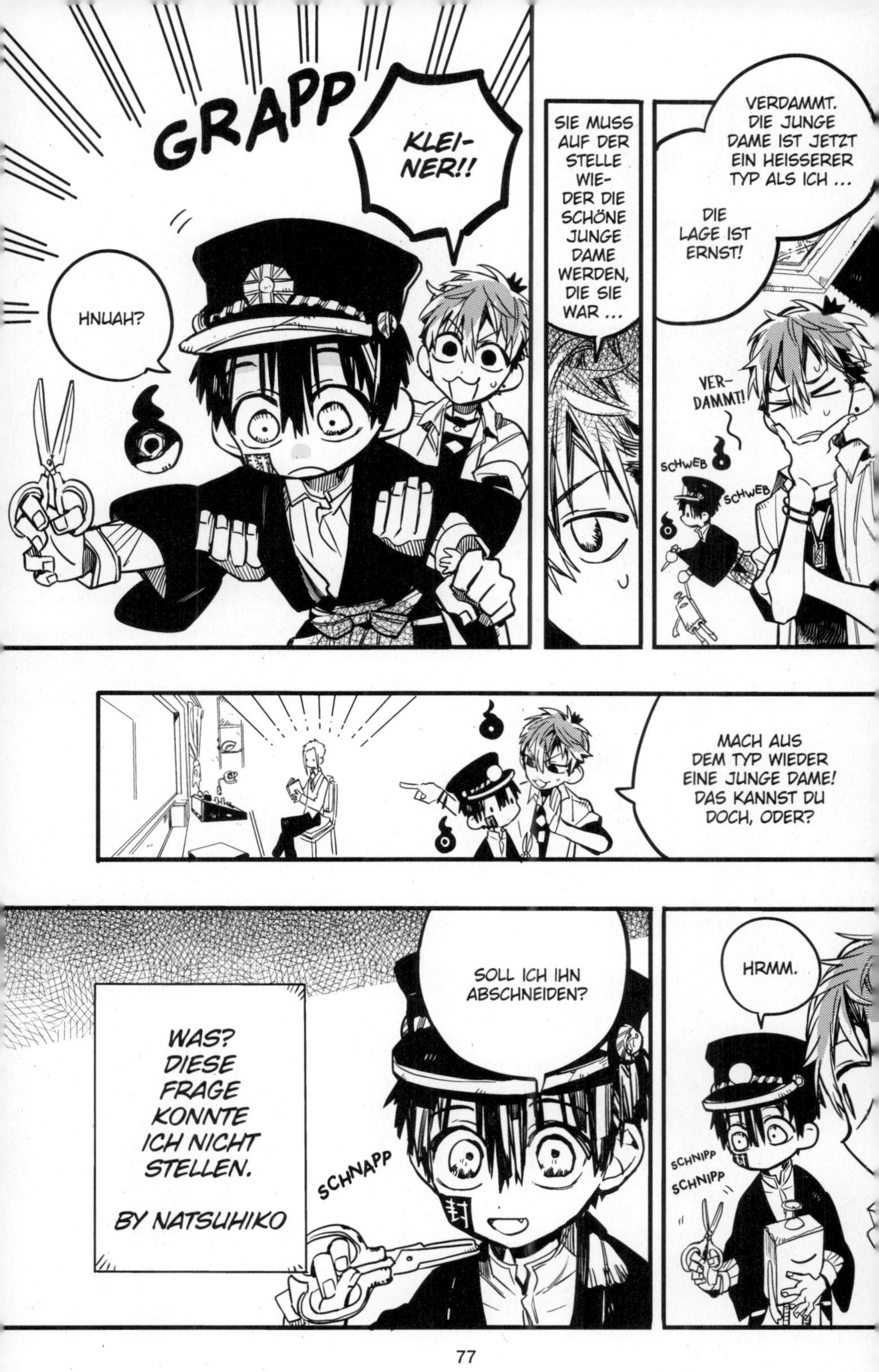
VERDAMMT. DIE JUNGE DAME IST JETZT EIN HEISSERER TYP ALS ICH …
DIE LAGE IST ERNST!
VER-DAMMT!
SCHWEB
SCHWEB
SIE MUSS AUF DER STELLE WIE-DER DIE SCHÖNE JUNGE DAME WERDEN, DIE SIE WAR …
KLEI-NER!!
GRAPP
HNUAH?
MACH AUS DEM TYP WIEDER EINE JUNGE DAME! DAS KANNST DU DOCH, ODER?
HRMM.
SCHNIPP
SCHNIPP
SOLL ICH IHN ABSCHNEIDEN?
SCHNAPP
WAS? DIESE FRAGE KONNTE ICH NICHT STELLEN.
BY NATSUHIKO

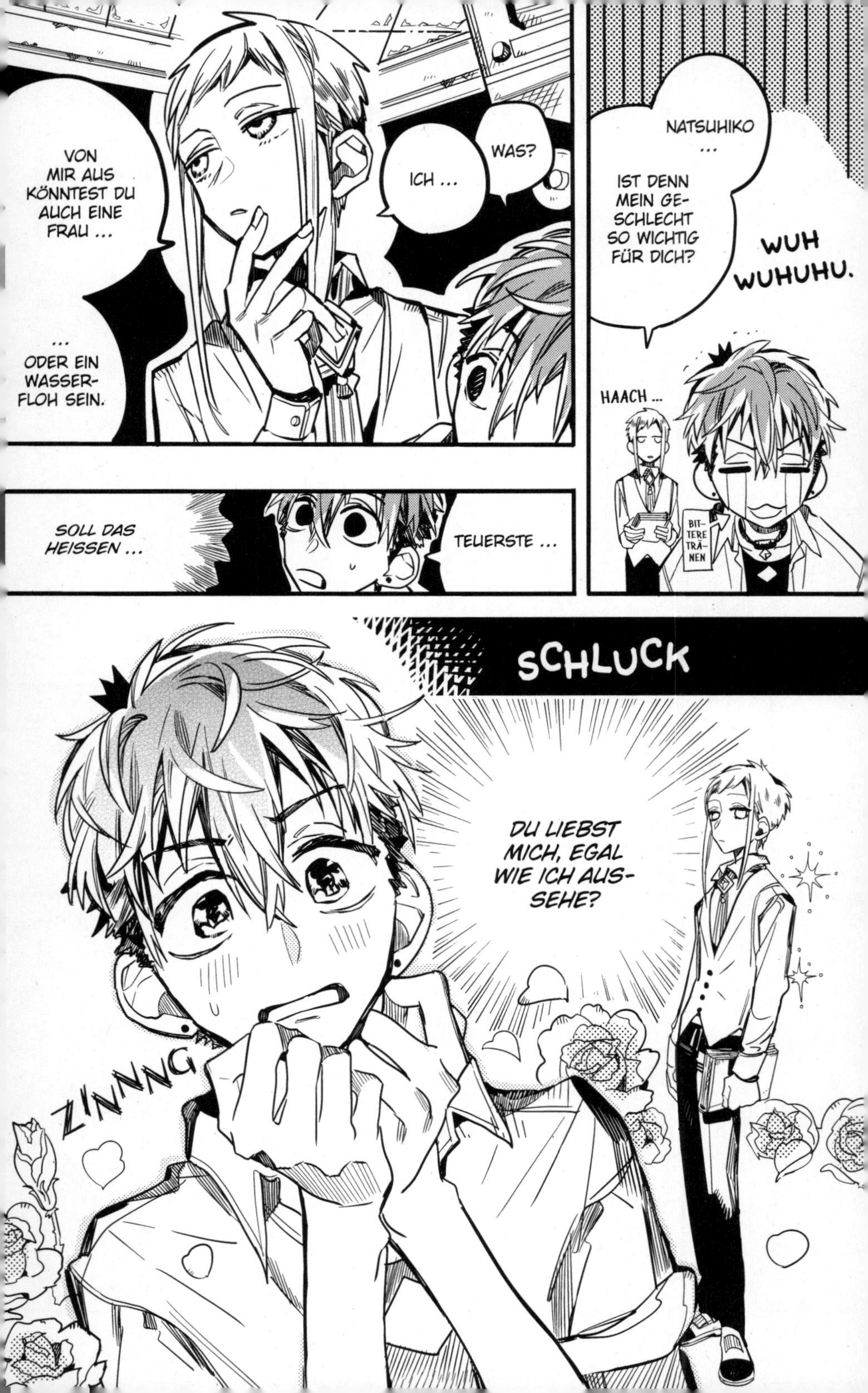
NATSUHIKO …
IST DENN MEIN GESCHLECHT SO WICHTIG FÜR DICH?
WUH WUHUHU.
HAACH …
BITTERE TRÄNEN
VON MIR AUS KÖNNTEST DU AUCH EINE FRAU …
… ODER EIN WASSERFLOH SEIN.
WAS?
ICH …
TEUERSTE …
SOLL DAS HEISSEN …
SCHLUCK
DU LIEBST MICH, EGAL WIE ICH AUSSEHE?
ZINNNG

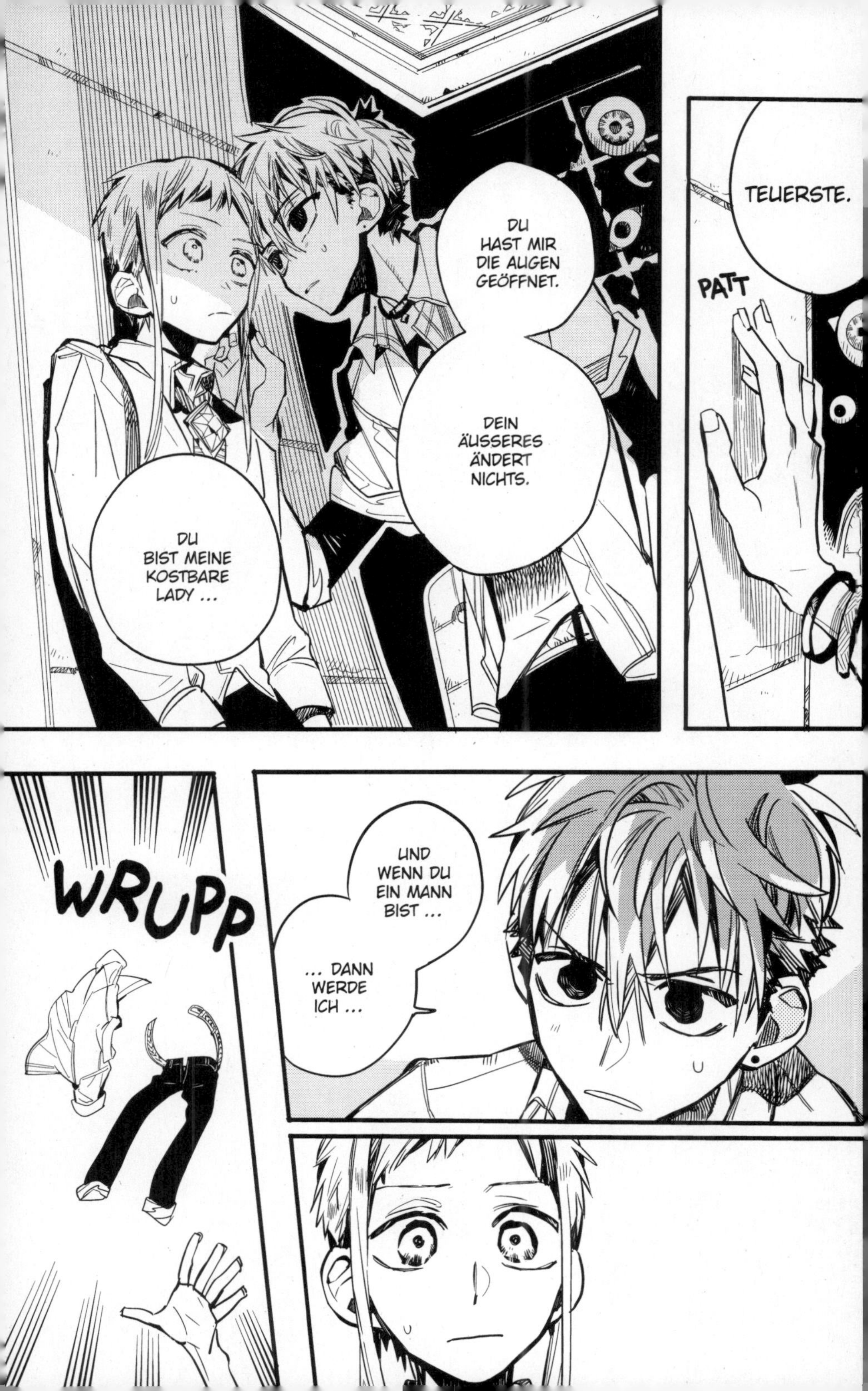
TEUERSTE.
PATT
DU HAST MIR DIE AUGEN GEÖFFNET.
DEIN ÄUSSERES ÄNDERT NICHTS.
DU BIST MEINE KOSTBARE LADY …
UND WENN DU EIN MANN BIST …
… DANN WERDE ICH …
WRUPP

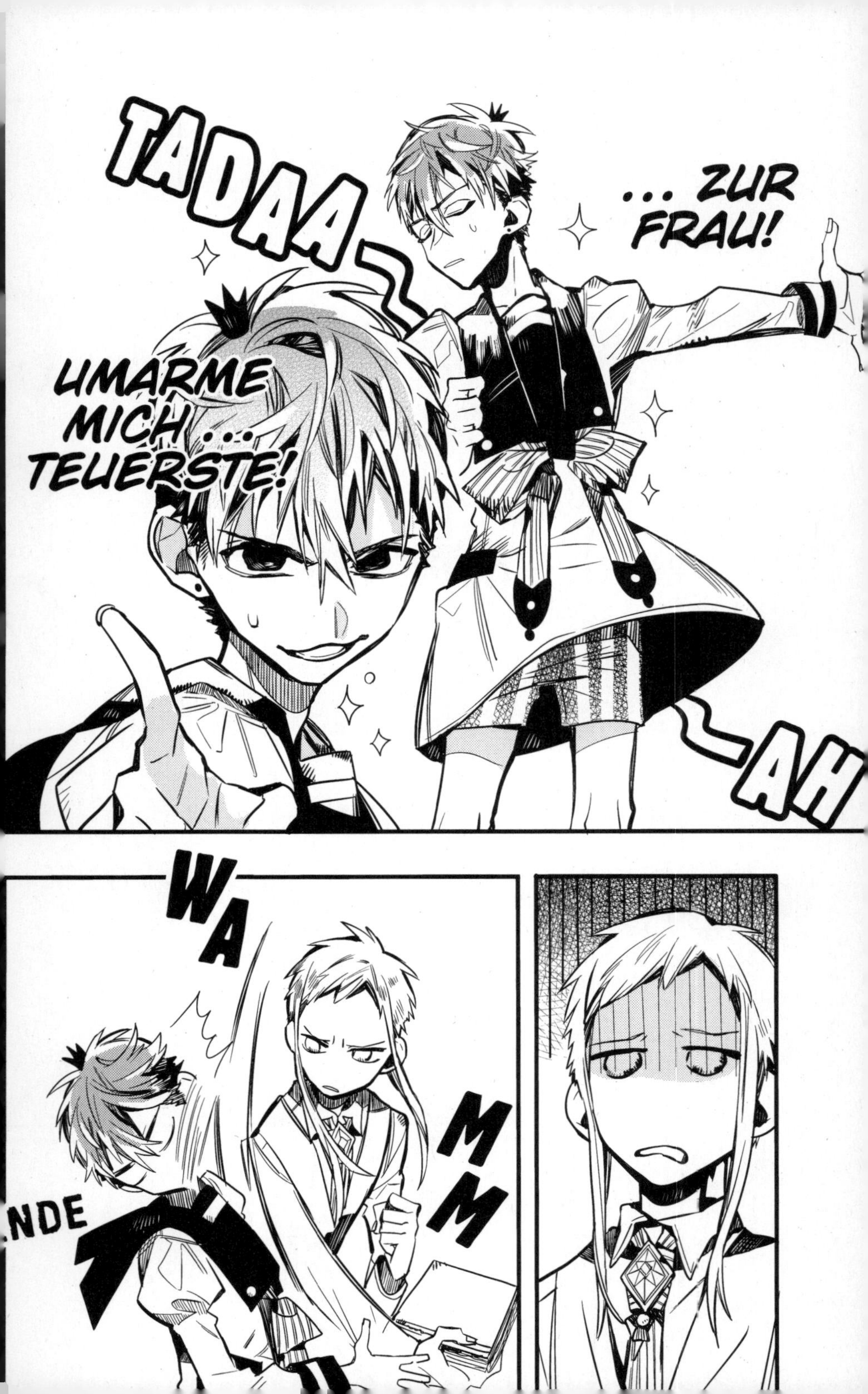

TADAA~
~AH
… ZUR FRAU!
UMARME MICH … TEUERSTE!
WA
MM
NDE

AidaIro

MEIN SCHULGEIST HANAKO AFTER SCHOOL

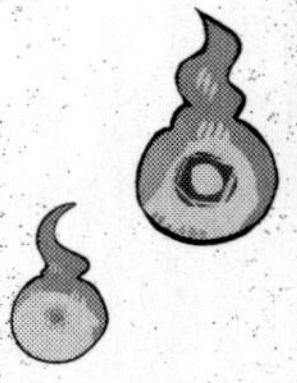

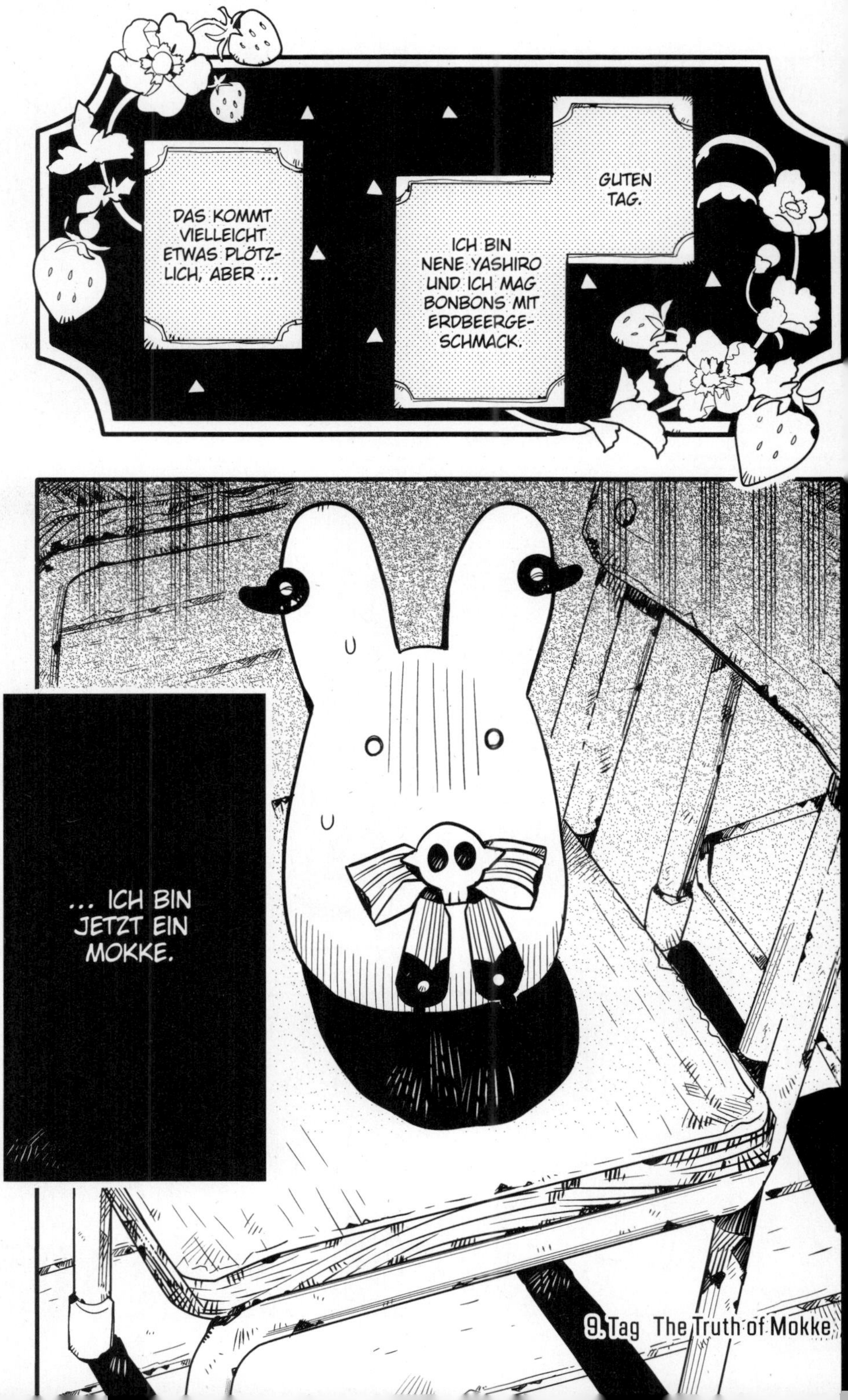
GUTEN TAG.
ICH BIN NENE YASHIRO UND ICH MAG BONBONS MIT ERDBEERGE-SCHMACK.
DAS KOMMT VIELLEICHT ETWAS PLÖTZ-LICH, ABER …
… ICH BIN JETZT EIN MOKKE.
9. Tag The Truth of Mokke

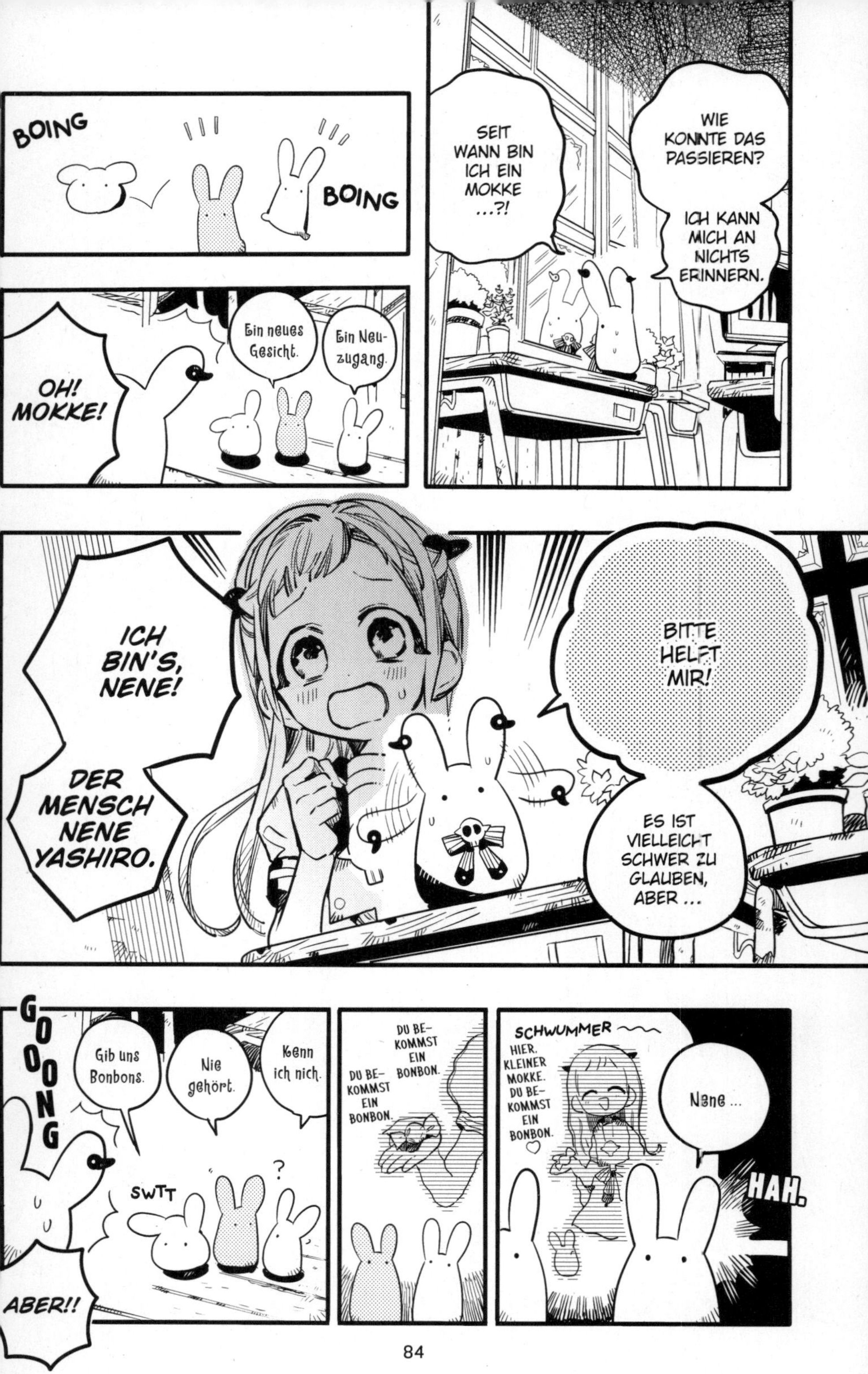
WIE KONNTE DAS PASSIEREN?
ICH KANN MICH AN NICHTS ERINNERN.
SEIT WANN BIN ICH EIN MOKKE ...?!
BOING
BOING
Ein Neuzugang.
Ein neues Gesicht.
OH! MOKKE!
BITTE HELFT MIR!
ES IST VIELLEICHT SCHWER ZU GLAUBEN, ABER ...
ICH BIN'S, NENE!
DER MENSCH NENE YASHIRO.
Nene ...
HAH.
SCHWUMMER
HIER. KLEINER MOKKE. DU BEKOMMST EIN BONBON.
DU BEKOMMST EIN BONBON.
DU BEKOMMST EIN BONBON.
Kenn ich nich.
Nie gehört.
Gib uns Bonbons.
GOOONG
SWTT
ABER!!

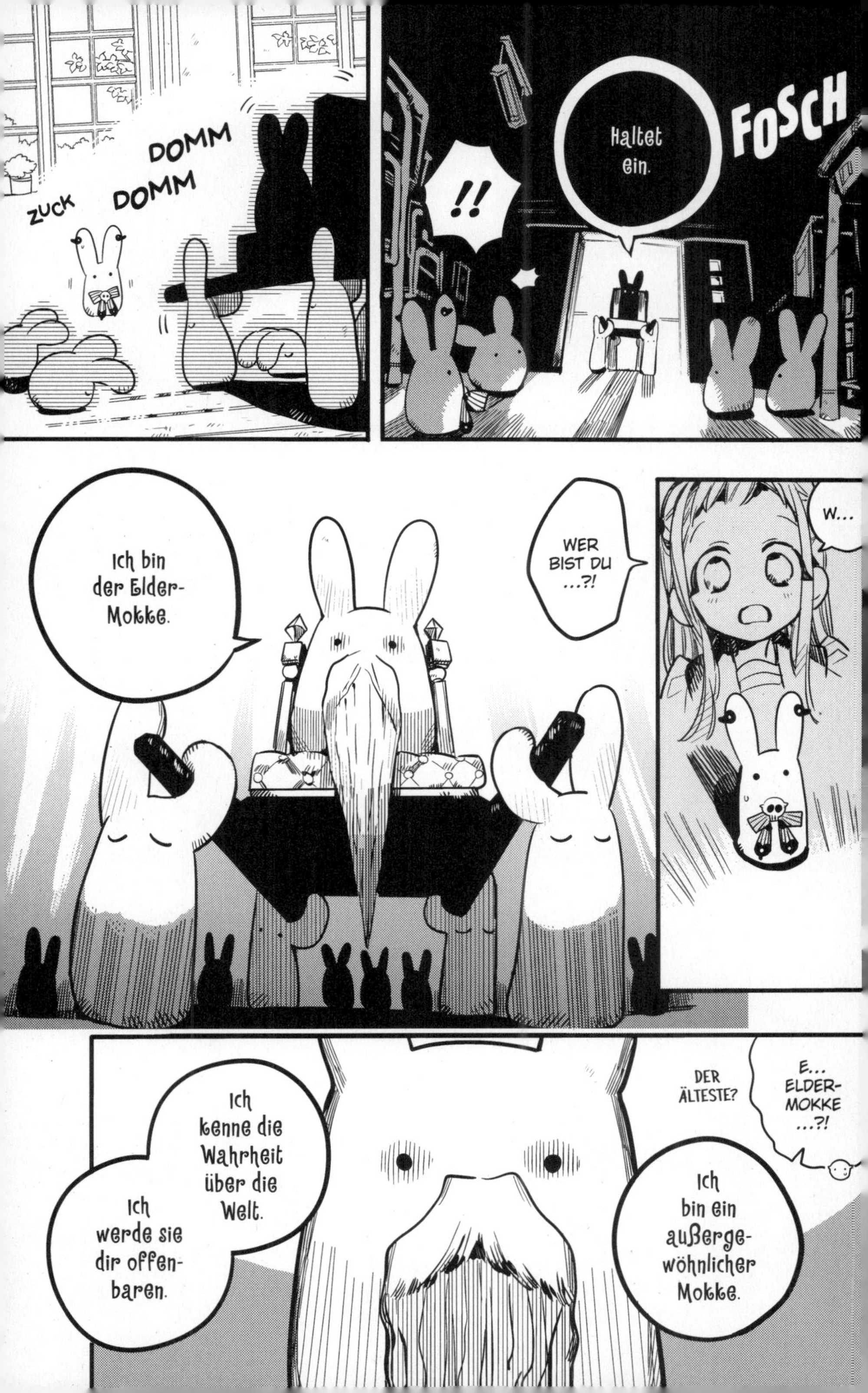
FOSCH
Haltet ein.
!!
DOMM
DOMM
ZUCK
W…
WER BIST DU …?!
Ich bin der Elder-Mokke.
E… ELDER-MOKKE …?!
DER ÄLTESTE?
Ich bin ein außergewöhnlicher Mokke.
Ich kenne die Wahrheit über die Welt.
Ich werde sie dir offenbaren.

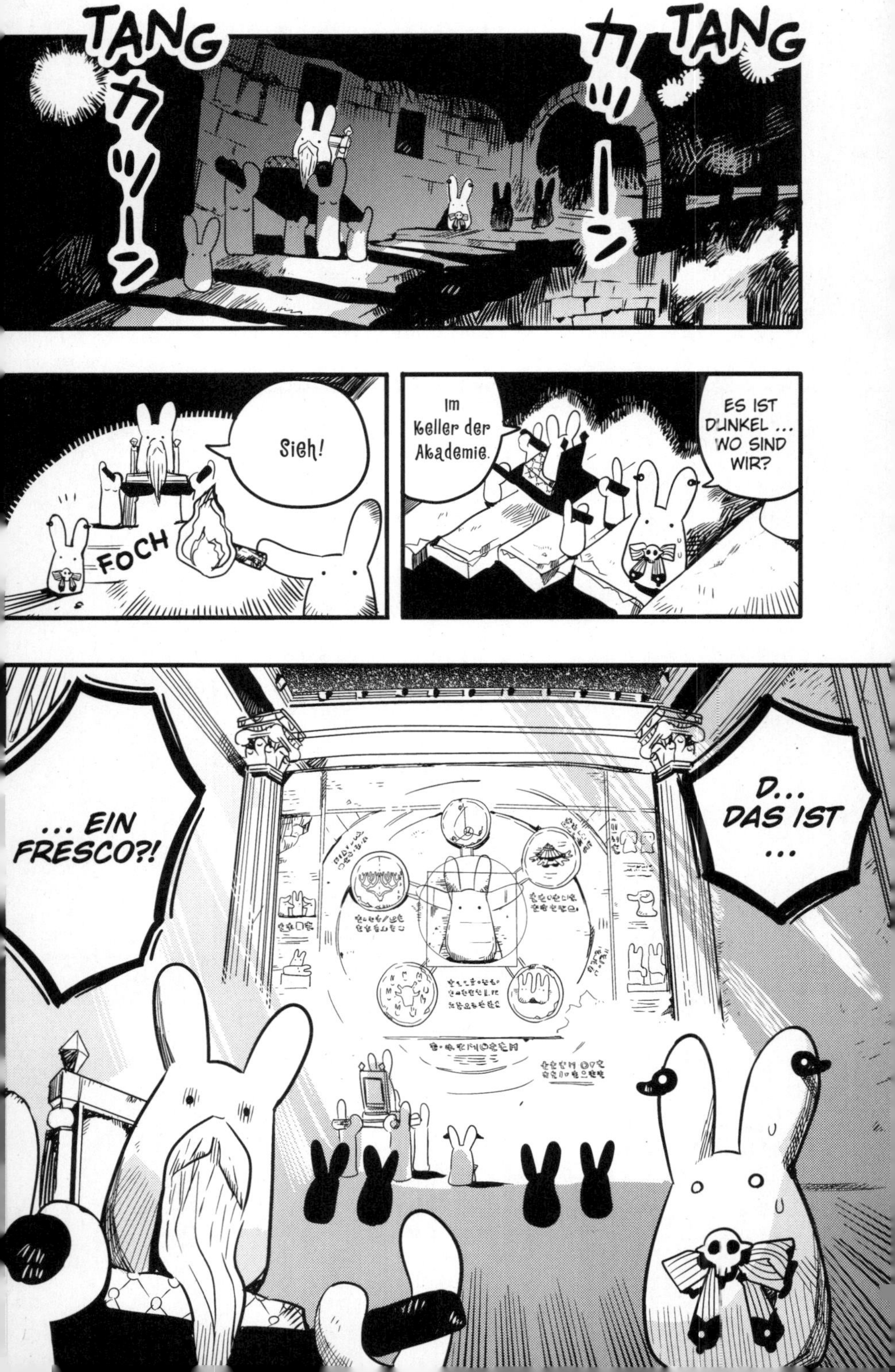
TANG
カッ
TANG
カッ
Es ist dunkel ... wo sind wir?
Im Keller der Akademie.
Sieh!
FOCH
D... das ist ...
... ein Fresco?!

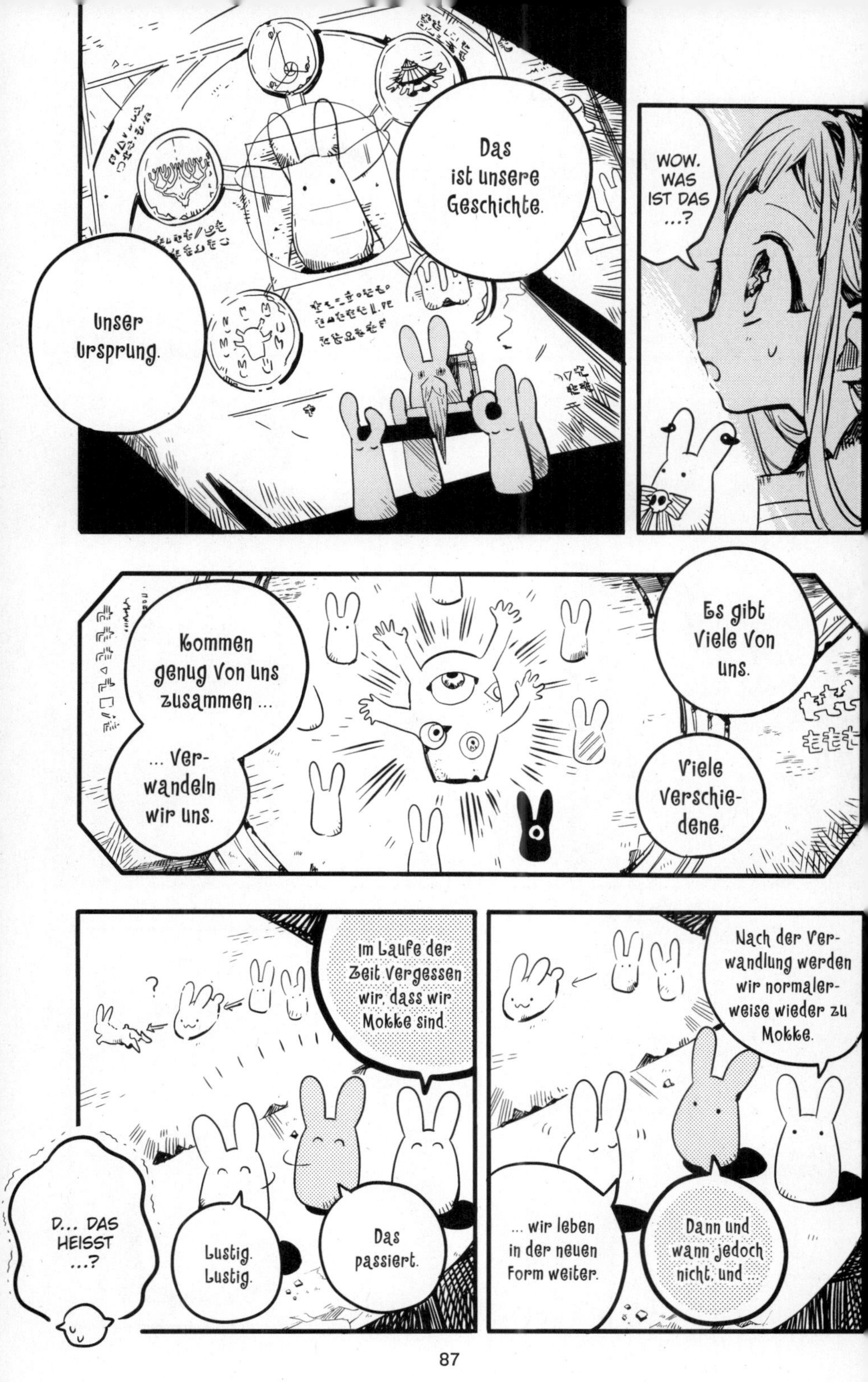
WOW. WAS IST DAS …?
Das ist unsere Geschichte.
Unser Ursprung.
Es gibt viele von uns.
Viele verschiedene.
Kommen genug von uns zusammen …
… verwandeln wir uns.
Nach der Verwandlung werden wir normalerweise wieder zu Mokke.
Dann und wann jedoch nicht, und …
… wir leben in der neuen Form weiter.
Im Laufe der Zeit vergessen wir, dass wir Mokke sind.
Das passiert.
Lustig. Lustig.
D… DAS HEISST …?

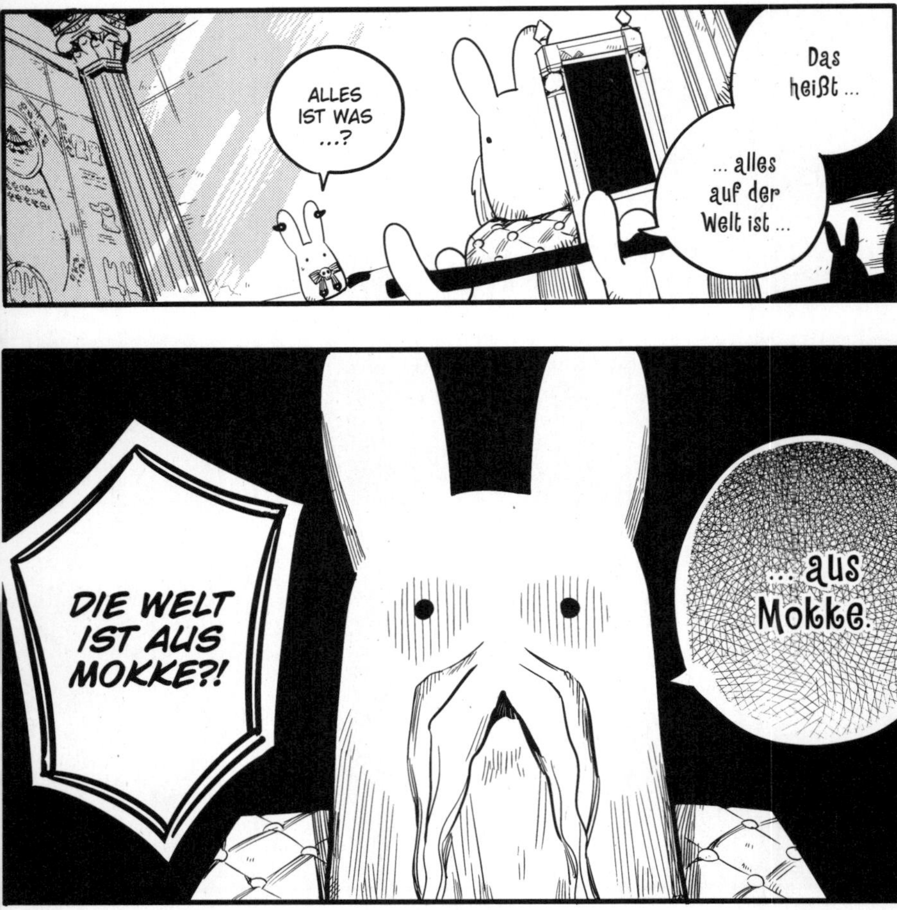
Das heißt ...
... alles auf der Welt ist ...
ALLES IST WAS ...?
... aus Mokke.
DIE WELT IST AUS MOKKE?!

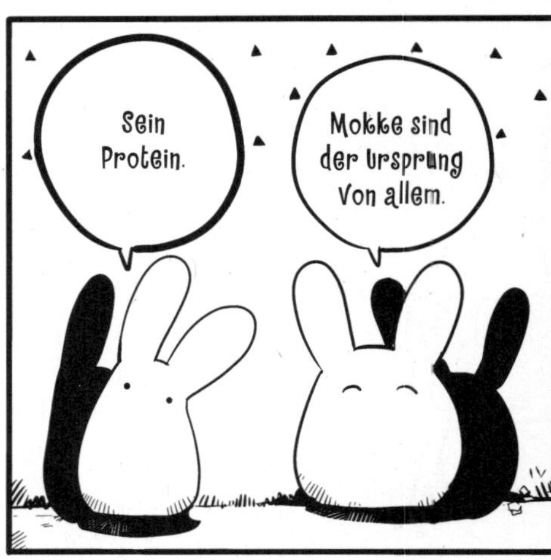
Mokke sind der Ursprung von allem.
Sein Protein.

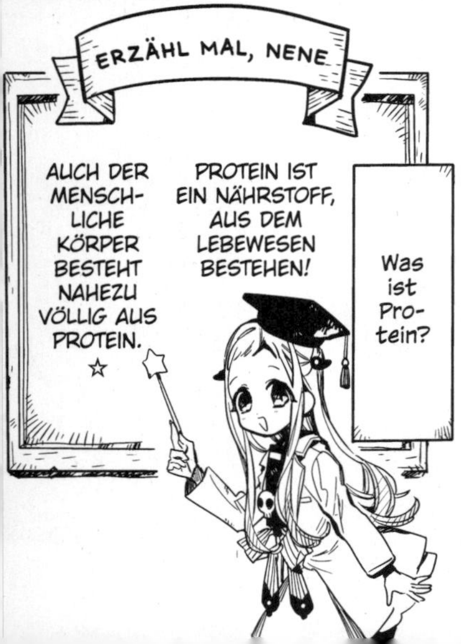
ERZÄHL MAL, NENE
Was ist Protein?
PROTEIN IST EIN NÄHRSTOFF, AUS DEM LEBEWESEN BESTEHEN!
AUCH DER MENSCHLICHE KÖRPER BESTEHT NAHEZU VÖLLIG AUS PROTEIN. ☆

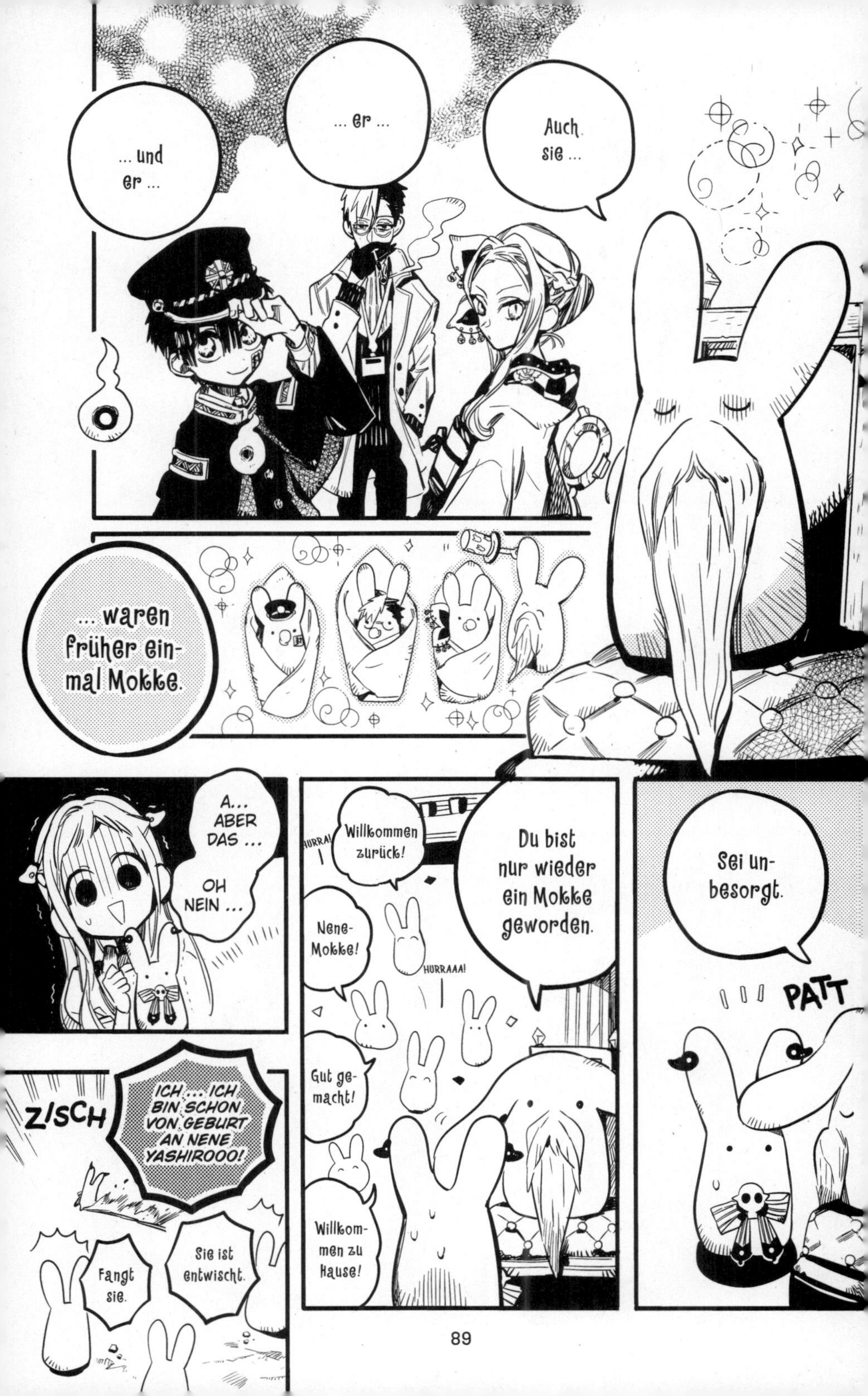
Auch sie ...
... er ...
... und er ...
... waren früher ein-mal Mokke.
Sei un-besorgt.
Du bist nur wieder ein Mokke geworden.
Willkommen zurück!
HURRA!
Nene-Mokke!
HURRAAA!
Gut ge-macht!
Willkom-men zu Hause!
PATT
A... ABER DAS ...
OH NEIN ...
ICH ... ICH BIN SCHON VON GEBURT AN NENE YASHIROOO!
ZISCH
Sie ist entwischt.
Fangt sie.

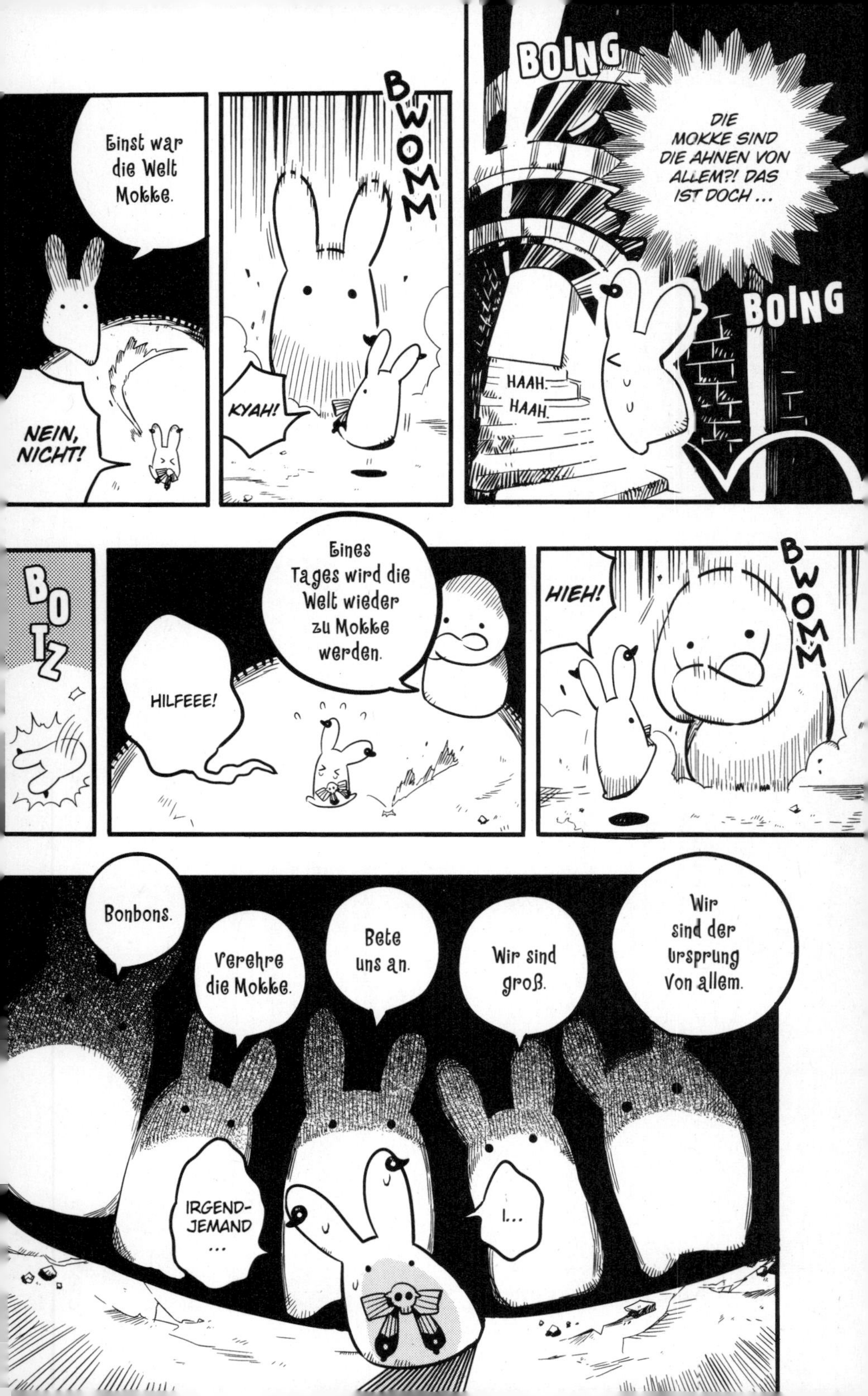
BOING
DIE MOKKE SIND DIE AHNEN VON ALLEM?! DAS IST DOCH ...
BOING
HAAH. HAAH.
BWOMM
KYAH!
Einst war die Welt Mokke.
NEIN, NICHT!
BWOMM
HIEH!
Eines Tages wird die Welt wieder zu Mokke werden.
HILFEEE!
BOTZ
Wir sind der Ursprung von allem.
Wir sind groß.
Bete uns an.
Verehre die Mokke.
Bonbons.
I...
IRGEND-JEMAND ...

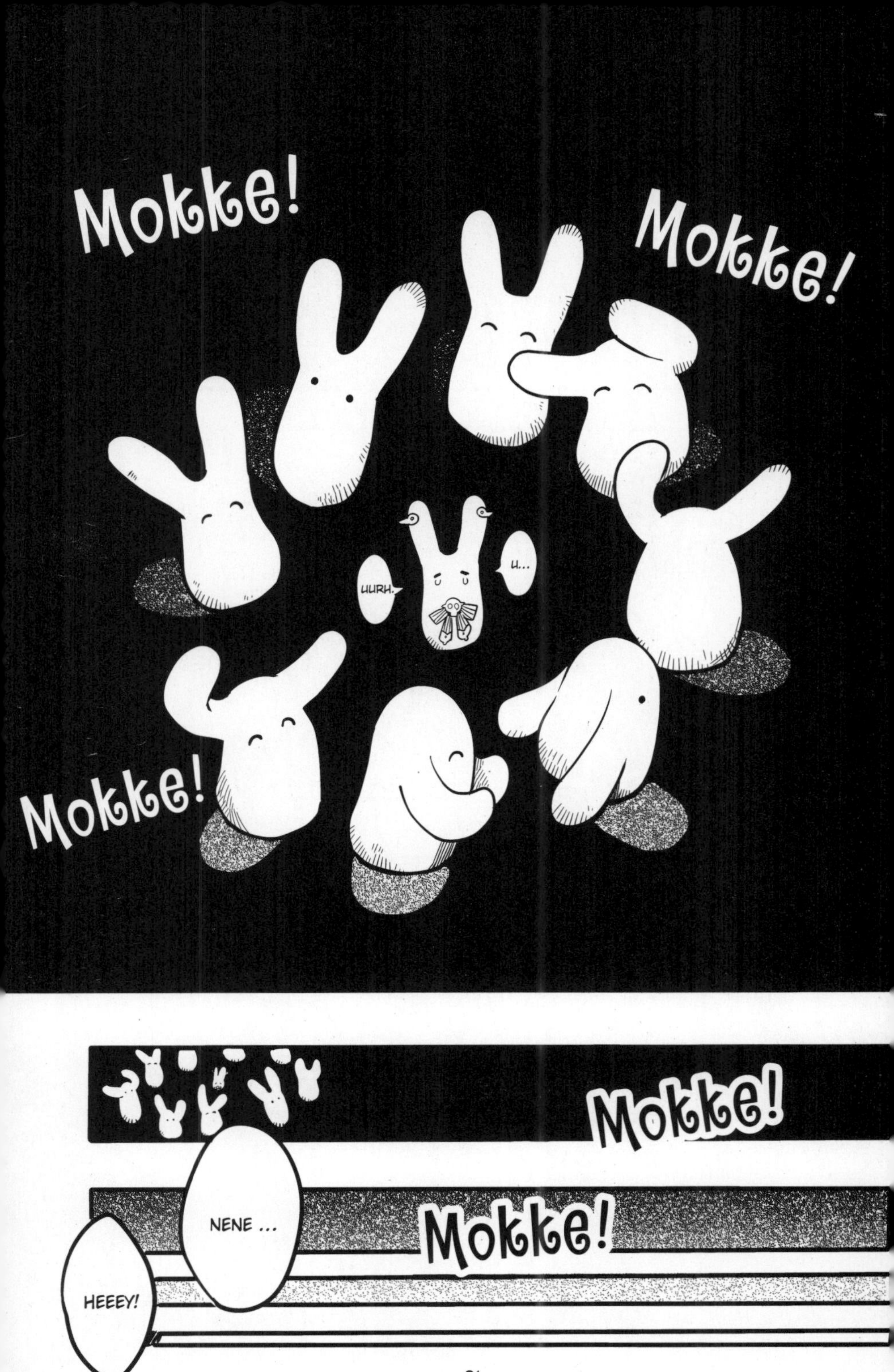
Mokke!
Mokke!
Uurh.
U...
Mokke!
Mokke!
Mokke!
Nene ...
Heeey!

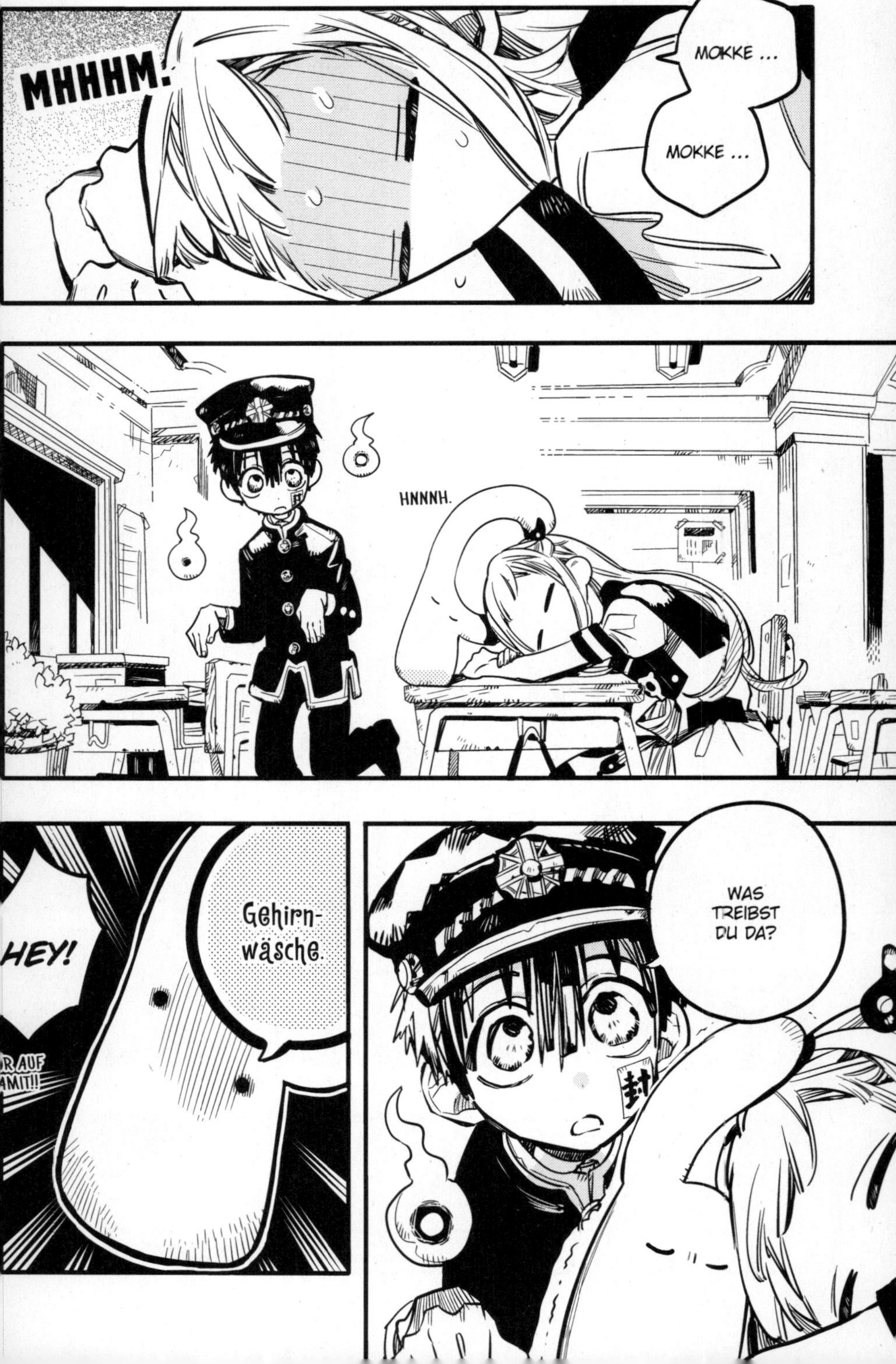
MOKKE …
MOKKE …
MHHHM.
HNNNH.
WAS TREIBST DU DA?
Gehirn-wäsche.
HEY!

AidaIro

MEIN SCHULGEIST HANAKO AFTER SCHOOL

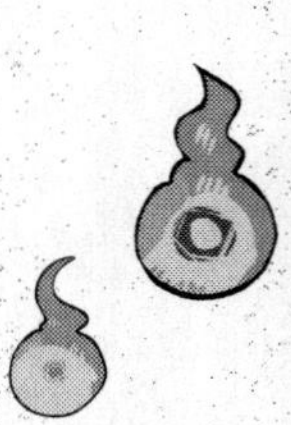

10. Tag Das Grauen von der Oberstufe

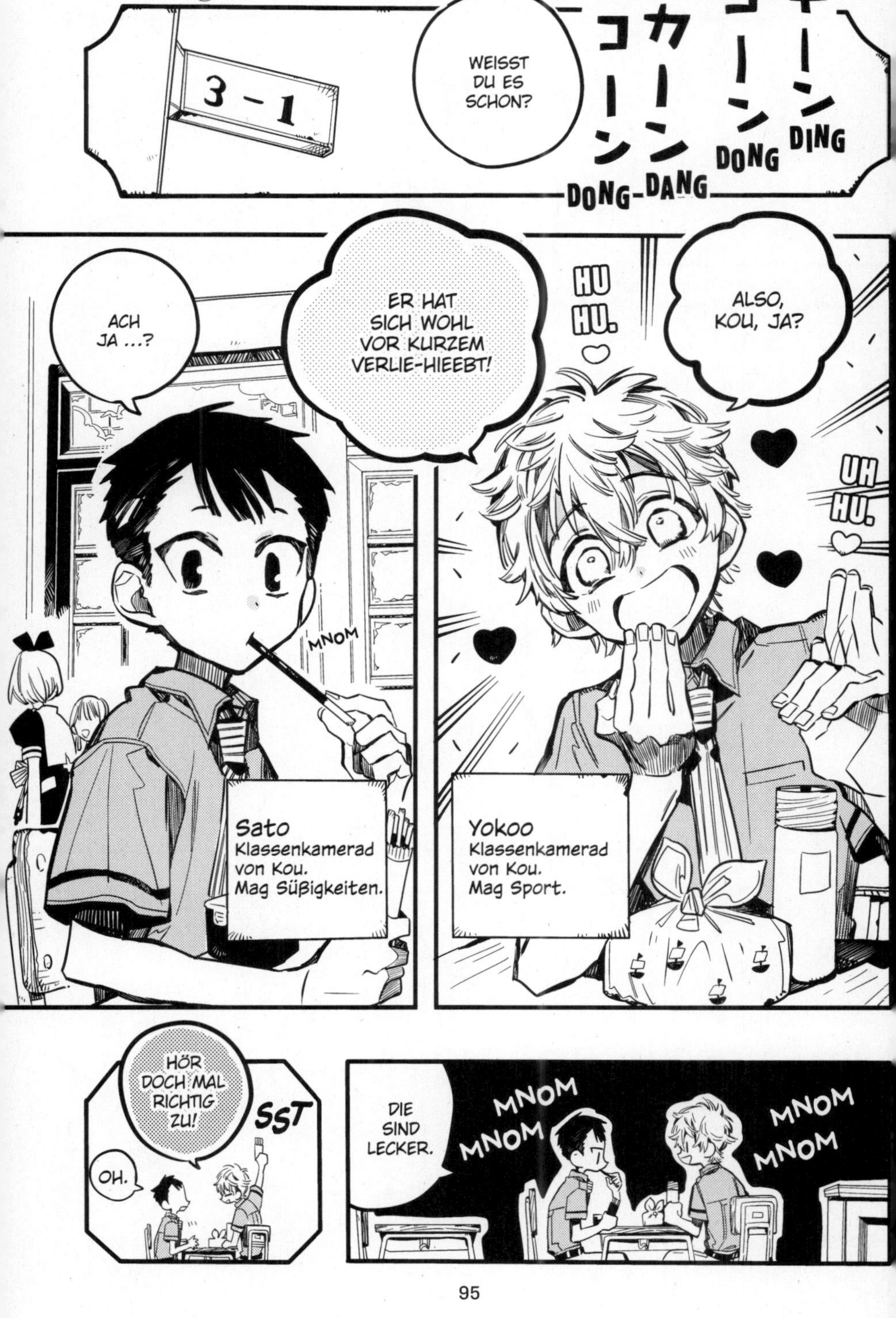

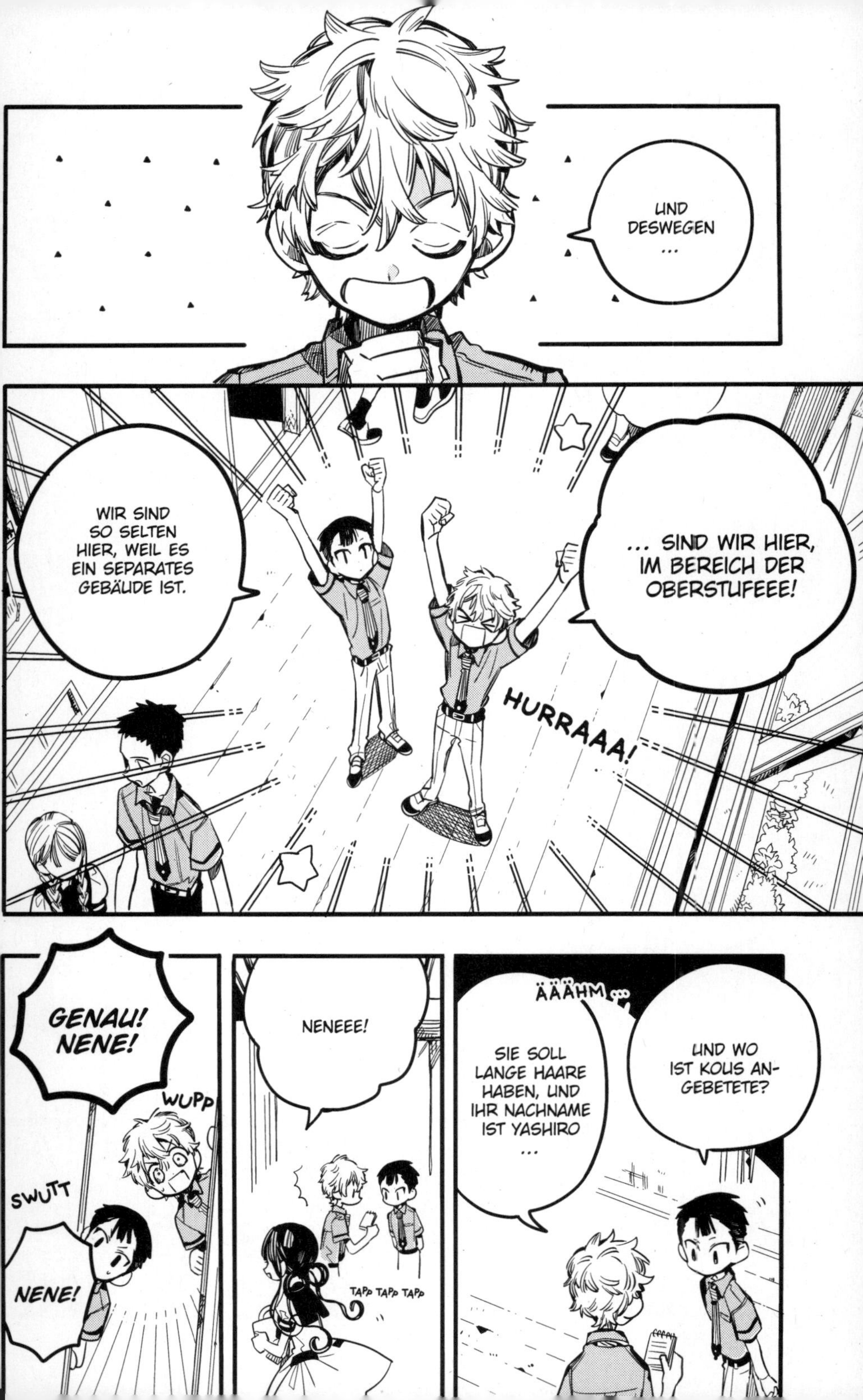
UND DESWEGEN …
… SIND WIR HIER, IM BEREICH DER OBERSTUFEEE!
HURRAAA!
WIR SIND SO SELTEN HIER, WEIL ES EIN SEPARATES GEBÄUDE IST.
UND WO IST KOUS AN-GEBETETE?
ÄÄÄHM …
SIE SOLL LANGE HAARE HABEN, UND IHR NACHNAME IST YASHIRO …
NENEEE!
TAPP TAPP TAPP
GENAU! NENE!
WUPP
SWUTT
NENE!

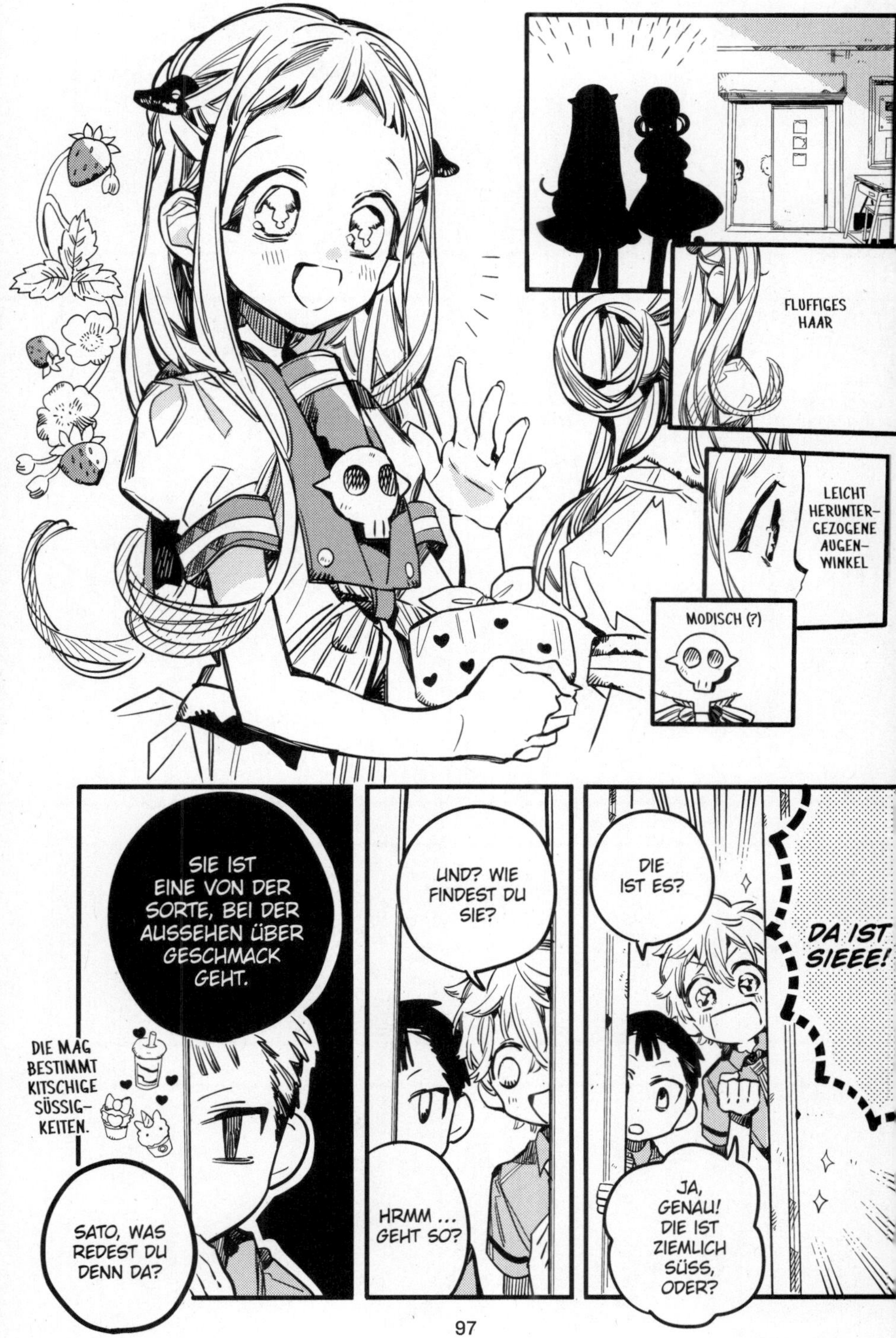
FLUFFIGES HAAR
LEICHT HERUNTER-GEZOGENE AUGEN-WINKEL
MODISCH (?)
DA IST SIEEE!
DIE IST ES?
JA, GENAU! DIE IST ZIEMLICH SÜSS, ODER?
UND? WIE FINDEST DU SIE?
HRMM ... GEHT SO?
SIE IST EINE VON DER SORTE, BEI DER AUSSEHEN ÜBER GESCHMACK GEHT.
DIE MAG BESTIMMT KITSCHIGE SÜSSIG-KEITEN.
SATO, WAS REDEST DU DENN DA?

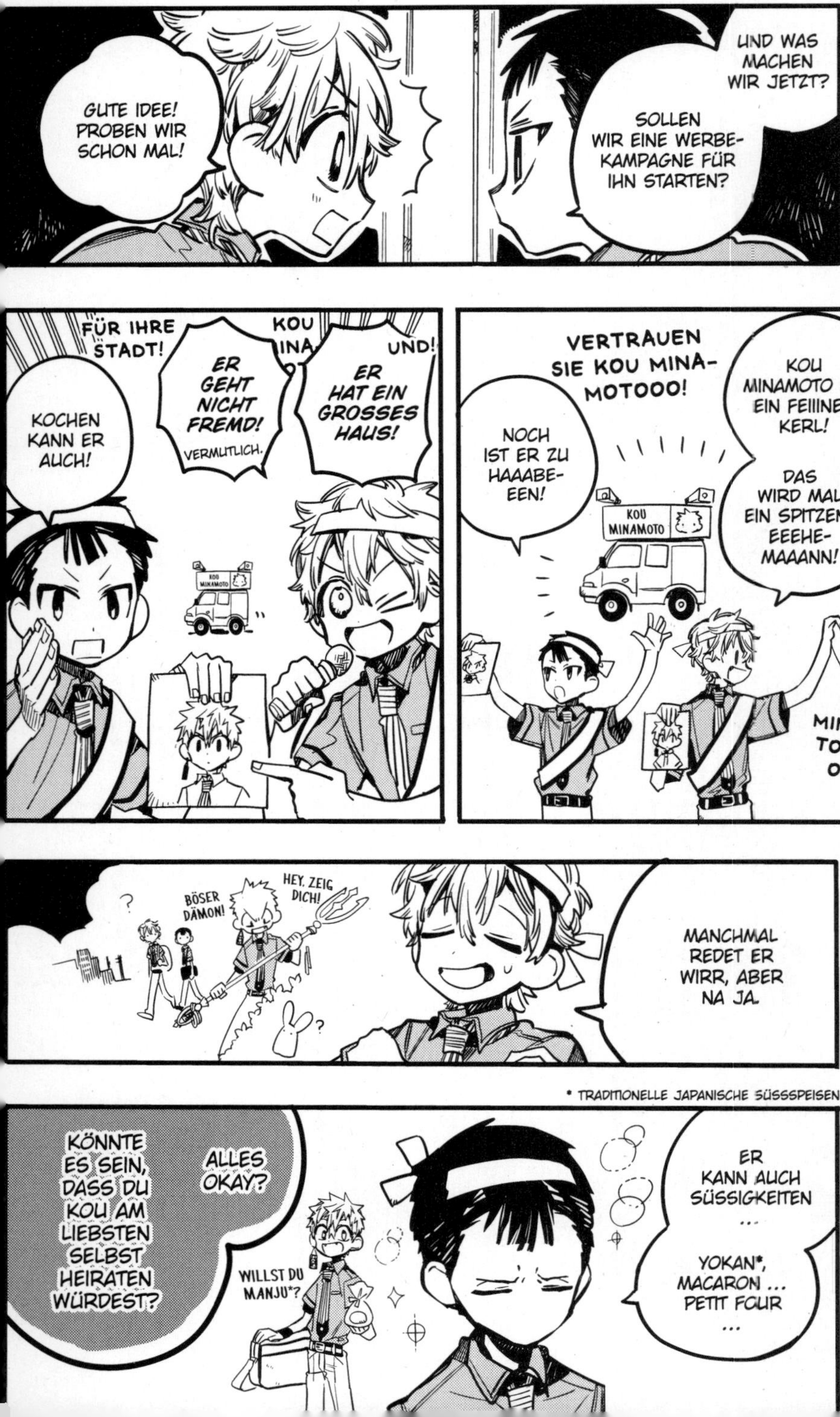

* TRADITIONELLE JAPANISCHE SÜSSSPEISEN

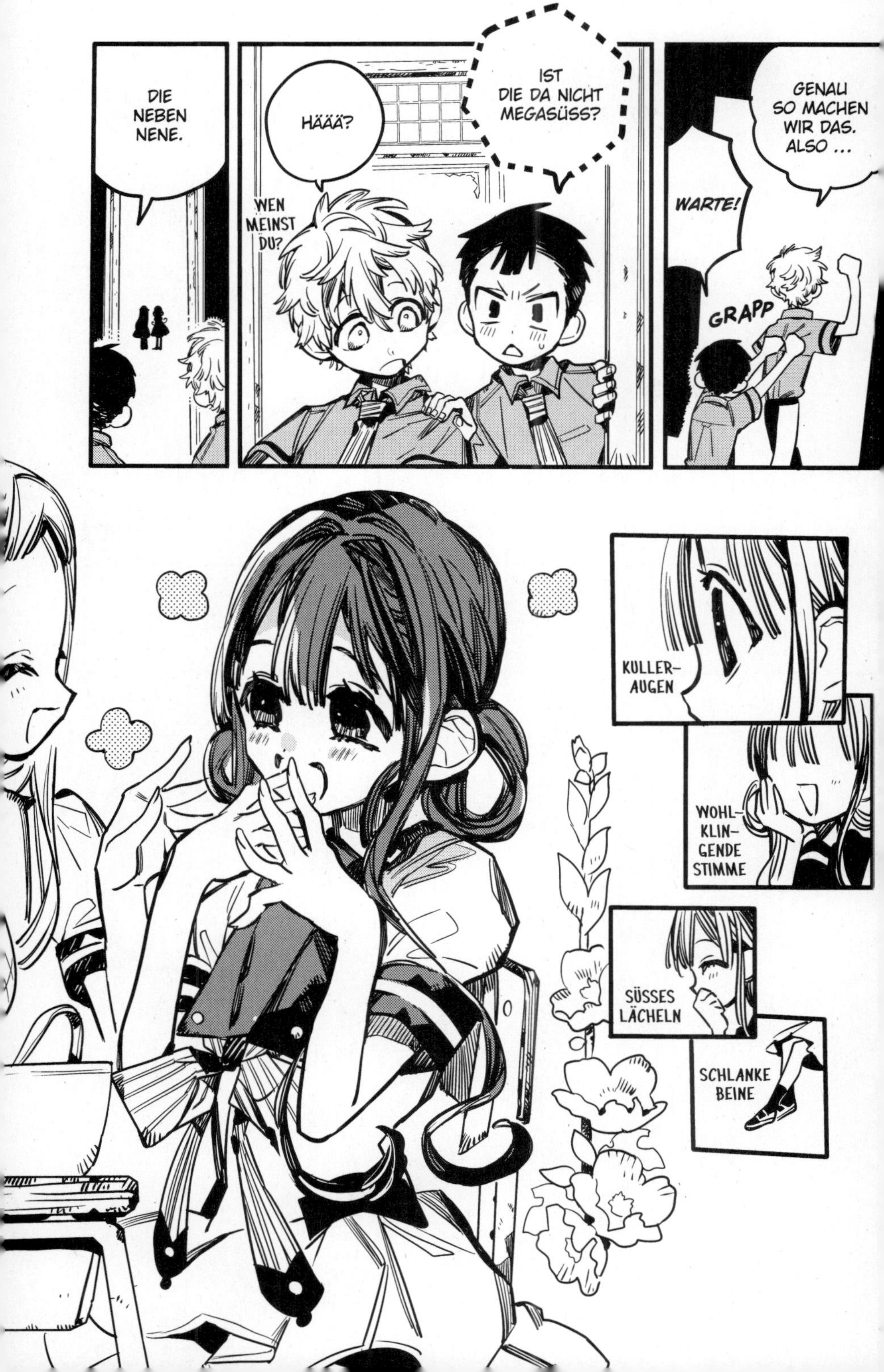
GENAU SO MACHEN WIR DAS. ALSO …
WARTE!
GRAPP
IST DIE DA NICHT MEGASÜSS?
HÄÄÄ?
WEN MEINST DU?
DIE NEBEN NENE.
KULLER-AUGEN
WOHL-KLIN-GENDE STIMME
SÜSSES LÄCHELN
SCHLANKE BEINE

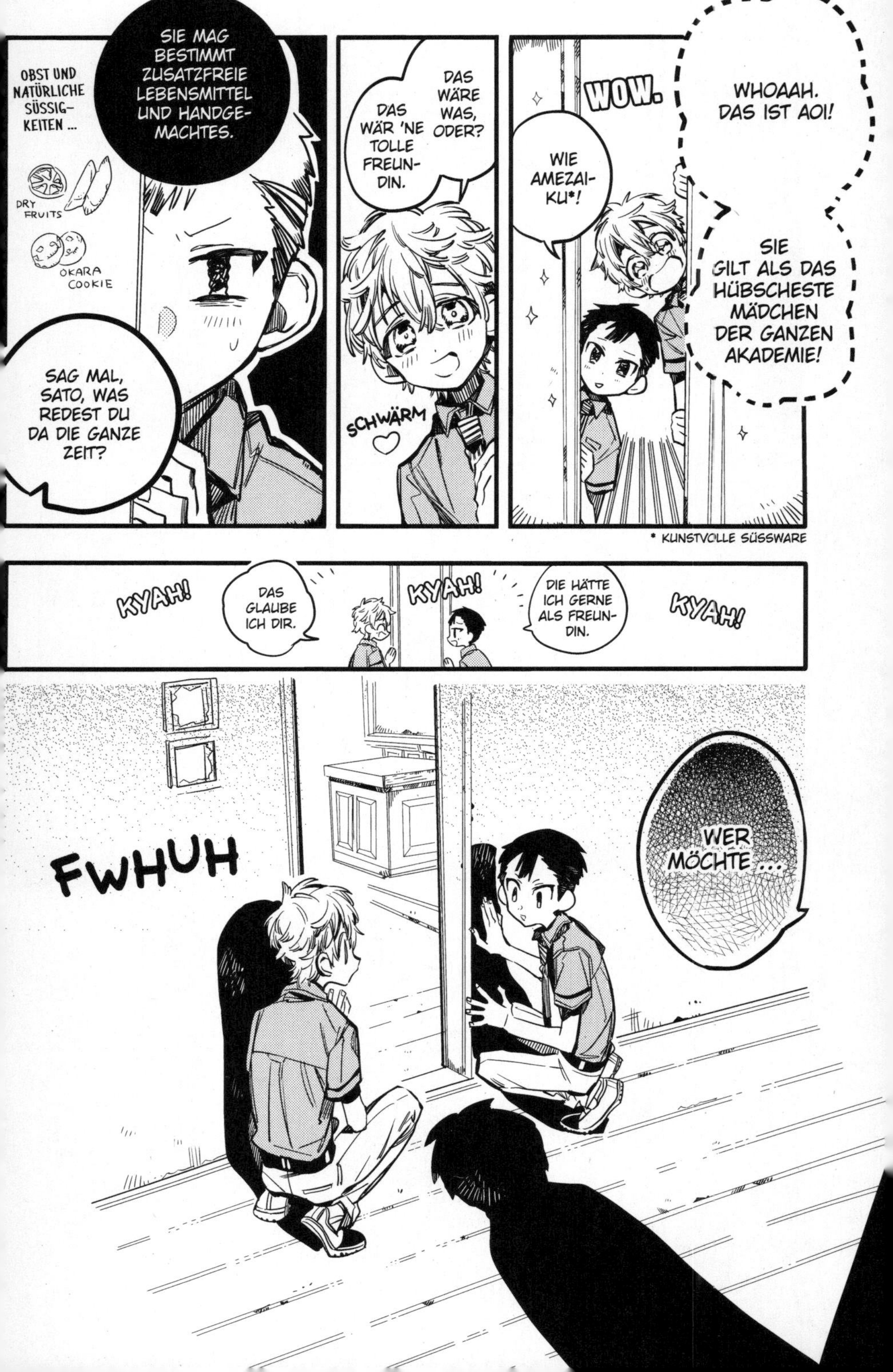
WOW.
WHOAAH. DAS IST AOI!
SIE GILT ALS DAS HÜBSCHESTE MÄDCHEN DER GANZEN AKADEMIE!
WIE AMEZAIKU*!
DAS WÄRE WAS, ODER?
DAS WÄR 'NE TOLLE FREUNDIN.
SCHWÄRM
SIE MAG BESTIMMT ZUSATZFREIE LEBENSMITTEL UND HANDGEMACHTES.
OBST UND NATÜRLICHE SÜSSIGKEITEN ...
DRY FRUITS
OKARA COOKIE
SAG MAL, SATO, WAS REDEST DU DA DIE GANZE ZEIT?
* KUNSTVOLLE SÜSSWARE
KYAH!
DIE HÄTTE ICH GERNE ALS FREUNDIN.
KYAH!
DAS GLAUBE ICH DIR.
KYAH!
WER MÖCHTE ...
FWHUH

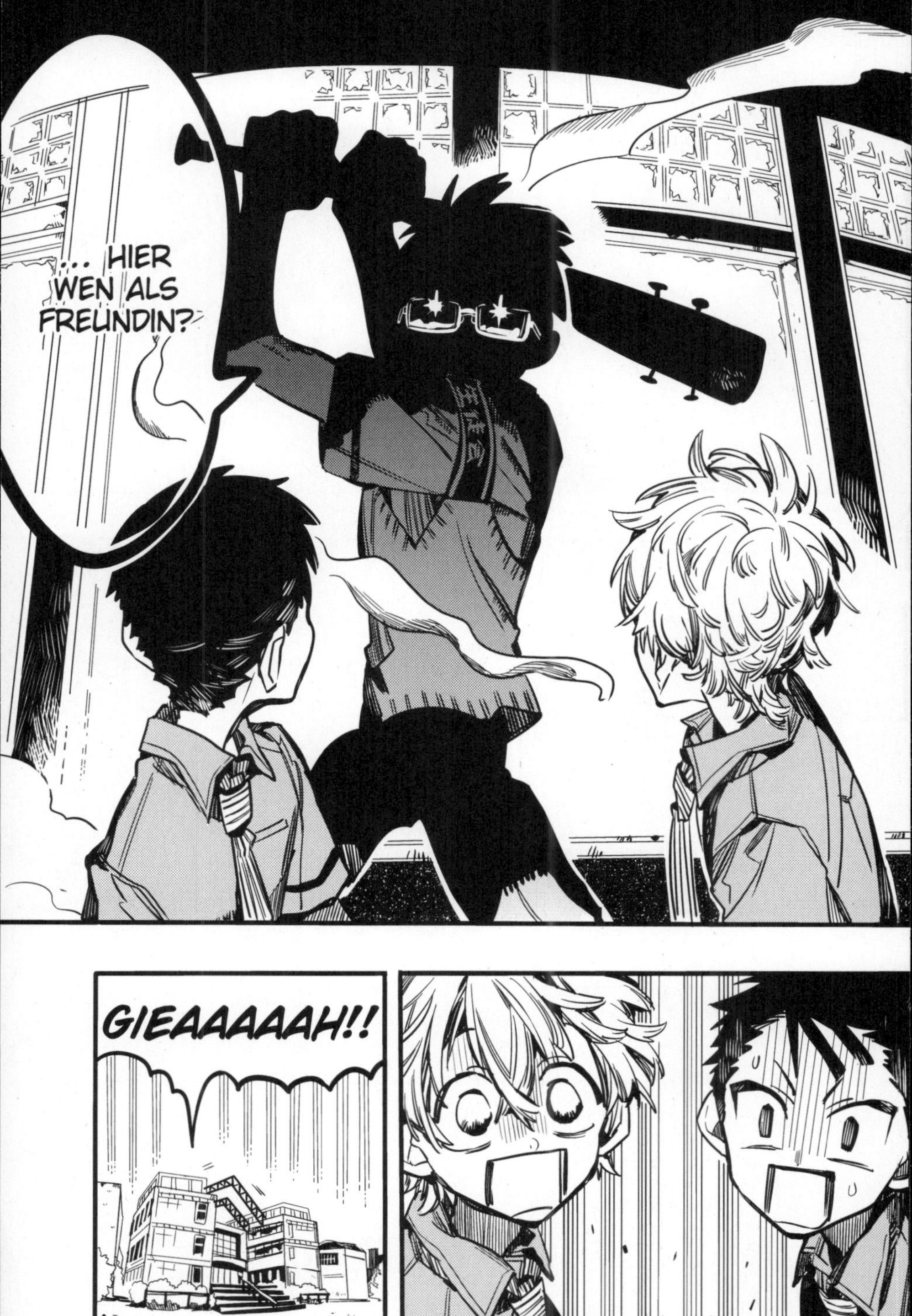
... HIER WEN ALS FREUNDIN?
GIEAAAAAH!!

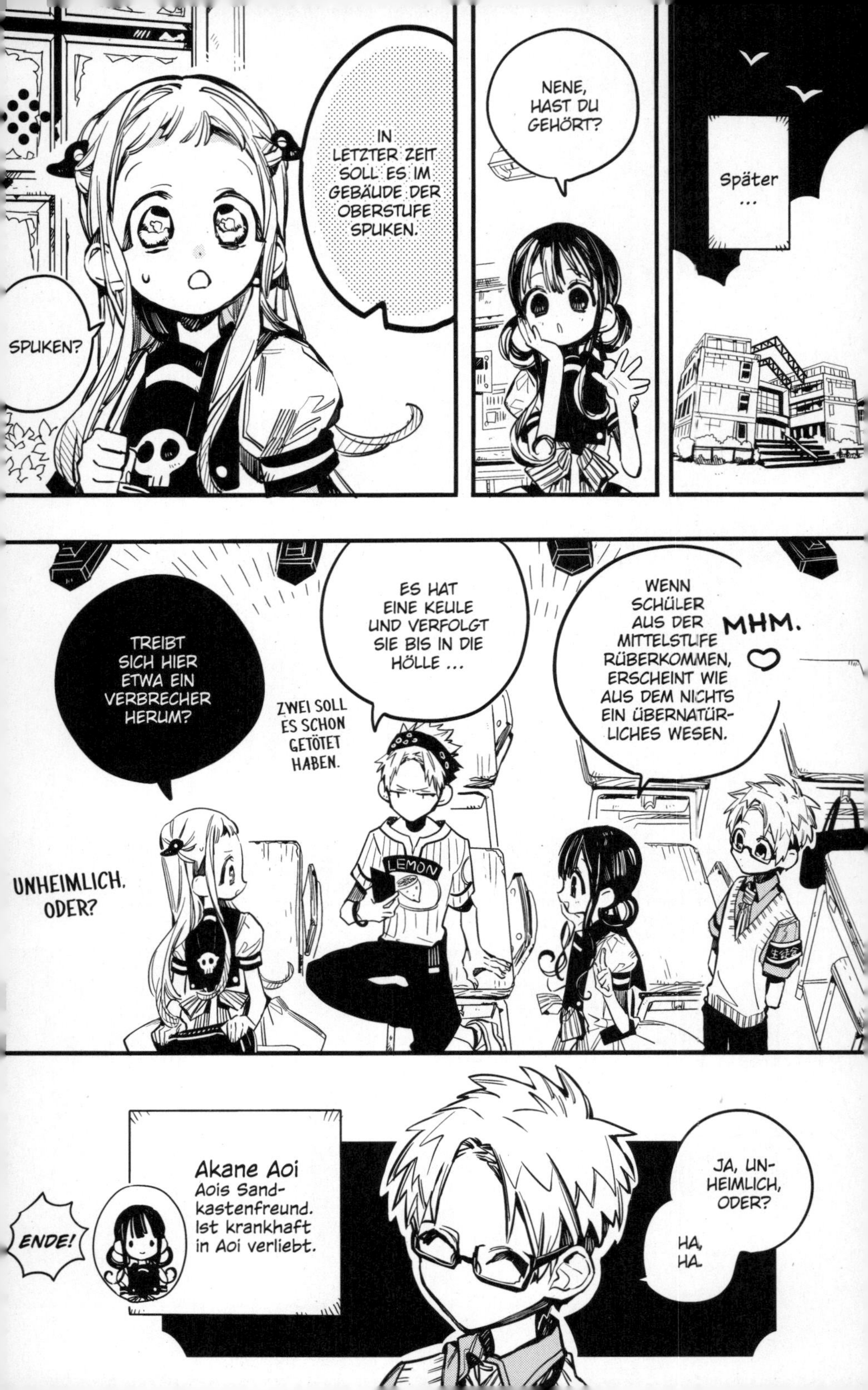
Später …
NENE, HAST DU GEHÖRT?
IN LETZTER ZEIT SOLL ES IM GEBÄUDE DER OBERSTUFE SPUKEN.
SPUKEN?
WENN SCHÜLER AUS DER MITTELSTUFE RÜBERKOMMEN, ERSCHEINT WIE AUS DEM NICHTS EIN ÜBERNATÜRLICHES WESEN.
MHM. ♡
ES HAT EINE KEULE UND VERFOLGT SIE BIS IN DIE HÖLLE …
ZWEI SOLL ES SCHON GETÖTET HABEN.
TREIBT SICH HIER ETWA EIN VERBRECHER HERUM?
UNHEIMLICH, ODER?
JA, UNHEIMLICH, ODER?
HA, HA.
Akane Aoi
Aois Sandkastenfreund. Ist krankhaft in Aoi verliebt.
ENDE!

AidaIro

MEIN SCHULGEIST HANAKO AFTER SCHOOL

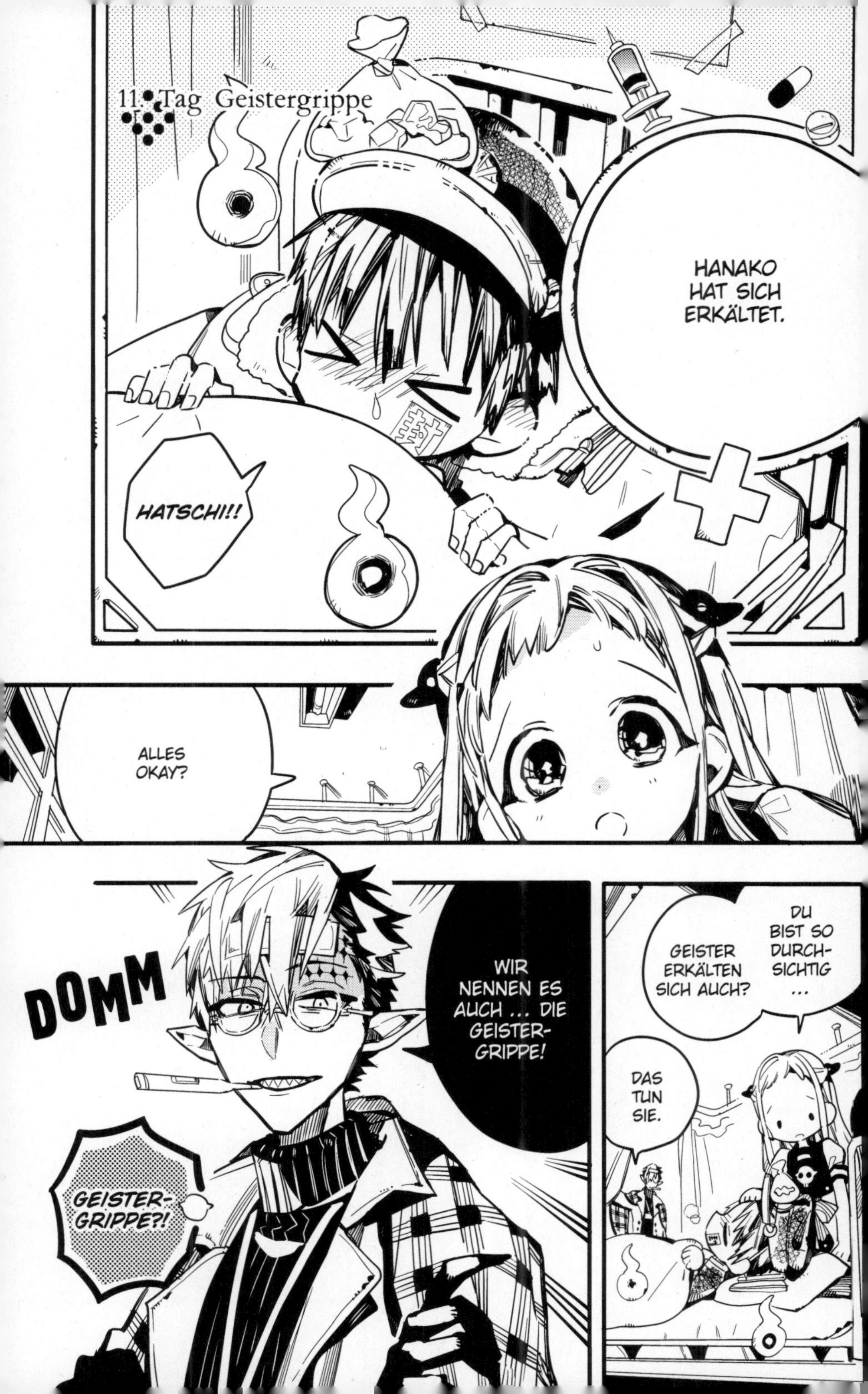

11. Tag Geistergrippe
HANAKO HAT SICH ERKÄLTET.
HATSCHI!!
ALLES OKAY?
DU BIST SO DURCH-SICHTIG …
GEISTER ERKÄLTEN SICH AUCH?
DAS TUN SIE.
WIR NENNEN ES AUCH … DIE GEISTER-GRIPPE!
DOMM
GEISTER-GRIPPE?!

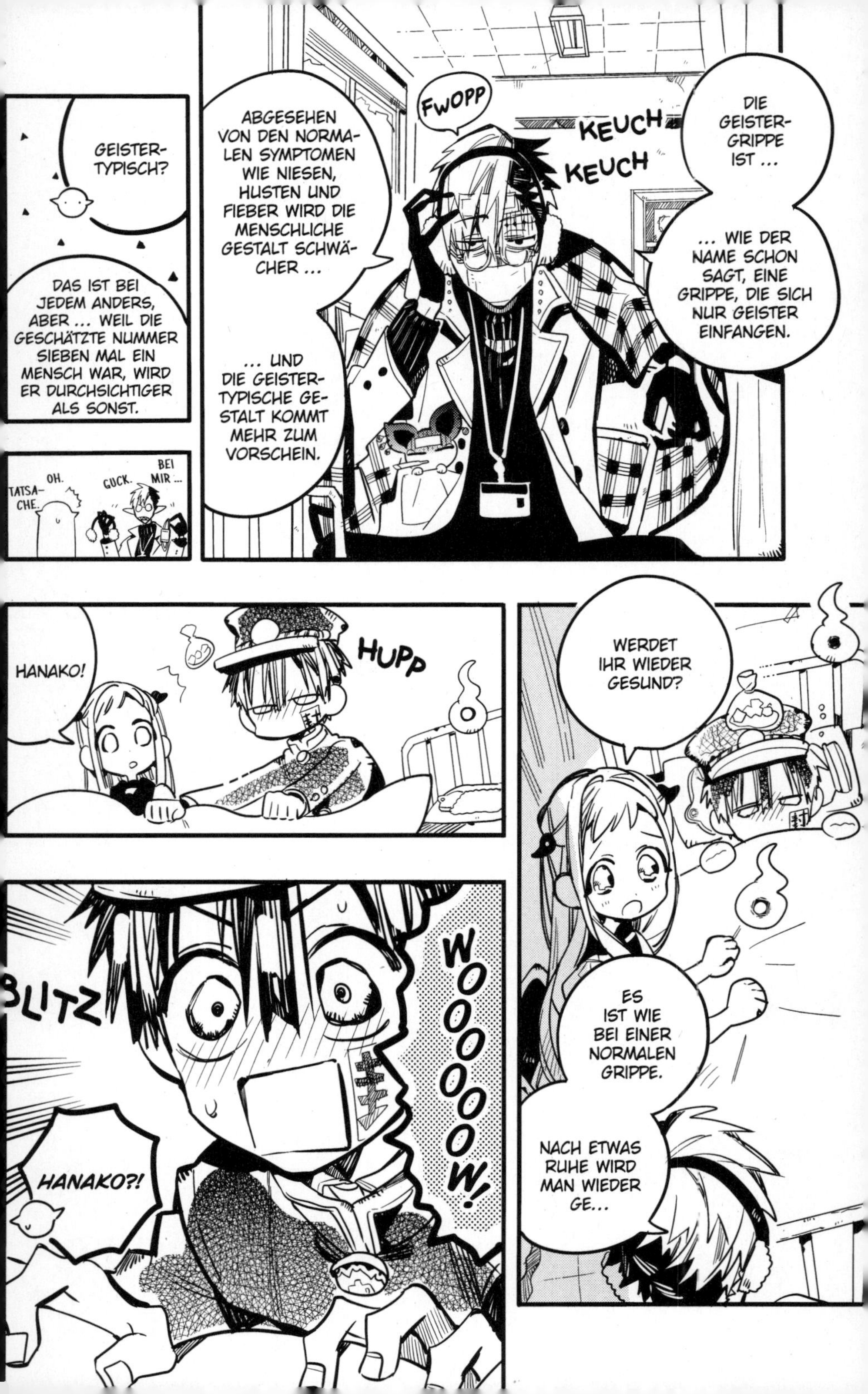
FWOPP
KEUCH KEUCH
DIE GEISTER-GRIPPE IST …
… WIE DER NAME SCHON SAGT, EINE GRIPPE, DIE SICH NUR GEISTER EINFANGEN.
ABGESEHEN VON DEN NORMALEN SYMPTOMEN WIE NIESEN, HUSTEN UND FIEBER WIRD DIE MENSCHLICHE GESTALT SCHWÄCHER …
… UND DIE GEISTERTYPISCHE GESTALT KOMMT MEHR ZUM VORSCHEIN.
GEISTER-TYPISCH?
DAS IST BEI JEDEM ANDERS, ABER … WEIL DIE GESCHÄTZTE NUMMER SIEBEN MAL EIN MENSCH WAR, WIRD ER DURCHSICHTIGER ALS SONST.
BEI MIR …
GUCK.
OH.
TATSACHE.
WERDET IHR WIEDER GESUND?
ES IST WIE BEI EINER NORMALEN GRIPPE.
NACH ETWAS RUHE WIRD MAN WIEDER GE…
HANAKO!
HUPP
WOOOOOOOW!
BLITZ
HANAKO?!

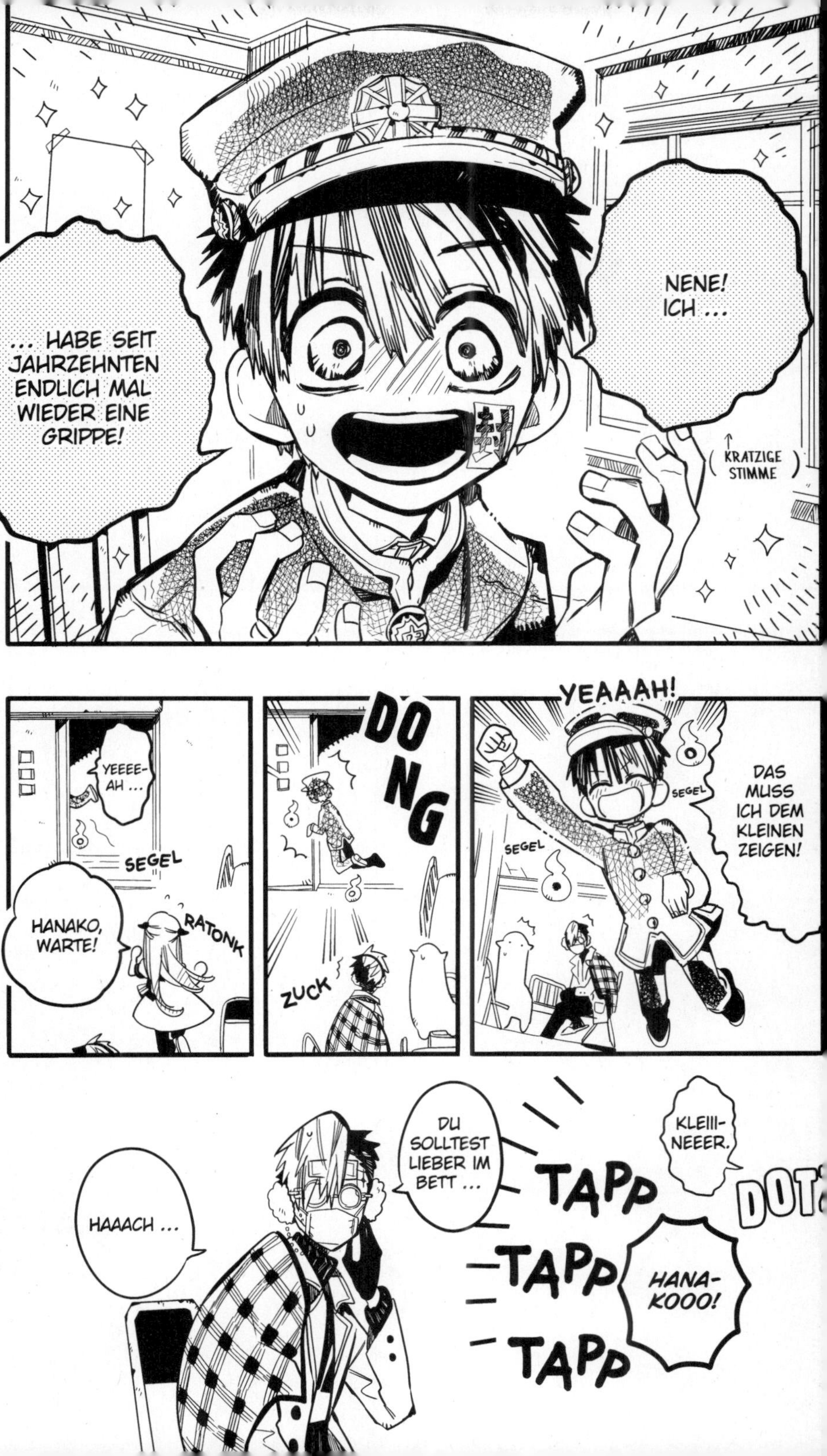
NENE! ICH …
KRATZIGE STIMME
… HABE SEIT JAHRZEHNTEN ENDLICH MAL WIEDER EINE GRIPPE!
YEAAAH!
DAS MUSS ICH DEM KLEINEN ZEIGEN!
SEGEL
SEGEL
DONG
ZUCK
YEEEE-AH …
SEGEL
HANAKO, WARTE!
RATONK
KLEIII-NEEER.
DOT
HANA-KOOO!
TAPP
TAPP
TAPP
DU SOLLTEST LIEBER IM BETT …
HAAACH …

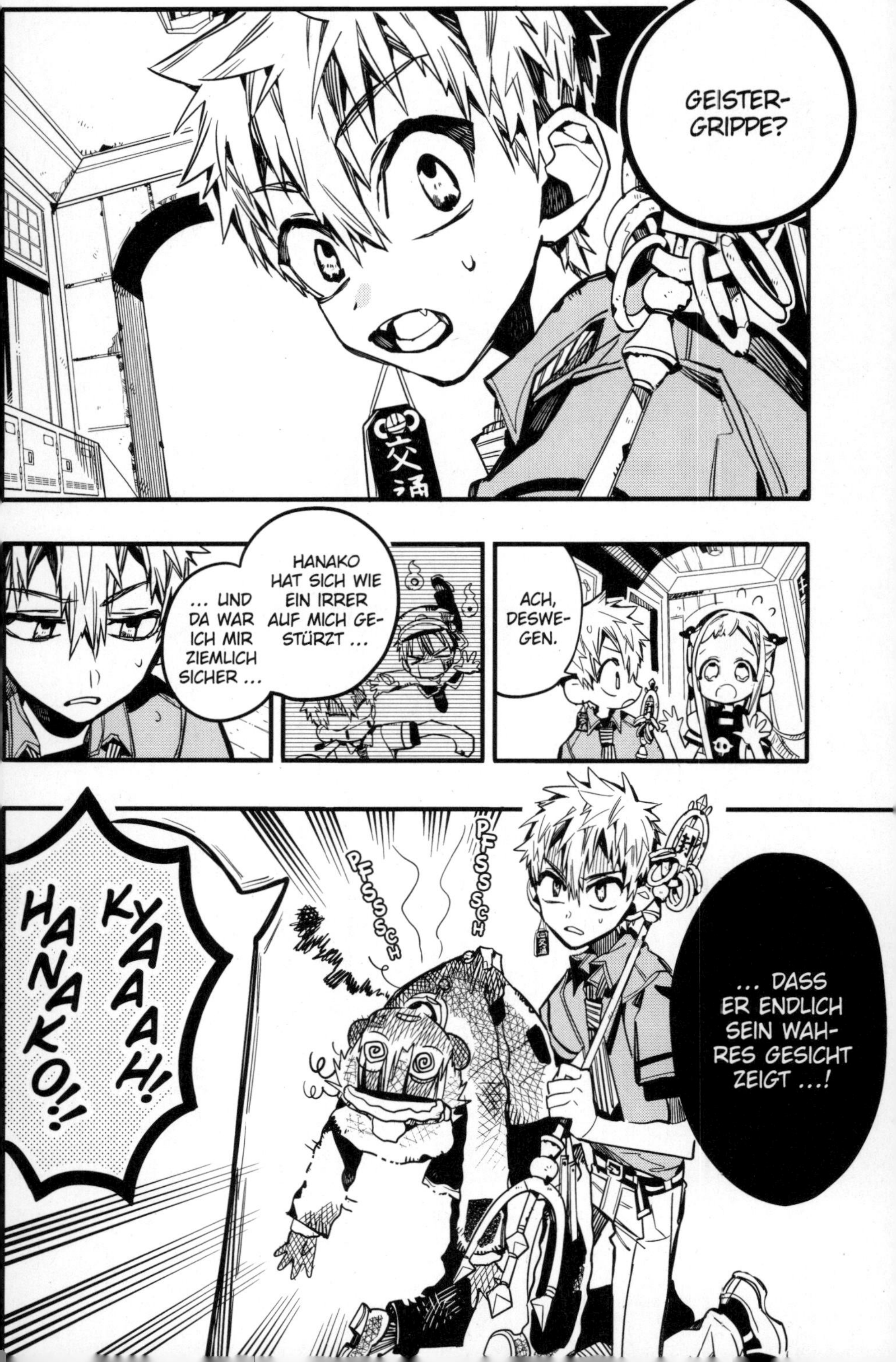
GEISTER-GRIPPE?
ACH, DESWE-GEN.
HANAKO HAT SICH WIE EIN IRRER AUF MICH GE-STÜRZT …
… UND DA WAR ICH MIR ZIEMLICH SICHER …
… DASS ER ENDLICH SEIN WAH-RES GESICHT ZEIGT …!
PFSSSCH
PFSSSCH
KYAAAAH! HANAKO!!

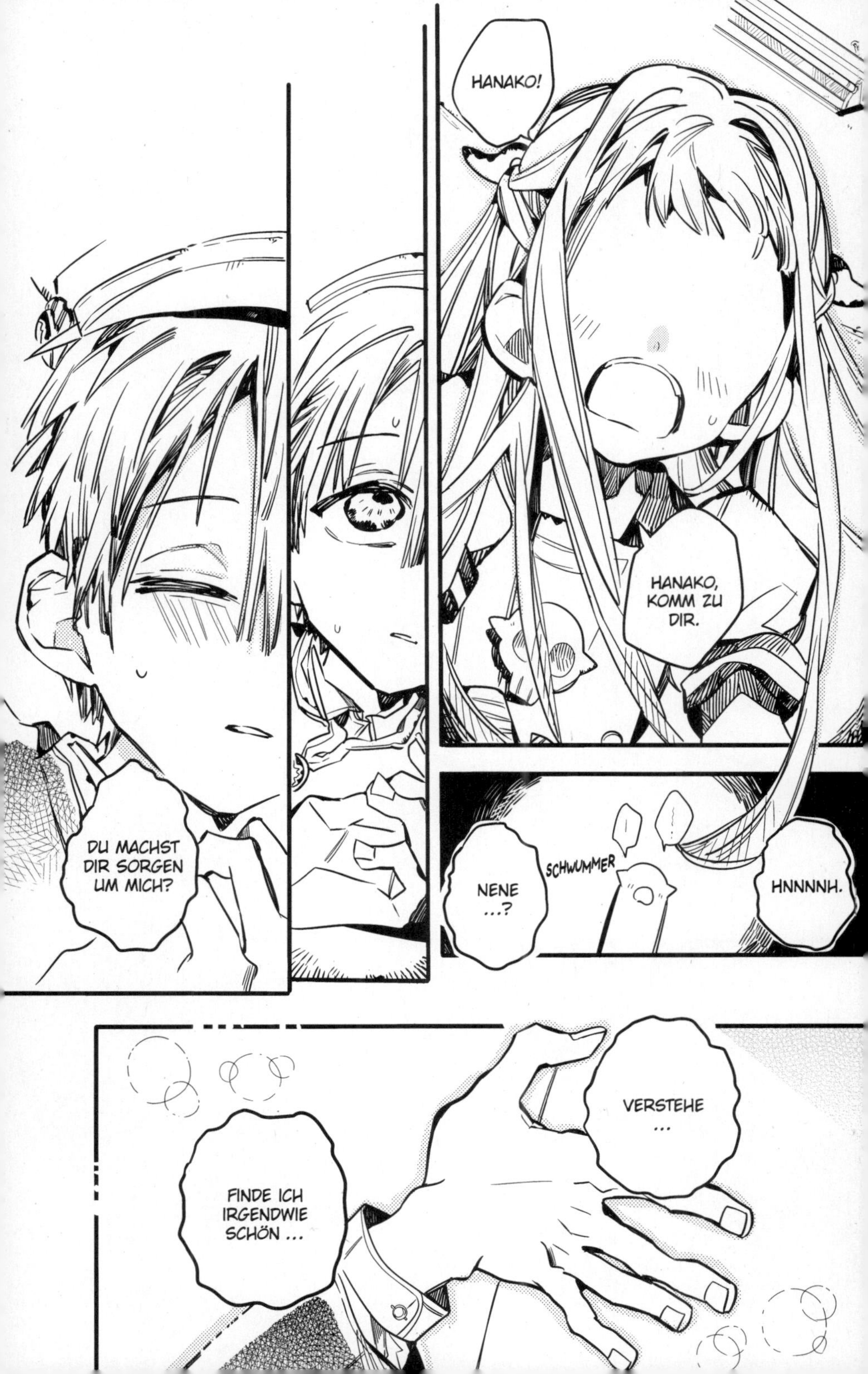
HANAKO!
HANAKO, KOMM ZU DIR.
HNNNNH.
SCHWUMMER
NENE ...?
DU MACHST DIR SORGEN UM MICH?
VERSTEHE ...
FINDE ICH IRGENDWIE SCHÖN ...

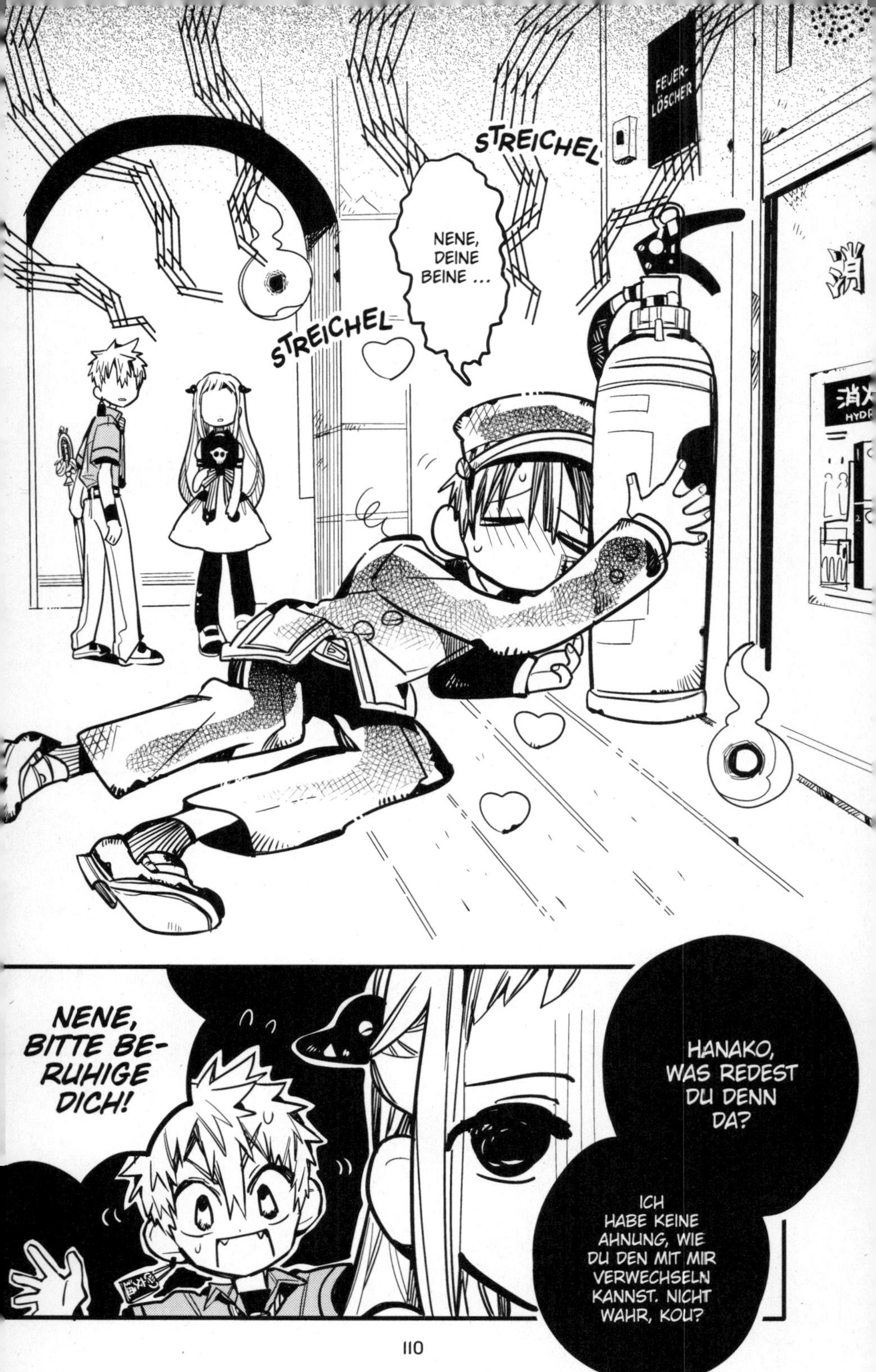
FEUER-
LÖSCHER
STREICHEL
NENE, DEINE BEINE …
STREICHEL
HANAKO, WAS REDEST DU DENN DA?
ICH HABE KEINE AHNUNG, WIE DU DEN MIT MIR VERWECHSELN KANNST. NICHT WAHR, KOU?
NENE, BITTE BE-RUHIGE DICH!

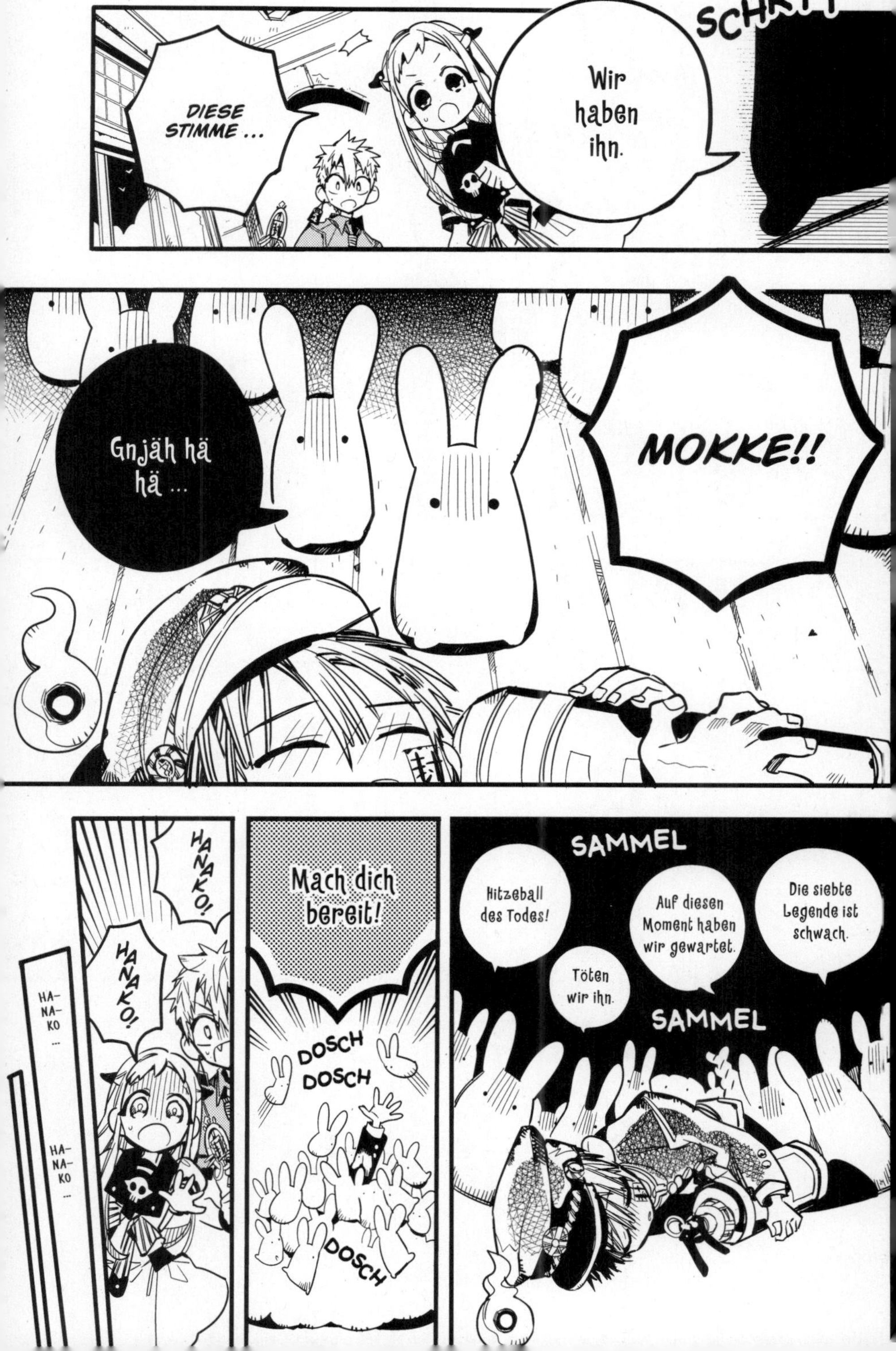
SCHRTT
Wir haben ihn.
DIESE STIMME ...
MOKKE!!
Gnjäh hä hä ...
SAMMEL
Die siebte Legende ist schwach.
Auf diesen Moment haben wir gewartet.
Hitzeball des Todes!
Töten wir ihn.
SAMMEL
Mach dich bereit!
DOSCH
DOSCH
DOSCH
HANAKO!
HANAKO!
HA-NA-KO ...
HA-NA-KO ...

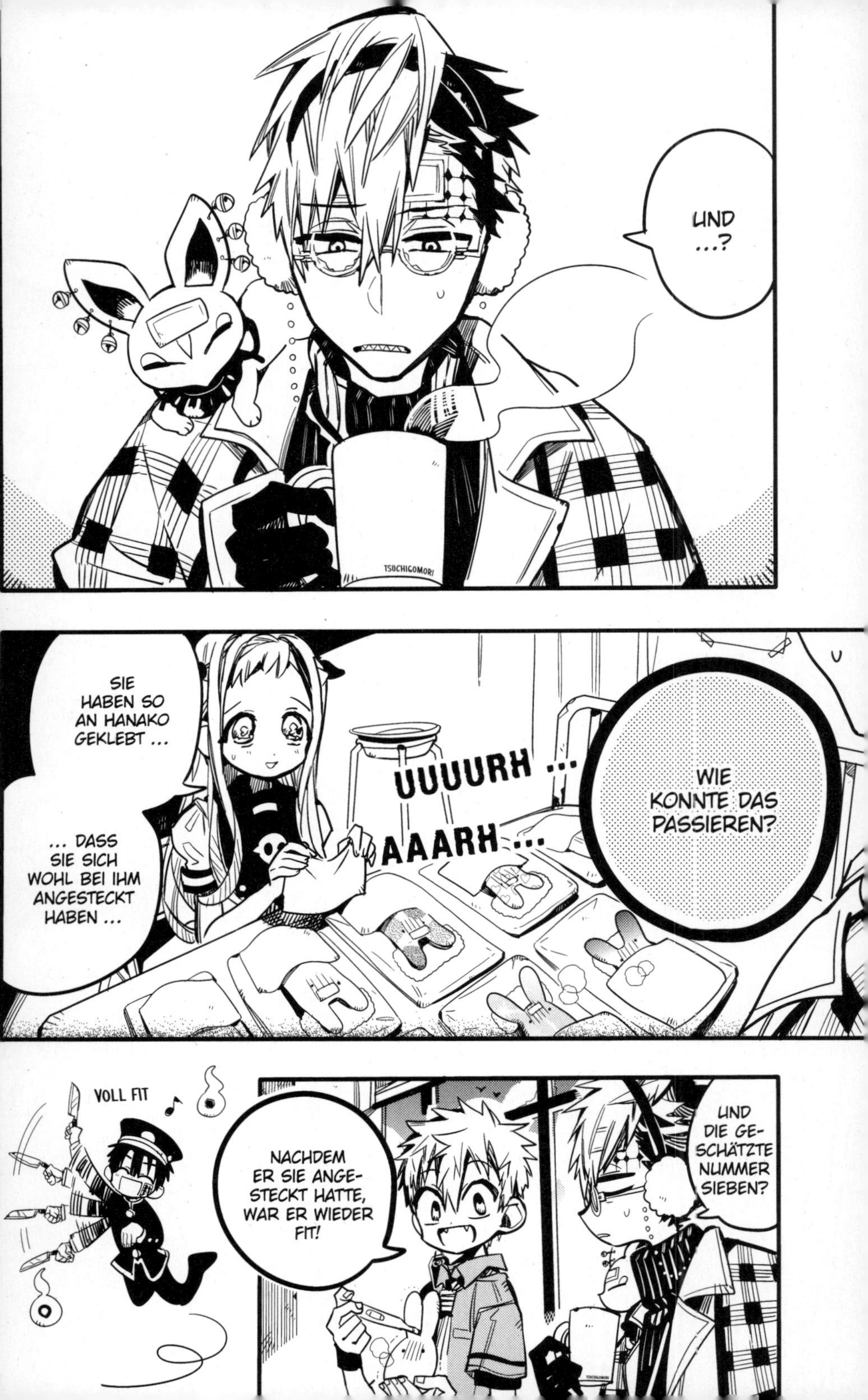
UND …?
TSUCHIGOMORI
WIE KONNTE DAS PASSIEREN?
UUUURH …
AAARH …
SIE HABEN SO AN HANAKO GEKLEBT …
… DASS SIE SICH WOHL BEI IHM ANGESTECKT HABEN …
UND DIE GESCHÄTZTE NUMMER SIEBEN?
NACHDEM ER SIE ANGESTECKT HATTE, WAR ER WIEDER FIT!
VOLL FIT

AidaIro

MEIN SCHULGEIST HANAKO AFTER SCHOOL

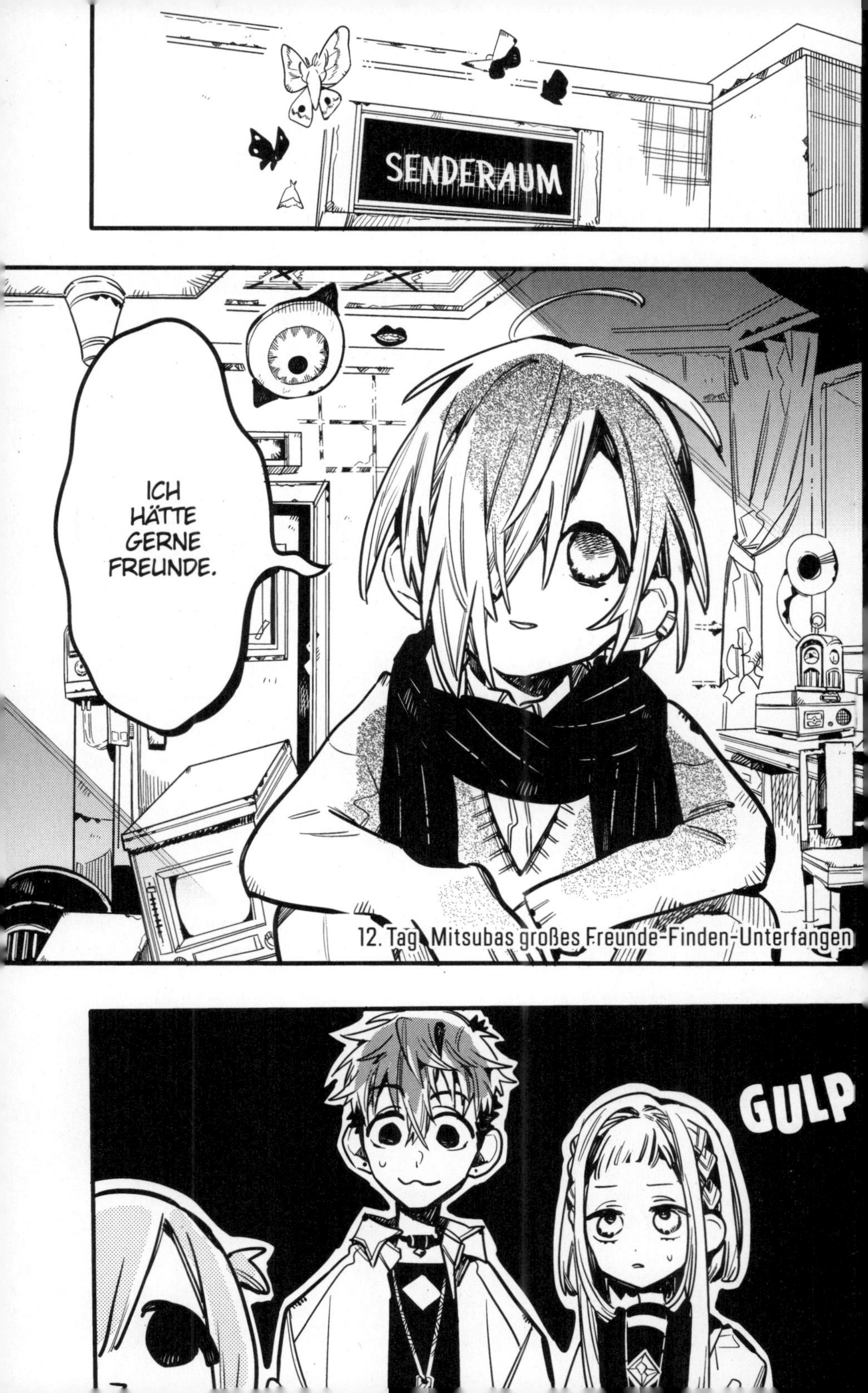
SENDERAUM
ICH HÄTTE GERNE FREUNDE.
12. Tag: Mitsubas großes Freunde-Finden-Unterfangen
GULP

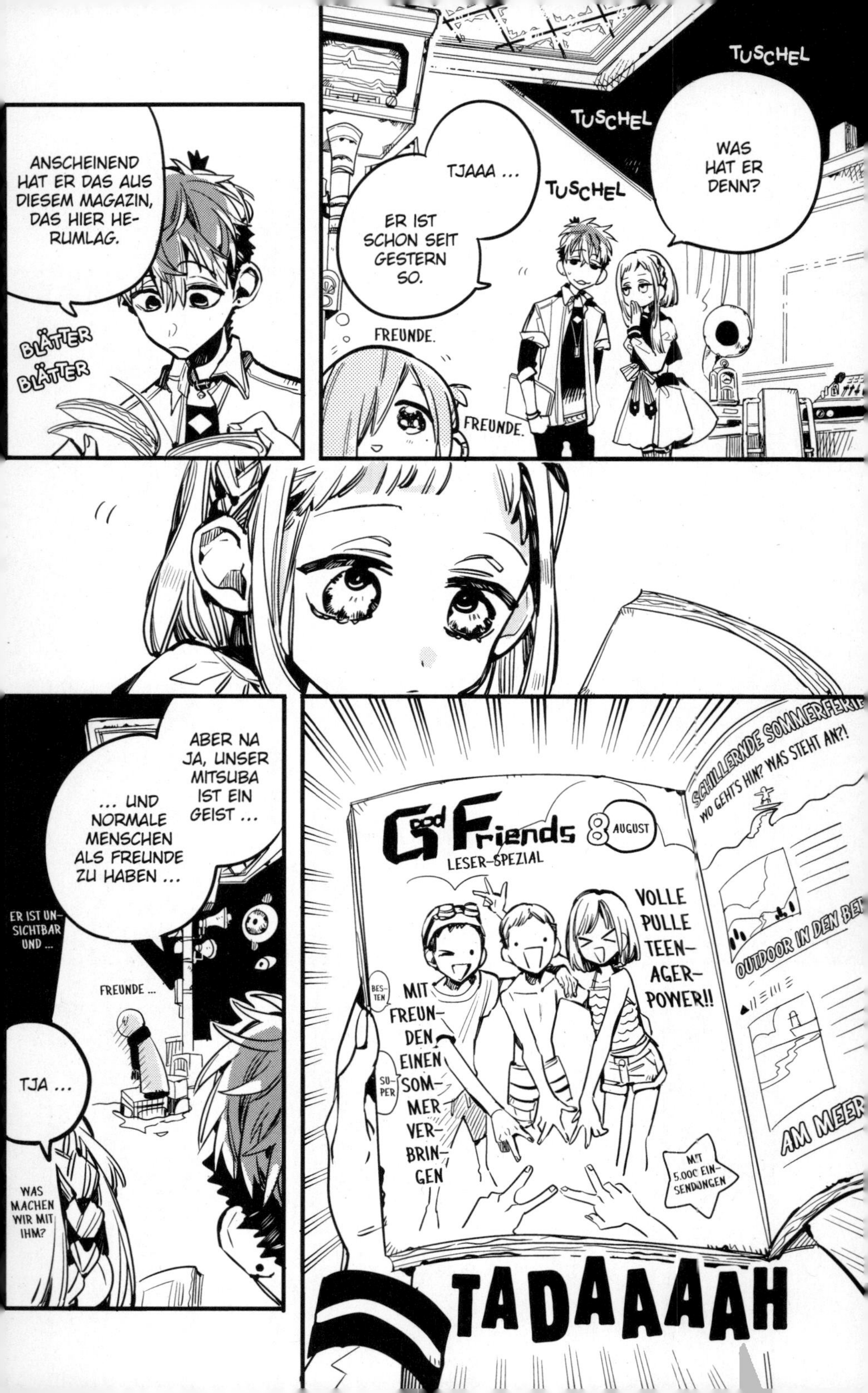

TUSCHEL
WAS HAT ER DENN?
TUSCHEL
TUSCHEL
TJAAA ...
ER IST SCHON SEIT GESTERN SO.
FREUNDE.
FREUNDE.
ANSCHEINEND HAT ER DAS AUS DIESEM MAGAZIN, DAS HIER HERUMLAG.
BLÄTTER
BLÄTTER
SCHILLERNDE SOMMERFERIE
WO GEHT'S HIN? WAS STEHT AN?!
OUTDOOR IN DEN BE
AM MEER
Good Friends 8 AUGUST
LESER-SPEZIAL
VOLLE PULLE TEENAGER-POWER!!
MIT BESTEN FREUNDEN EINEN SUPER SOMMER VERBRINGEN
MIT 5.000 EINSENDUNGEN
TADAAAAH
ABER NA JA, UNSER MITSUBA IST EIN GEIST ...
... UND NORMALE MENSCHEN ALS FREUNDE ZU HABEN ...
ER IST UNSICHTBAR UND ...
FREUNDE ...
TJA ...
WAS MACHEN WIR MIT IHM?

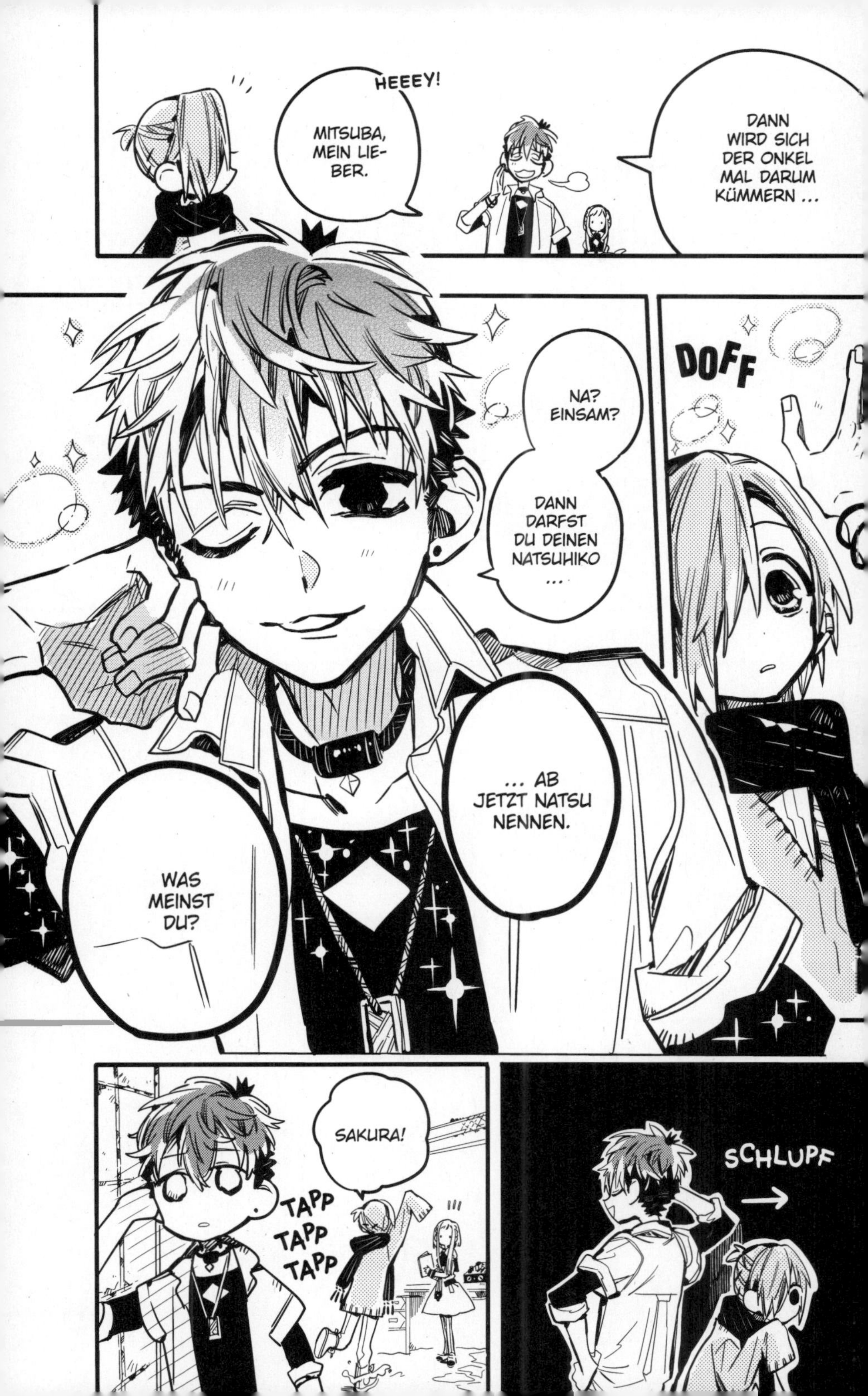
DANN WIRD SICH DER ONKEL MAL DARUM KÜMMERN ...
HEEEY!
MITSUBA, MEIN LIEBER.
DOFF
NA? EINSAM?
DANN DARFST DU DEINEN NATSUHIKO ...
... AB JETZT NATSU NENNEN.
WAS MEINST DU?
SCHLUPF
SAKURA!
TAPP TAPP TAPP

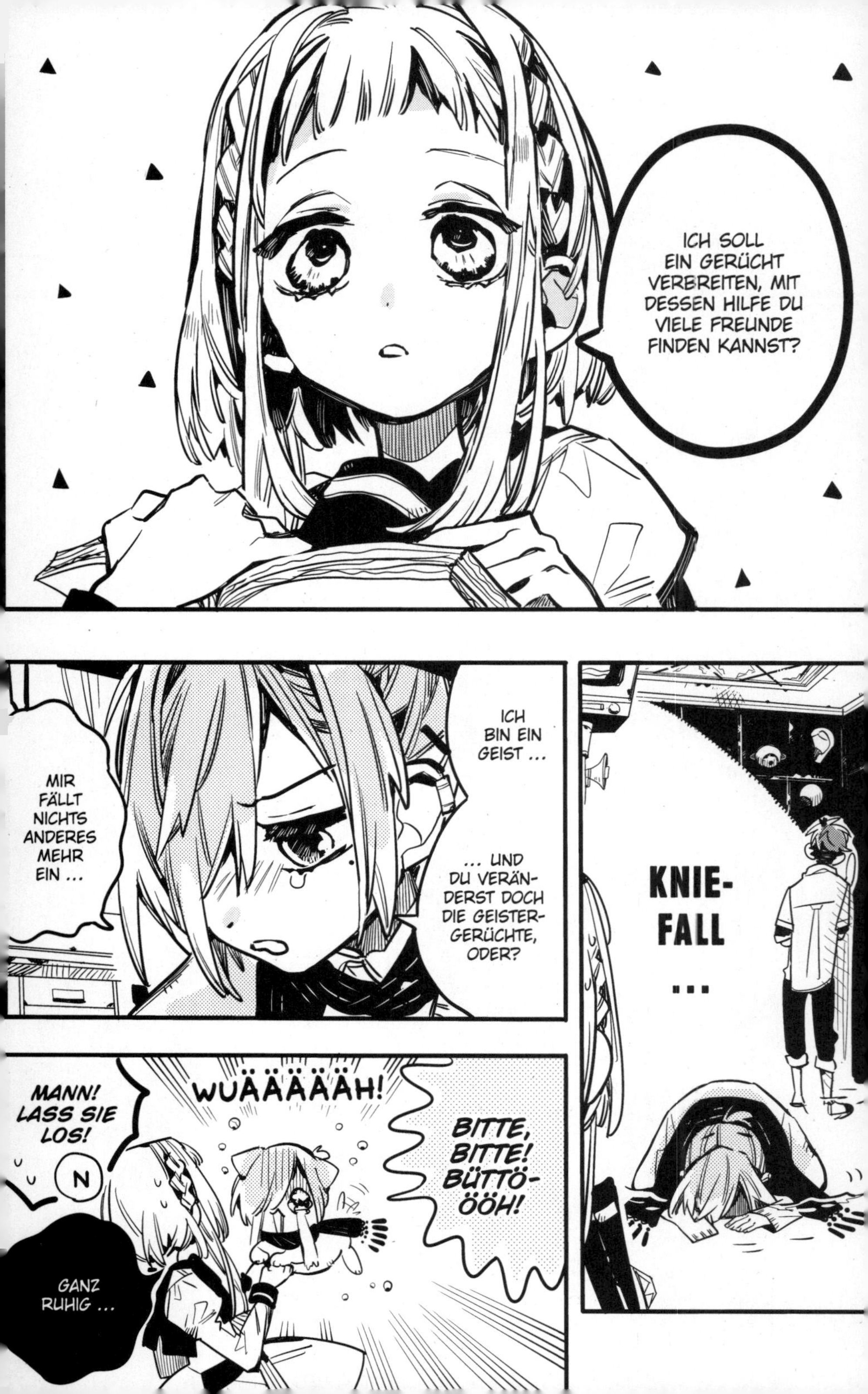

ICH SOLL EIN GERÜCHT VERBREITEN, MIT DESSEN HILFE DU VIELE FREUNDE FINDEN KANNST?
KNIE-FALL ...
ICH BIN EIN GEIST ...
... UND DU VERÄNDERST DOCH DIE GEISTER-GERÜCHTE, ODER?
MIR FÄLLT NICHTS ANDERES MEHR EIN ...
BITTE, BITTE! BÜTTÖ-ÖÖH!
WUÄÄÄÄÄH!
MANN! LASS SIE LOS!
N
GANZ RUHIG ...

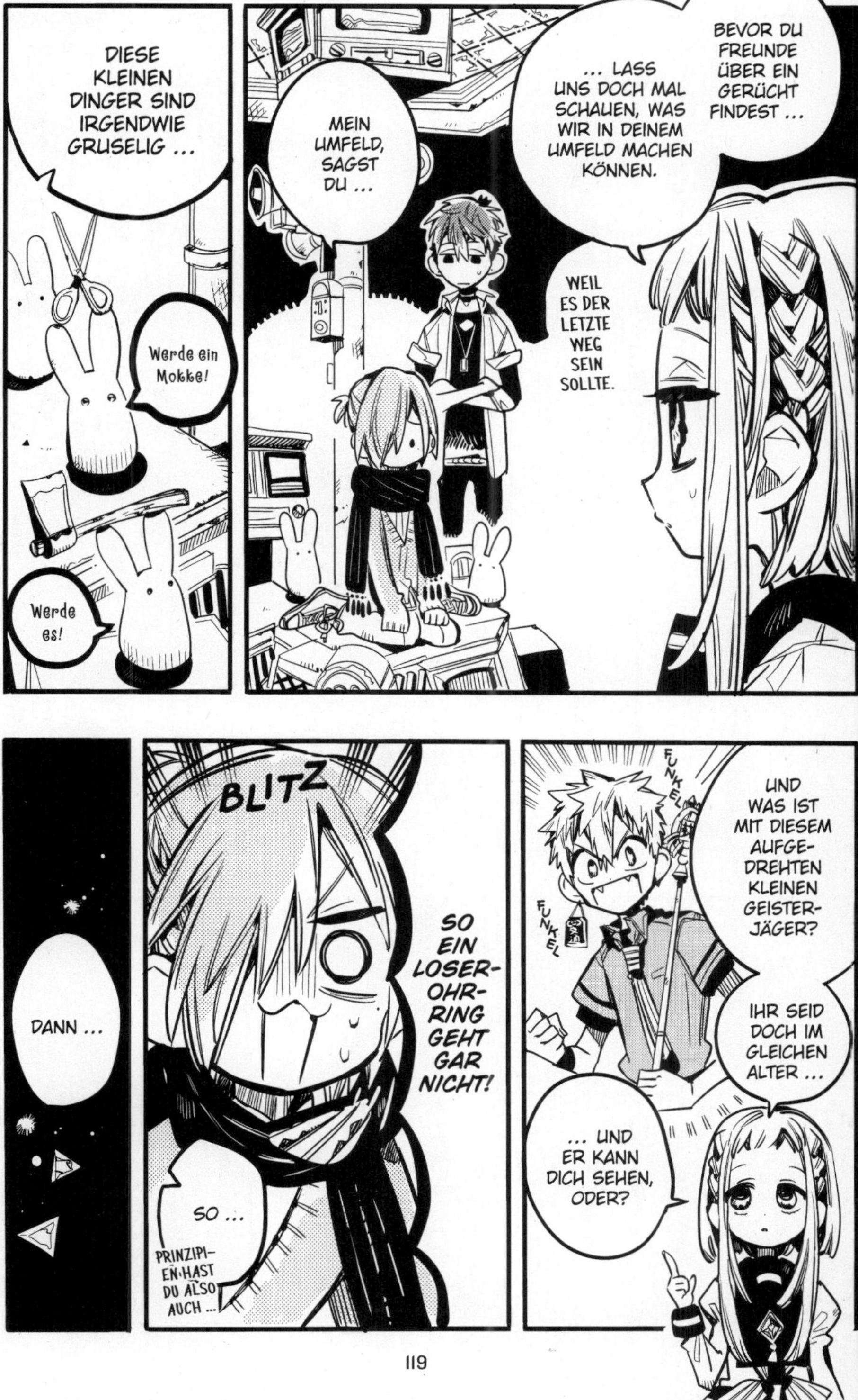
BEVOR DU FREUNDE ÜBER EIN GERÜCHT FINDEST …
… LASS UNS DOCH MAL SCHAUEN, WAS WIR IN DEINEM UMFELD MACHEN KÖNNEN.
WEIL ES DER LETZTE WEG SEIN SOLLTE.
MEIN UMFELD, SAGST DU …
DIESE KLEINEN DINGER SIND IRGENDWIE GRUSELIG …
Werde ein Mokke!
Werde es!
FUNKEL
UND WAS IST MIT DIESEM AUFGE-DREHTEN KLEINEN GEISTER-JÄGER?
FUNKEL
IHR SEID DOCH IM GLEICHEN ALTER …
… UND ER KANN DICH SEHEN, ODER?
BLITZ
SO EIN LOSER-OHR-RING GEHT GAR NICHT!
SO …
PRINZIPI-EN HAST DU ALSO AUCH …
DANN …

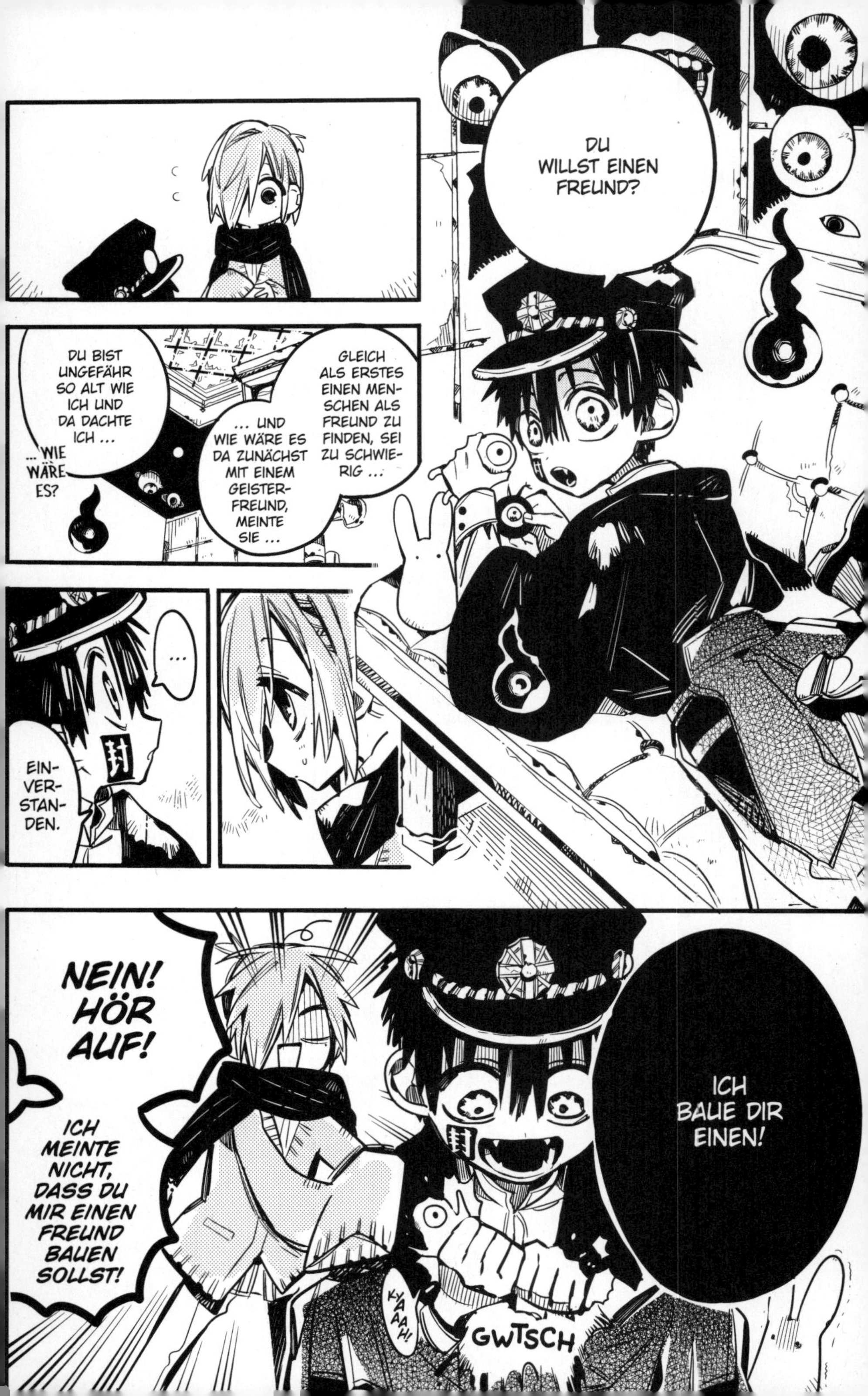
DU WILLST EINEN FREUND?
GLEICH ALS ERSTES EINEN MENSCHEN ALS FREUND ZU FINDEN, SEI ZU SCHWIERIG …
… UND WIE WÄRE ES DA ZUNÄCHST MIT EINEM GEISTERFREUND, MEINTE SIE …
DU BIST UNGEFÄHR SO ALT WIE ICH UND DA DACHTE ICH …
… WIE WÄRE ES?
…
EINVERSTANDEN.
ICH BAUE DIR EINEN!
GWTSCH
KYAAAH!
NEIN! HÖR AUF!
ICH MEINTE NICHT, DASS DU MIR EINEN FREUND BAUEN SOLLST!

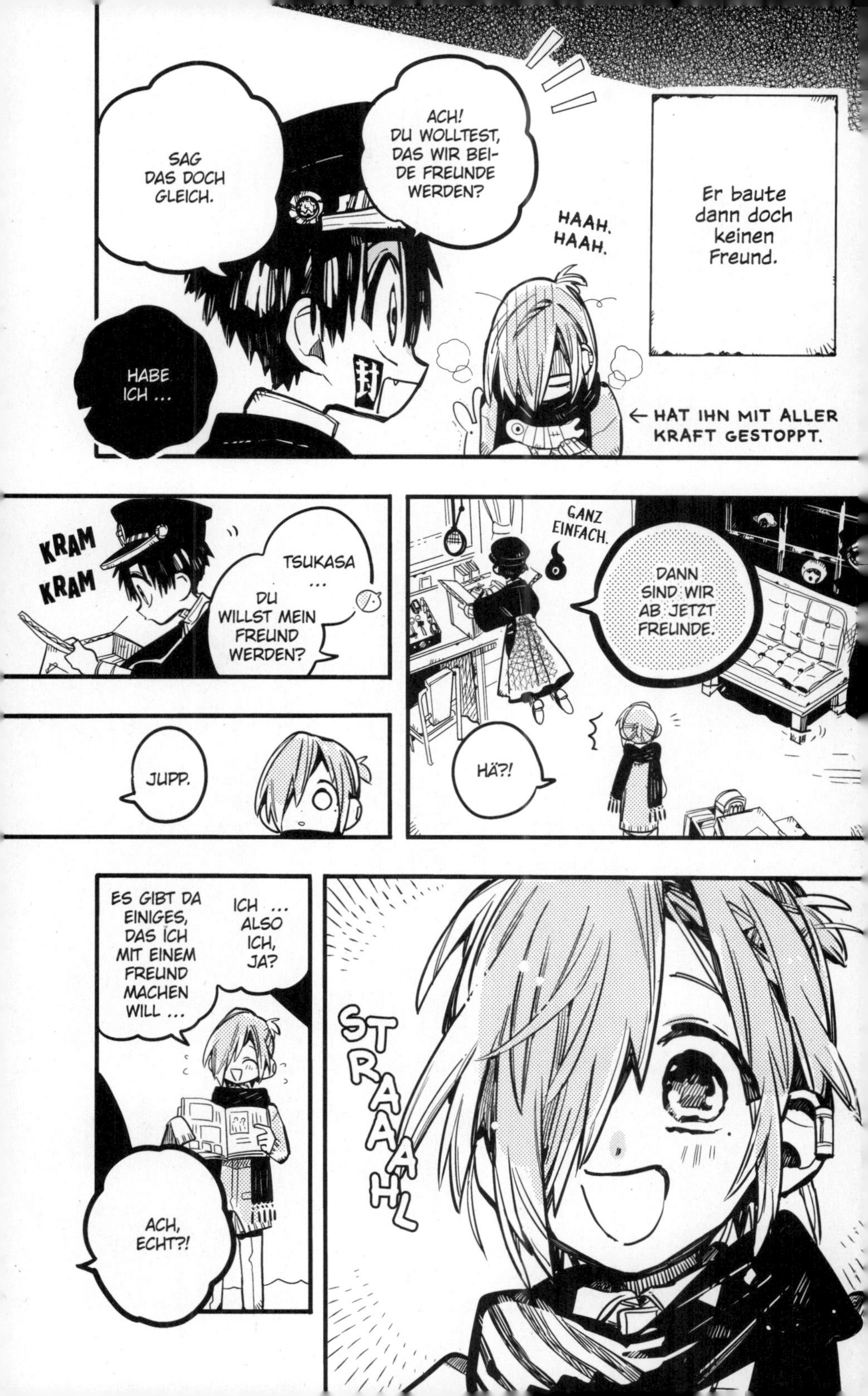
Er baute dann doch keinen Freund.
HAAH. HAAH.
← HAT IHN MIT ALLER KRAFT GESTOPPT.
ACH! DU WOLLTEST, DAS WIR BEI-DE FREUNDE WERDEN?
SAG DAS DOCH GLEICH.
HABE ICH …
GANZ EINFACH.
DANN SIND WIR AB JETZT FREUNDE.
HÄ?!
KRAM KRAM
TSUKASA … DU WILLST MEIN FREUND WERDEN?
JUPP.
STRAAAHL
ICH … ALSO ICH, JA?
ES GIBT DA EINIGES, DAS ICH MIT EINEM FREUND MACHEN WILL …
ACH, ECHT?!

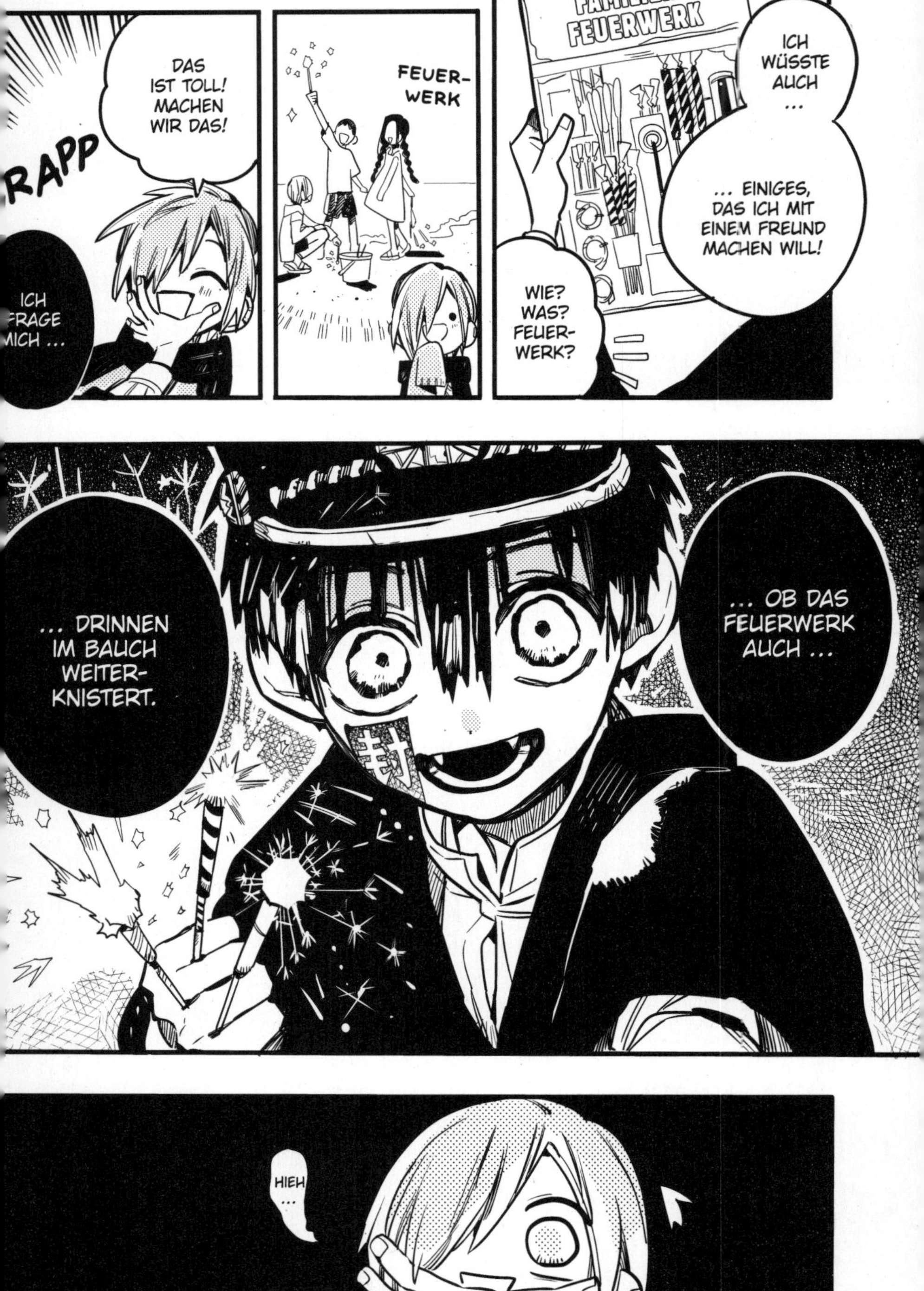

FAMILIEN-FEUERWERK
ICH WÜSSTE AUCH ...
... EINIGES, DAS ICH MIT EINEM FREUND MACHEN WILL!
WIE? WAS? FEUERWERK?
FEUERWERK
DAS IST TOLL! MACHEN WIR DAS!
RAPP
ICH FRAGE MICH ...
... OB DAS FEUERWERK AUCH ...
... DRINNEN IM BAUCH WEITERKNISTERT.
HIEH ...

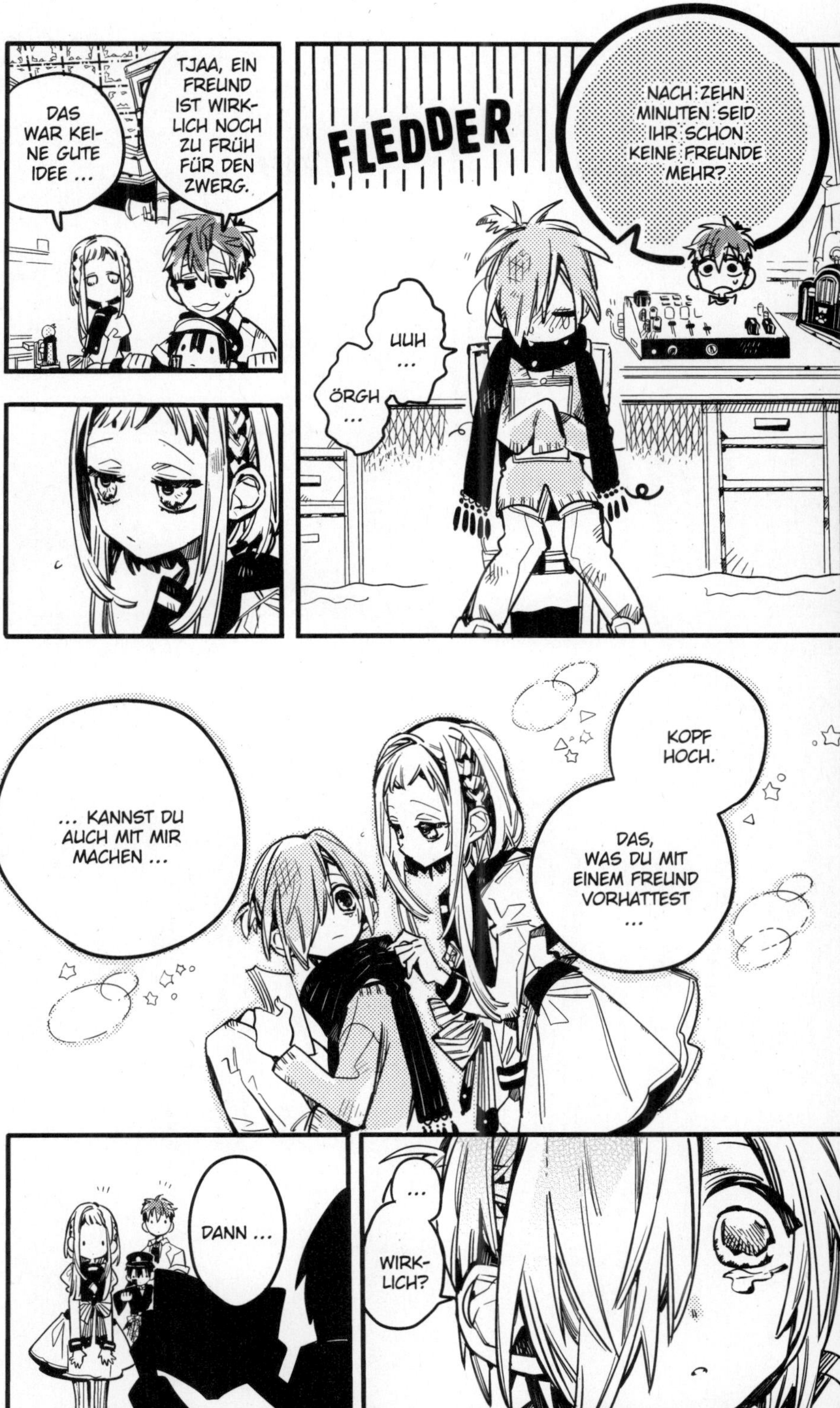
NACH ZEHN MINUTEN SEID IHR SCHON KEINE FREUNDE MEHR?
FLEDDER
UUH … ÖRGH …
TJAA, EIN FREUND IST WIRKLICH NOCH ZU FRÜH FÜR DEN ZWERG.
DAS WAR KEINE GUTE IDEE …
KOPF HOCH.
DAS, WAS DU MIT EINEM FREUND VORHATTEST …
… KANNST DU AUCH MIT MIR MACHEN …
… WIRKLICH?
DANN …

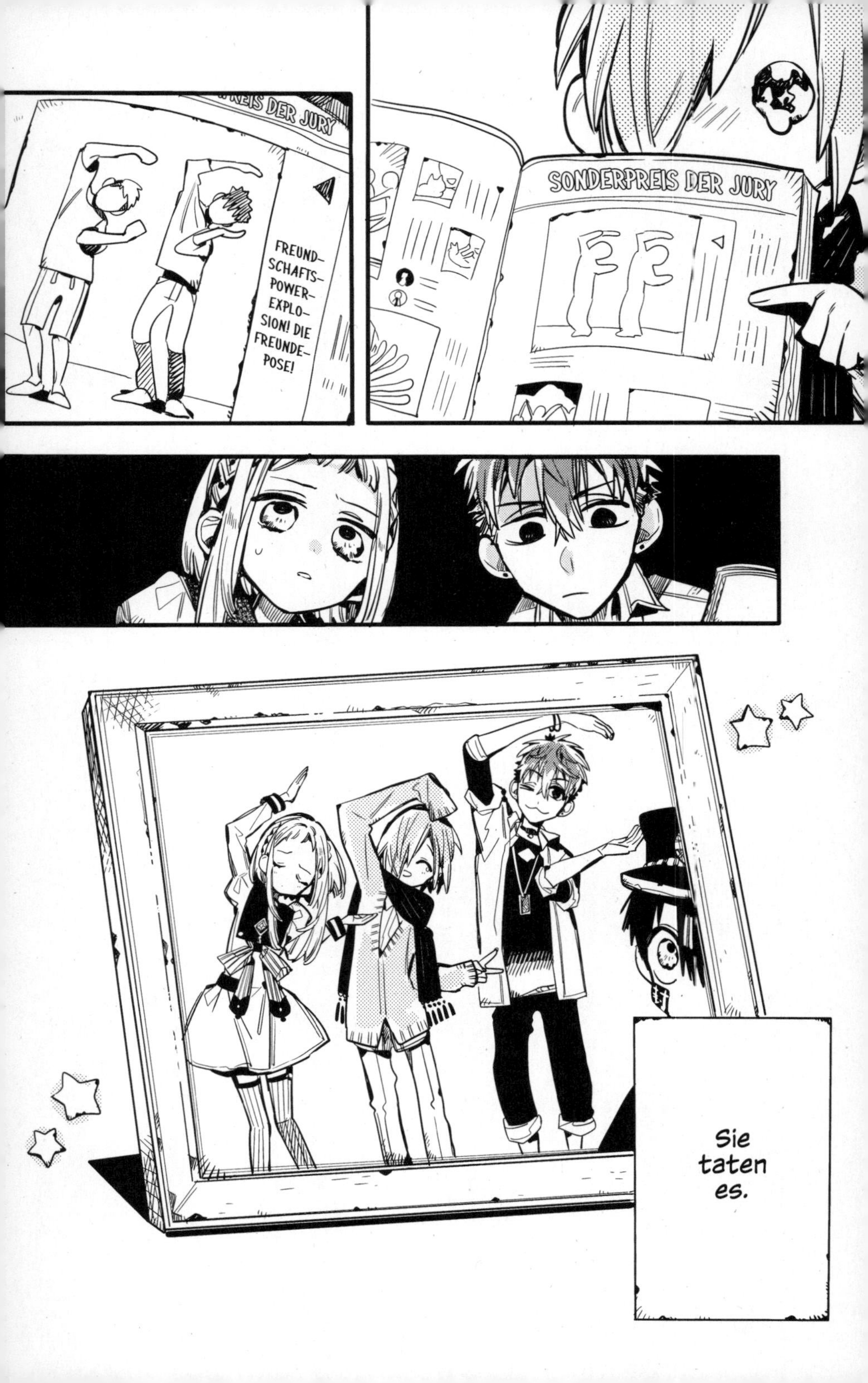
SONDERPREIS DER JURY
FREUND-SCHAFTS-POWER-EXPLO-SION! DIE FREUNDE-POSE!
Sie taten es.

AidaIro

MEIN SCHULGEIST HANAKO AFTER SCHOOL

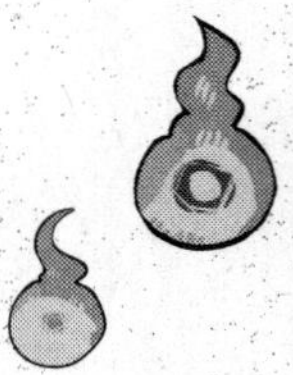

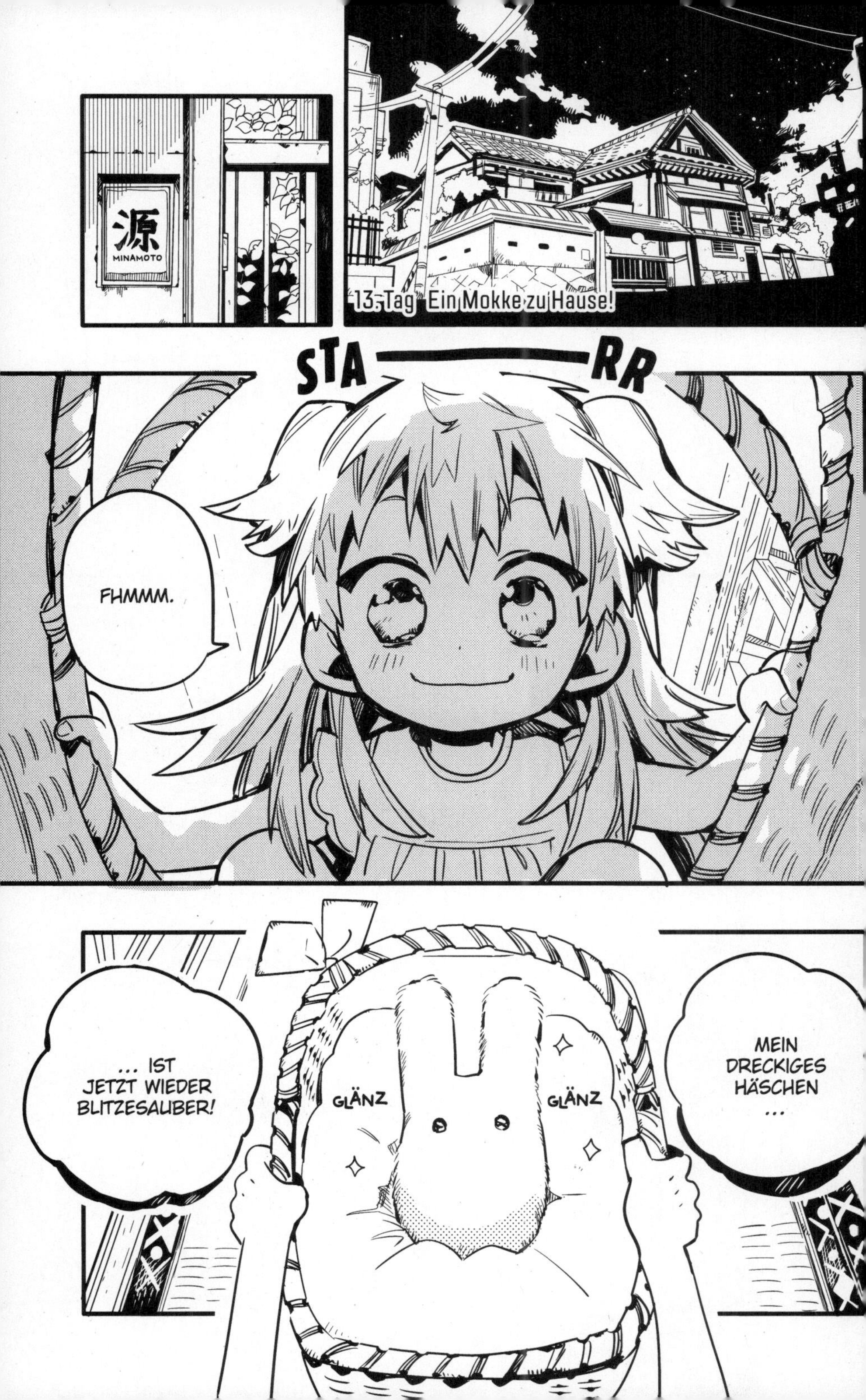
13. Tag Ein Mokke zu Hause!
源
MINAMOTO
STA——RR
FHMMM.
MEIN DRECKIGES HÄSCHEN …
GLÄNZ
GLÄNZ
… IST JETZT WIEDER BLITZESAUBER!

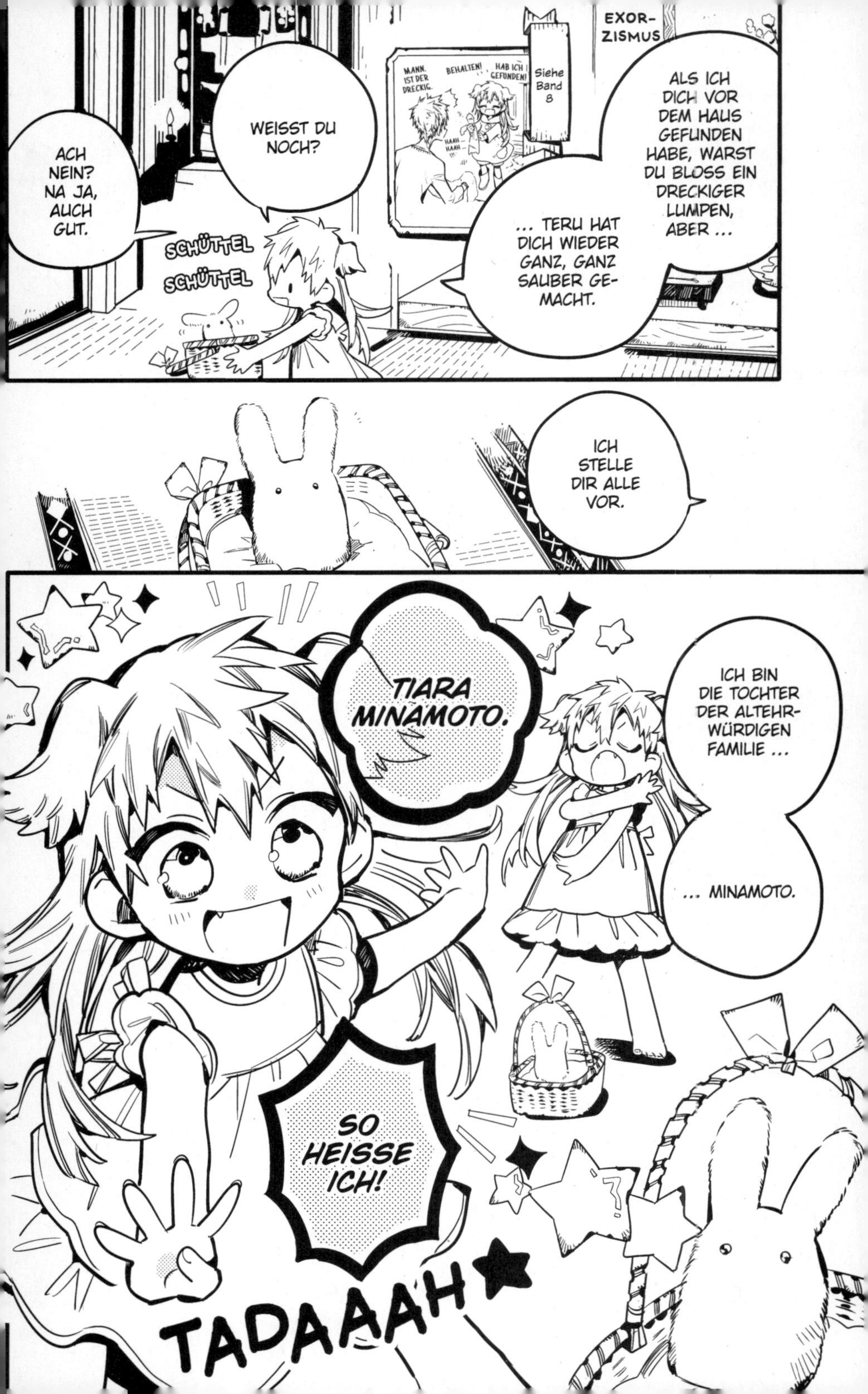
EXORZISMUS
Siehe Band 8
HAB ICH GEFUNDEN!
BEHALTEN!
MANN. IST DER DRECKIG.
HAAH … HAAH …
ALS ICH DICH VOR DEM HAUS GEFUNDEN HABE, WARST DU BLOSS EIN DRECKIGER LUMPEN, ABER …
… TERU HAT DICH WIEDER GANZ, GANZ SAUBER GE-MACHT.
WEISST DU NOCH?
ACH NEIN? NA JA, AUCH GUT.
SCHÜTTEL
SCHÜTTEL
ICH STELLE DIR ALLE VOR.
ICH BIN DIE TOCHTER DER ALTEHR-WÜRDIGEN FAMILIE …
… MINAMOTO.
TIARA MINAMOTO.
SO HEISSE ICH!
TADAAAH

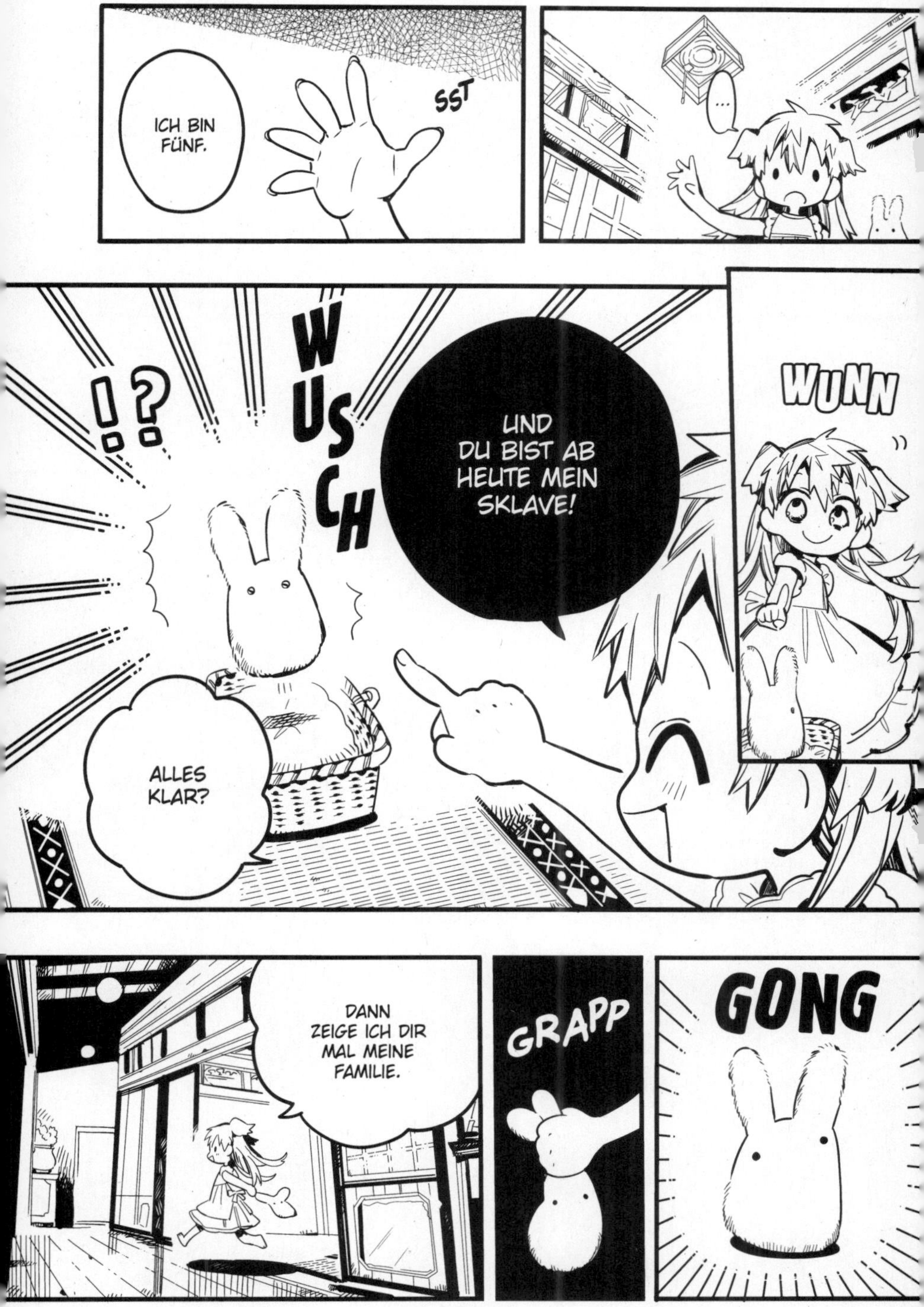

ICH BIN FÜNF.
SST
...
!?
WUSCH
UND DU BIST AB HEUTE MEIN SKLAVE!
WUNN
ALLES KLAR?
DANN ZEIGE ICH DIR MAL MEINE FAMILIE.
GRAPP
GONG

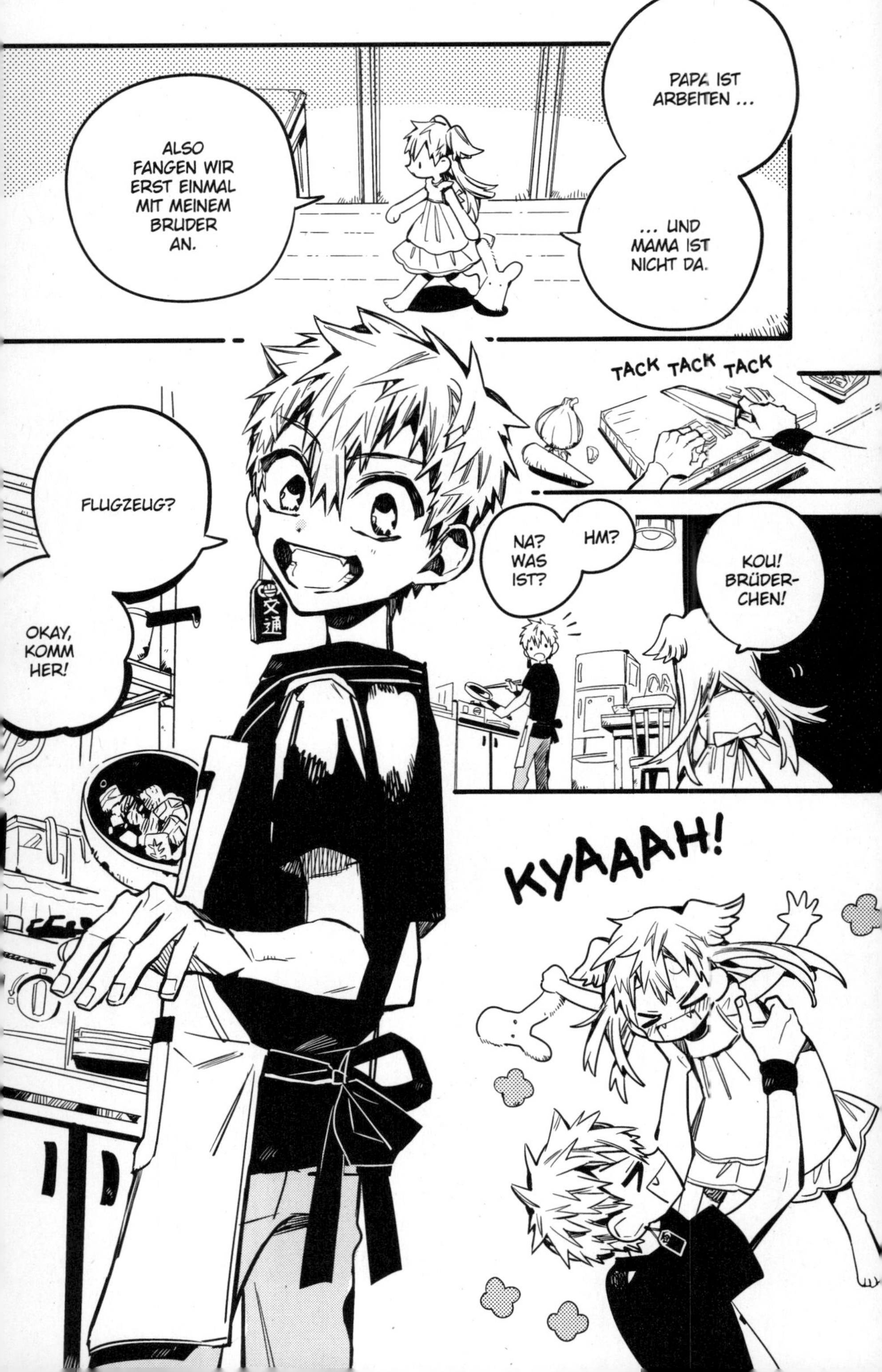
PAPA IST ARBEITEN …
… UND MAMA IST NICHT DA.
ALSO FANGEN WIR ERST EINMAL MIT MEINEM BRUDER AN.
TACK TACK TACK
KOU! BRÜDERCHEN!
HM?
NA? WAS IST?
KYAAAH!
FLUGZEUG?
OKAY, KOMM HER!

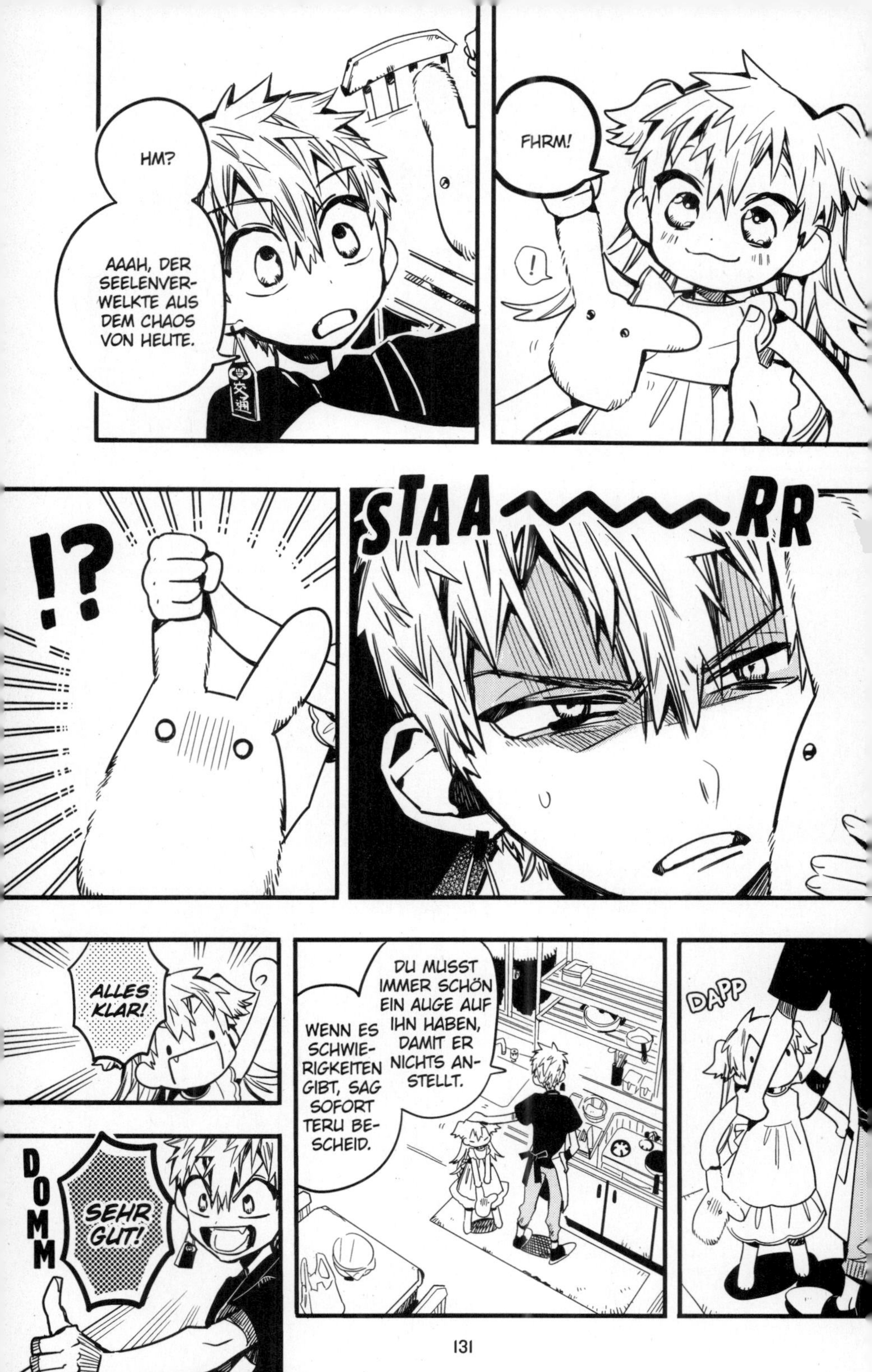

FHRM!
!
HM?
AAAH, DER SEELENVERWELKTE AUS DEM CHAOS VON HEUTE.
STAA~~~RR
!?
DU MUSST IMMER SCHÖN EIN AUGE AUF IHN HABEN, DAMIT ER NICHTS ANSTELLT.
WENN ES SCHWIERIGKEITEN GIBT, SAG SOFORT TERU BESCHEID.
DAPP
ALLES KLAR!
DOMM
SEHR GUT!

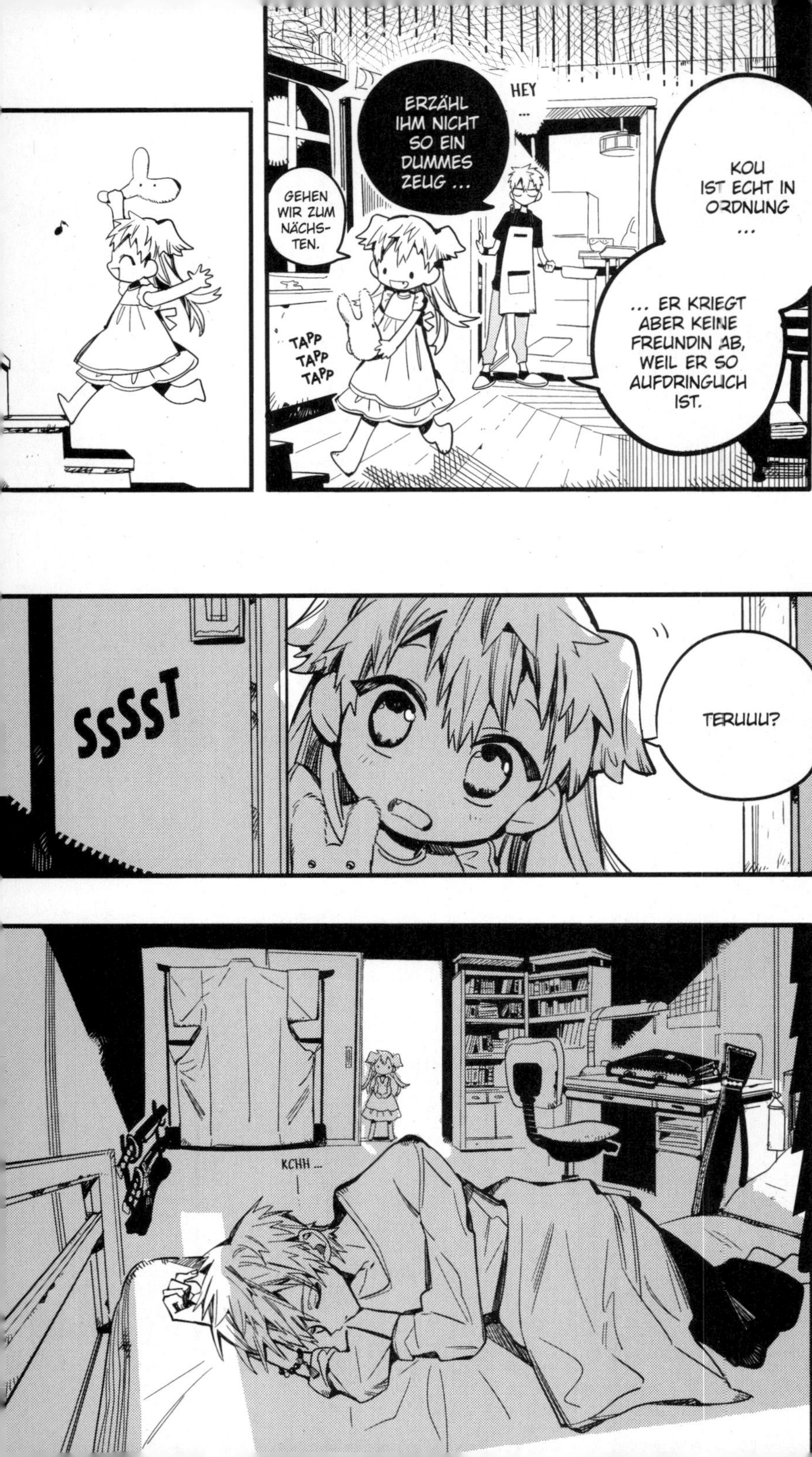

KOU IST ECHT IN ORDNUNG ...
... ER KRIEGT ABER KEINE FREUNDIN AB, WEIL ER SO AUFDRINGLICH IST.
HEY ...
ERZÄHL IHM NICHT SO EIN DUMMES ZEUG ...
GEHEN WIR ZUM NÄCHS-TEN.
TAPP TAPP TAPP
TERUUU?
SSSST
KCHH ...

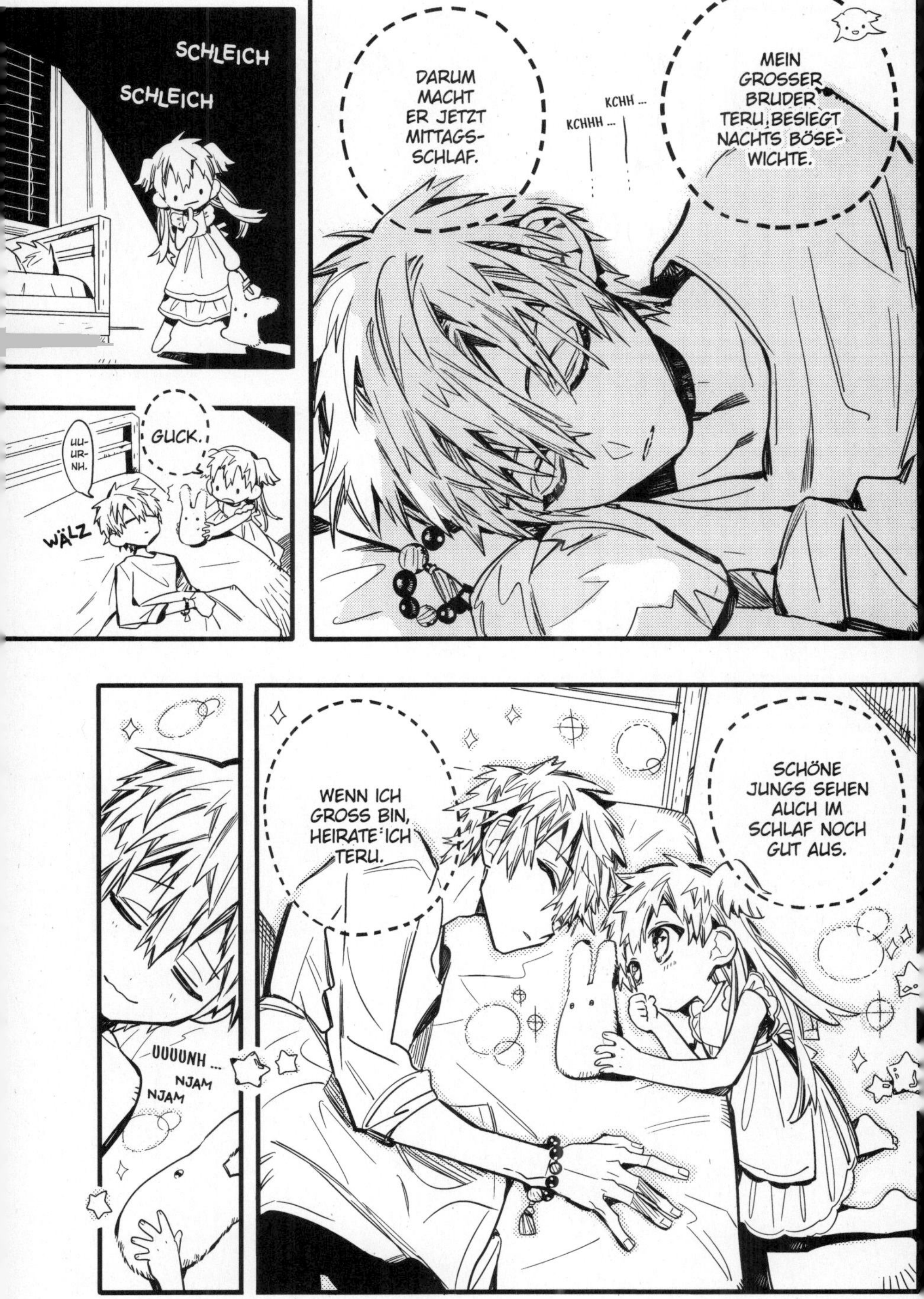
MEIN GROSSER BRUDER TERU, BESIEGT NACHTS BÖSE-WICHTE.
KCHH ...
KCHHH ...
DARUM MACHT ER JETZT MITTAGS-SCHLAF.
SCHLEICH
SCHLEICH
GUCK.
UU-UR-NH.
WÄLZ
SCHÖNE JUNGS SEHEN AUCH IM SCHLAF NOCH GUT AUS.
WENN ICH GROSS BIN, HEIRATE ICH TERU.
UUUUNH ...
NJAM
NJAM

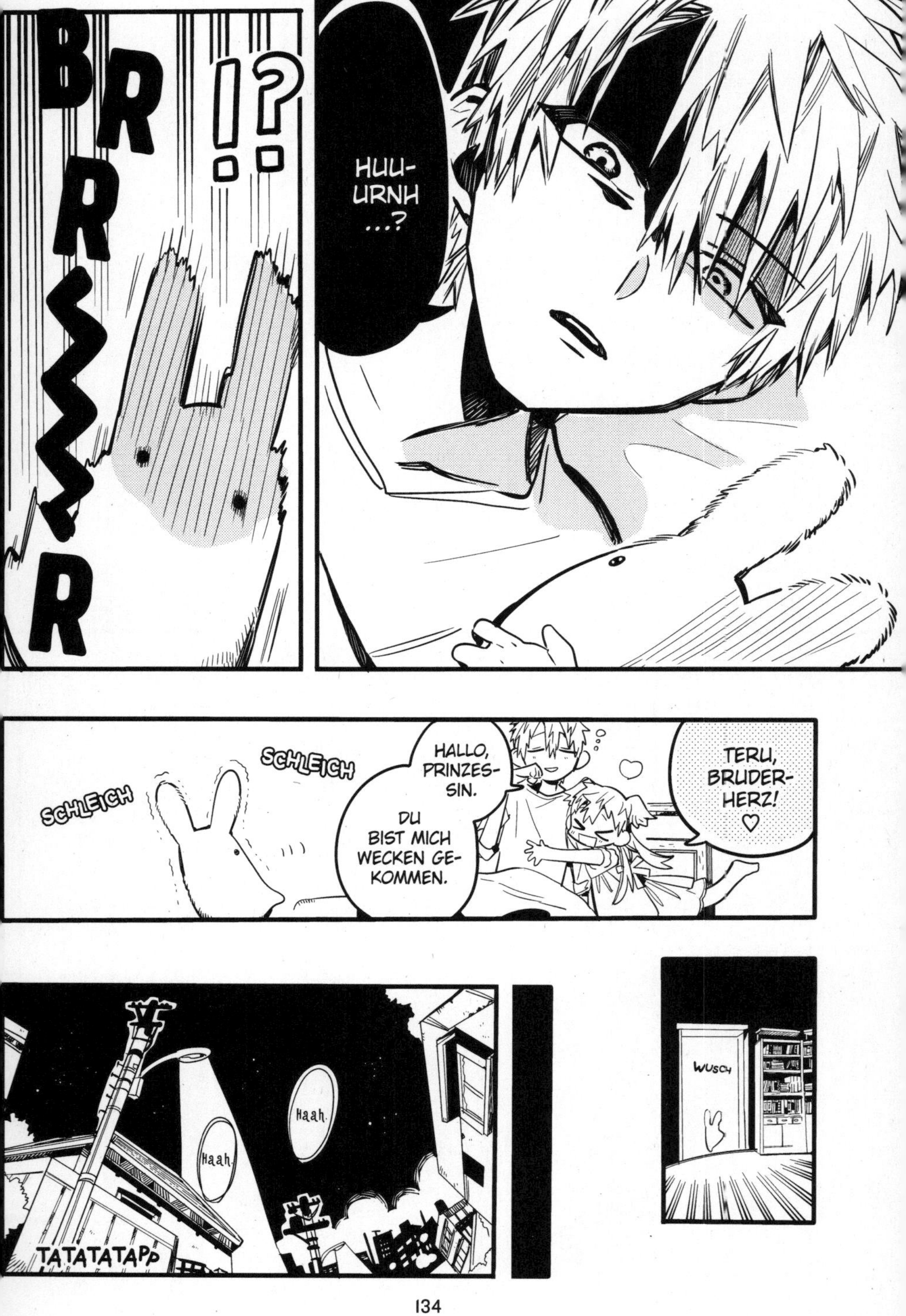
HUU-
URNH
...?
BRRSSSR
!?
TERU,
BRUDER-
HERZ!
HALLO,
PRINZES-
SIN.
DU
BIST MICH
WECKEN GE-
KOMMEN.
SCHLEICH
SCHLEICH
WUSCH
Haah.
Haah.
TATATATAPP

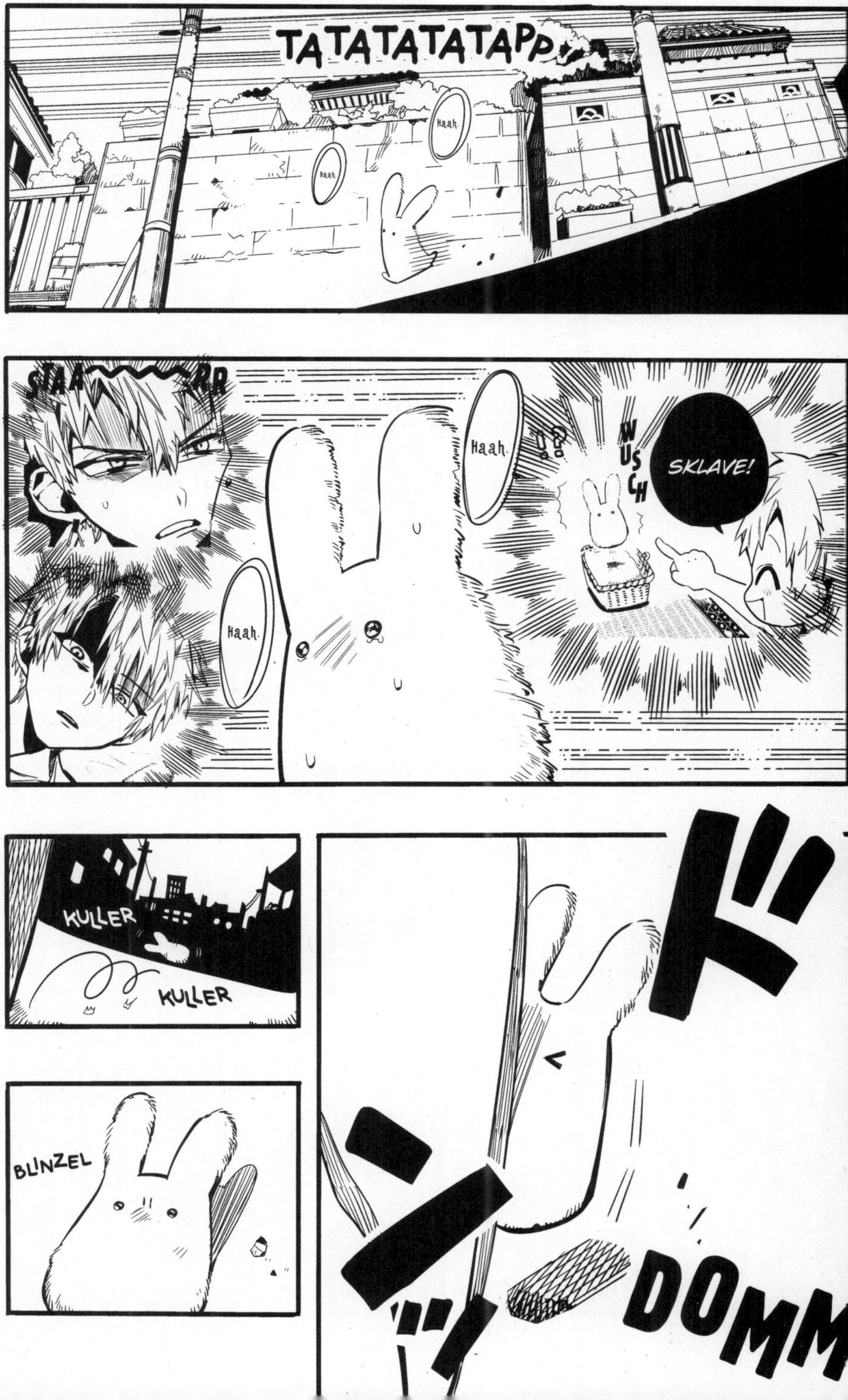

TATATATATAPP
Haah.
Haah.
STAA~~~RR
Haah.
Haah.
!?
WUSCH
SKLAVE!
KULLER
KULLER
BLINZEL
DOMM

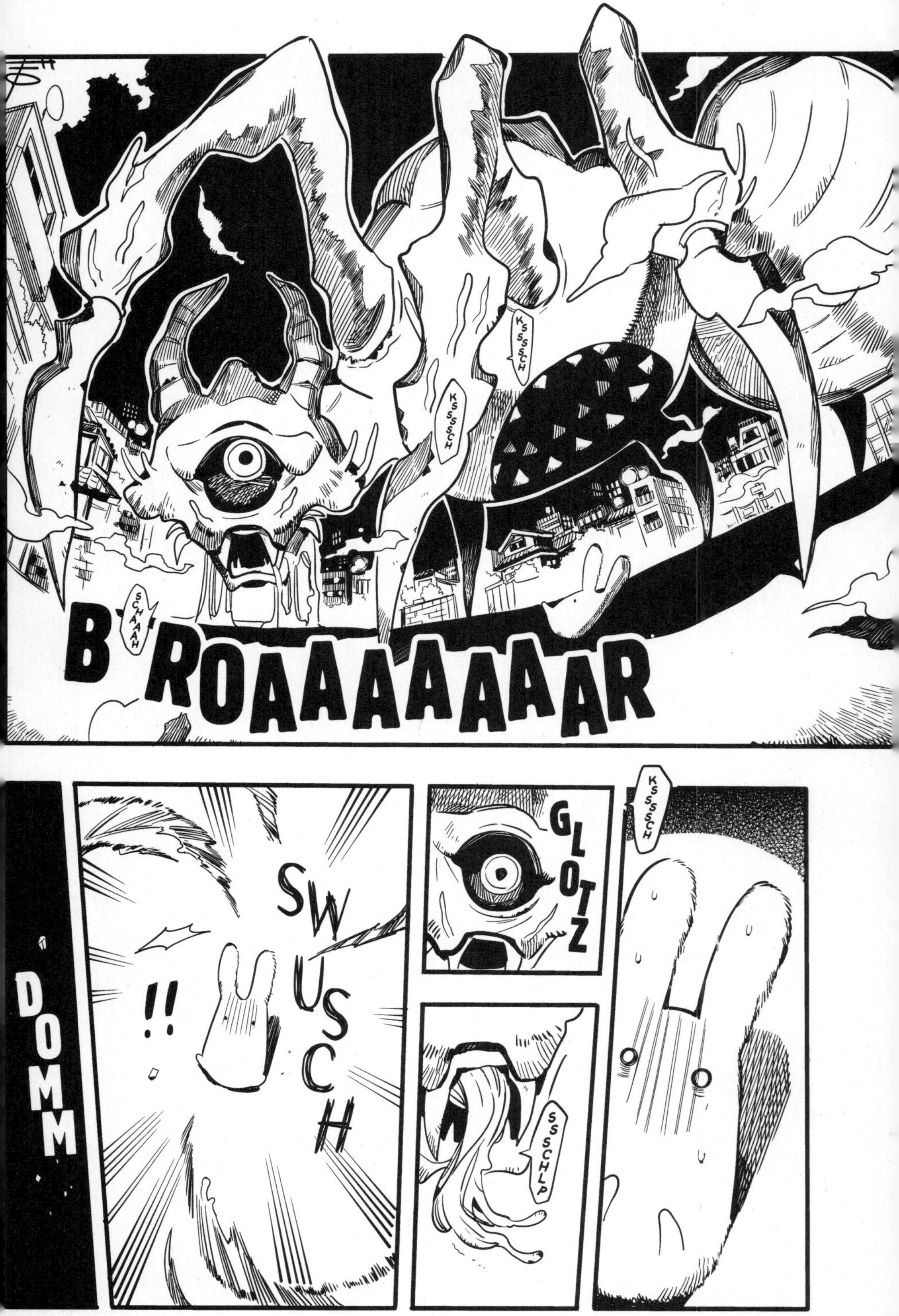
KSSSCH
KSSSCH
SCHAAAH
BROAAAAAAAAR
DOMM
!!
SWUSCH
GLOTZ
SSSCHLP
KSSSCH

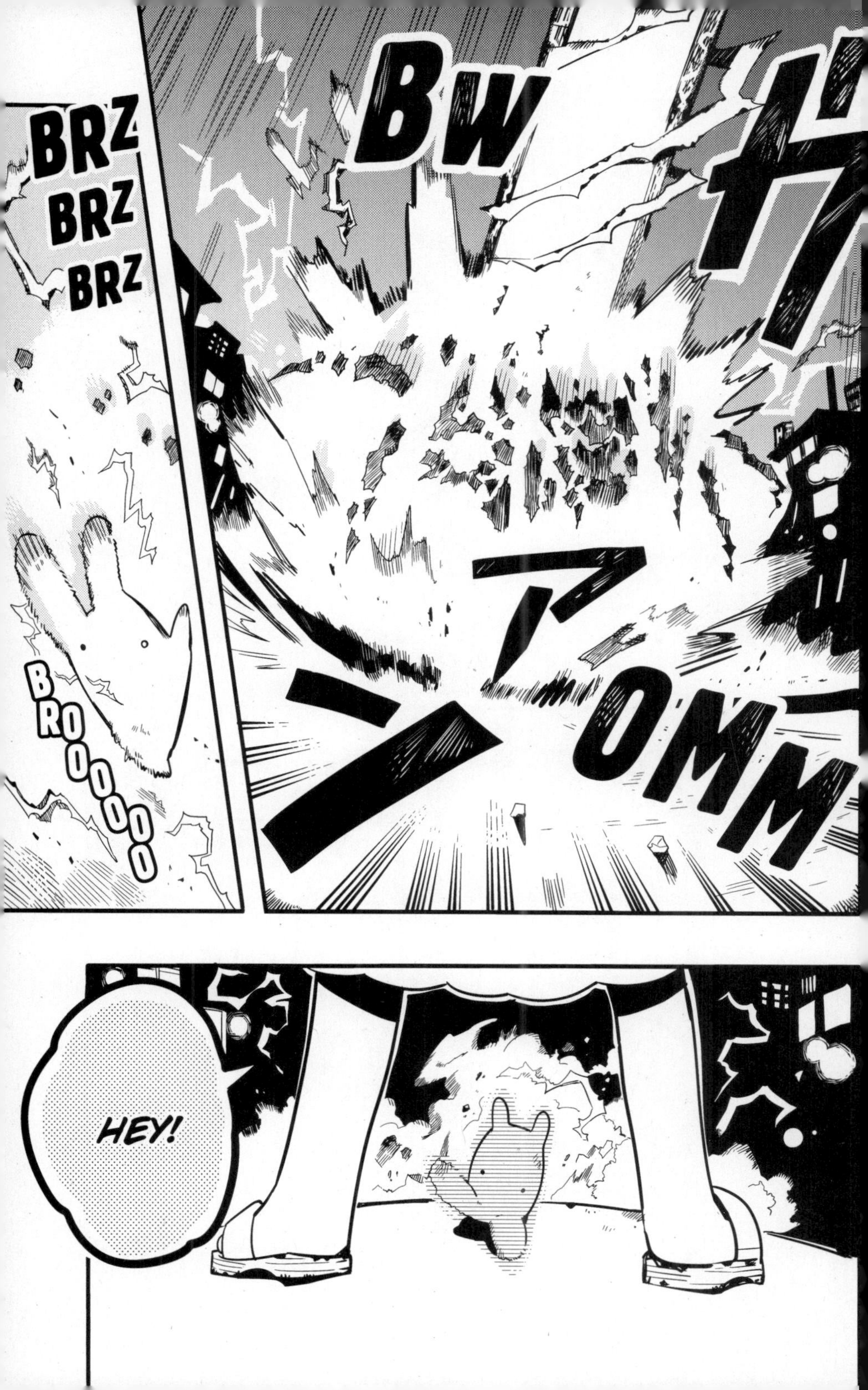
BW
OMM
BRZ BRZ BRZ
BROOOOOO
HEY!

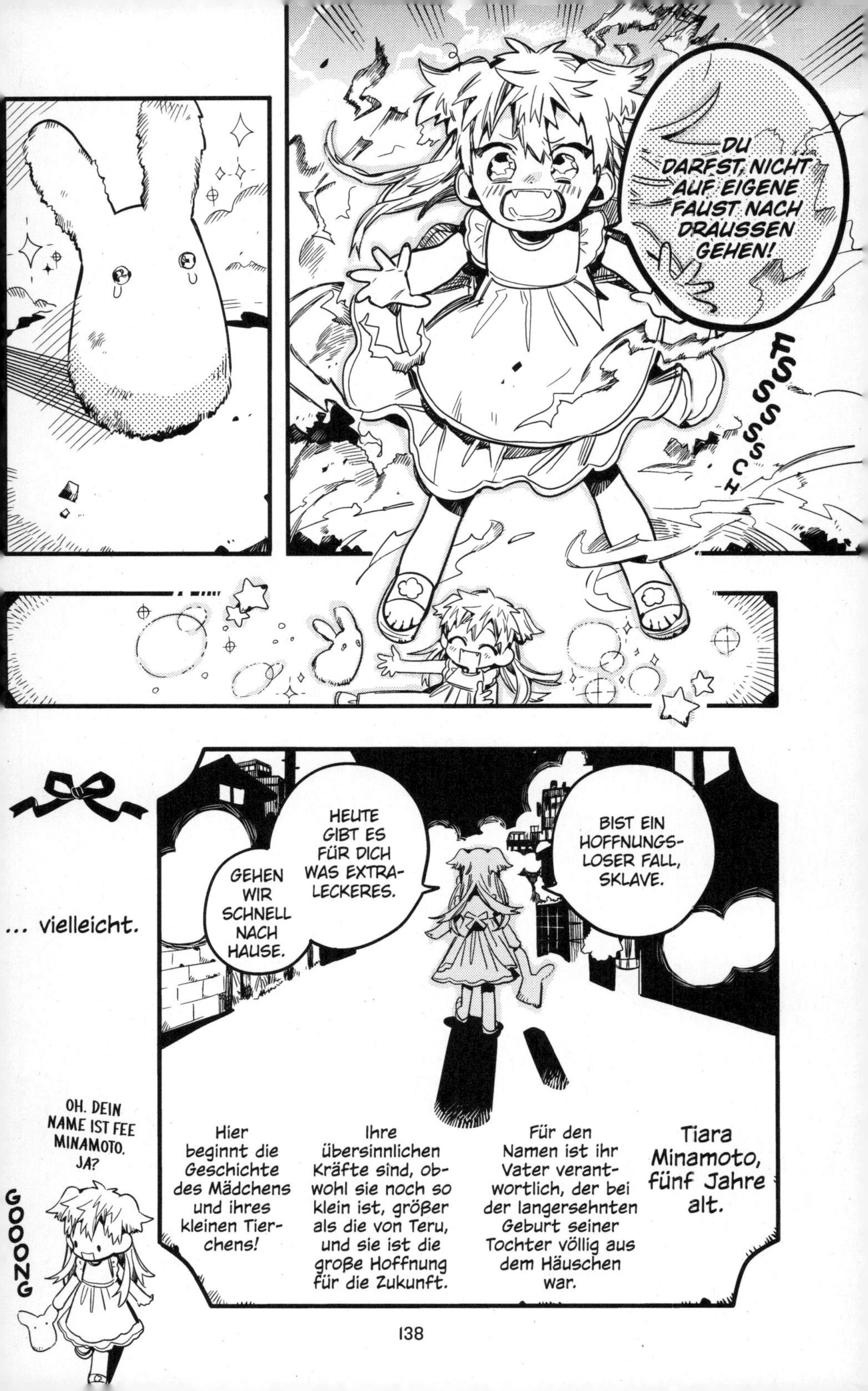
DU DARFST NICHT AUF EIGENE FAUST NACH DRAUSSEN GEHEN!
FSSSSSCH
BIST EIN HOFFNUNGS-LOSER FALL, SKLAVE.
HEUTE GIBT ES FÜR DICH WAS EXTRA-LECKERES.
GEHEN WIR SCHNELL NACH HAUSE.
... vielleicht.
Tiara Minamoto, fünf Jahre alt.
Für den Namen ist ihr Vater verant-wortlich, der bei der langersehnten Geburt seiner Tochter völlig aus dem Häuschen war.
Ihre übersinnlichen Kräfte sind, ob-wohl sie noch so klein ist, größer als die von Teru, und sie ist die große Hoffnung für die Zukunft.
Hier beginnt die Geschichte des Mädchens und ihres kleinen Tier-chens!
OH. DEIN NAME IST FEE MINAMOTO, JA?
GOOOONG

AidaIro

MEIN SCHULGEIST HANAKO AFTER SCHOOL

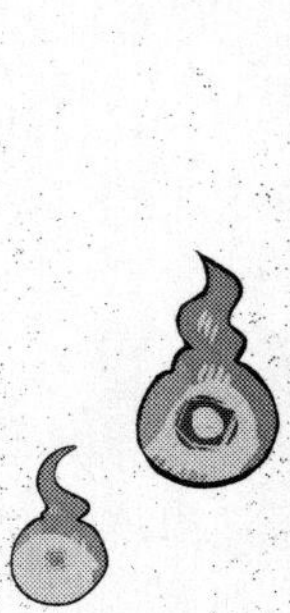

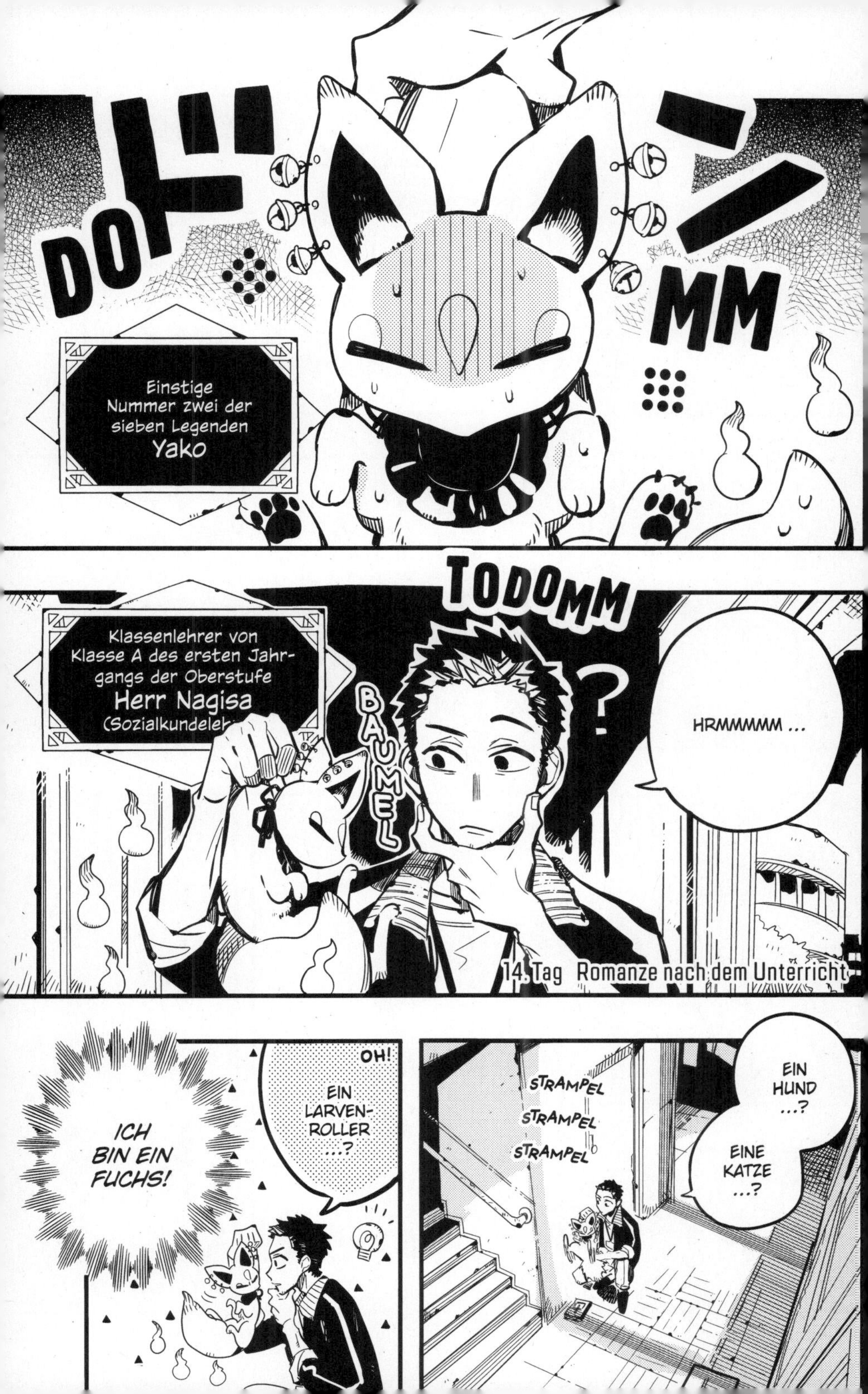
DO
ドン
MM
Einstige Nummer zwei der sieben Legenden
Yako
TODOMM
HRMMMMM …
?
BAUMEL
Klassenlehrer von Klasse A des ersten Jahrgangs der Oberstufe
Herr Nagisa
(Sozialkundeleh
14. Tag Romanze nach dem Unterricht
EIN HUND …?
EINE KATZE …?
STRAMPEL
STRAMPEL
STRAMPEL
OH!
EIN LARVEN-ROLLER …?
ICH BIN EIN FUCHS!

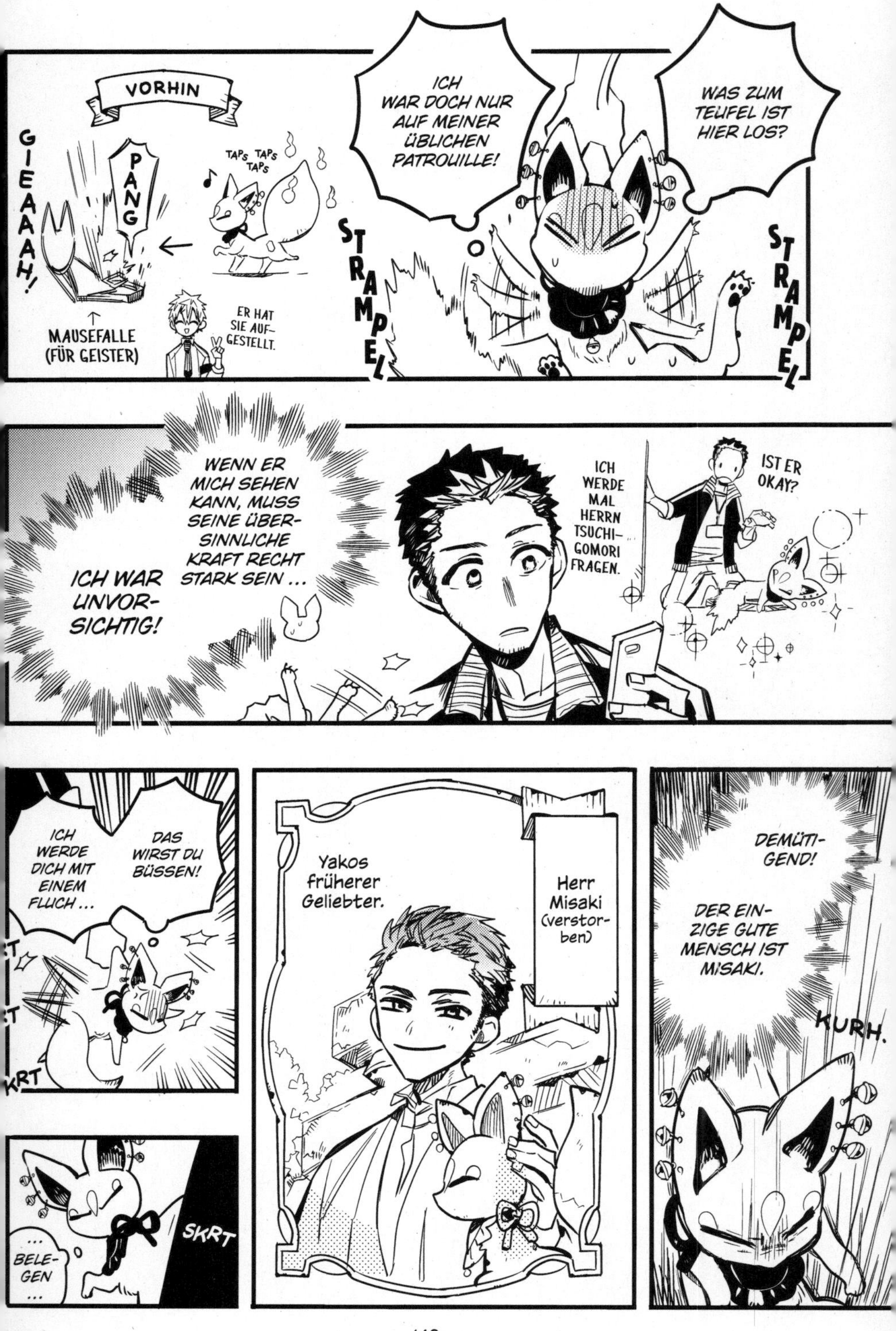
WAS ZUM TEUFEL IST HIER LOS?
ICH WAR DOCH NUR AUF MEINER ÜBLICHEN PATROUILLE!
STRAMPEL
STRAMPEL
VORHIN
TAPS TAPS TAPS
PANG
GIEAAAAH!
MAUSEFALLE (FÜR GEISTER)
ER HAT SIE AUFGESTELLT.
IST ER OKAY?
ICH WERDE MAL HERRN TSUCHIGOMORI FRAGEN.
WENN ER MICH SEHEN KANN, MUSS SEINE ÜBERSINNLICHE KRAFT RECHT STARK SEIN …
ICH WAR UNVORSICHTIG!
DEMÜTIGEND!
DER EINZIGE GUTE MENSCH IST MISAKI.
KURH.
Herr Misaki (verstorben)
Yakos früherer Geliebter.
DAS WIRST DU BÜSSEN!
ICH WERDE DICH MIT EINEM FLUCH …
KRT
SKRT
… BELEGEN …

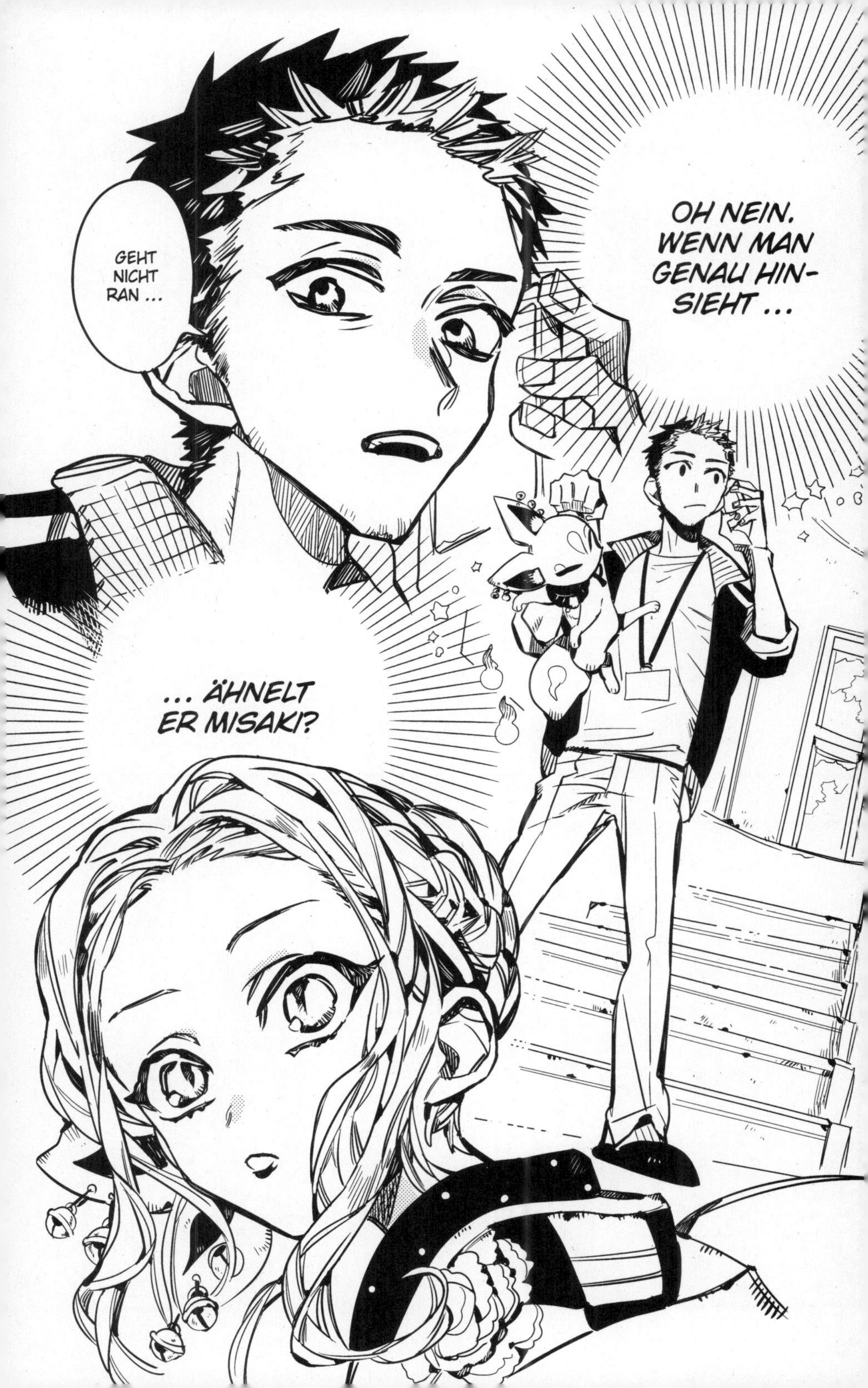
OH NEIN. WENN MAN GENAU HIN-SIEHT …
GEHT NICHT RAN …
… ÄHNELT ER MISAKI?

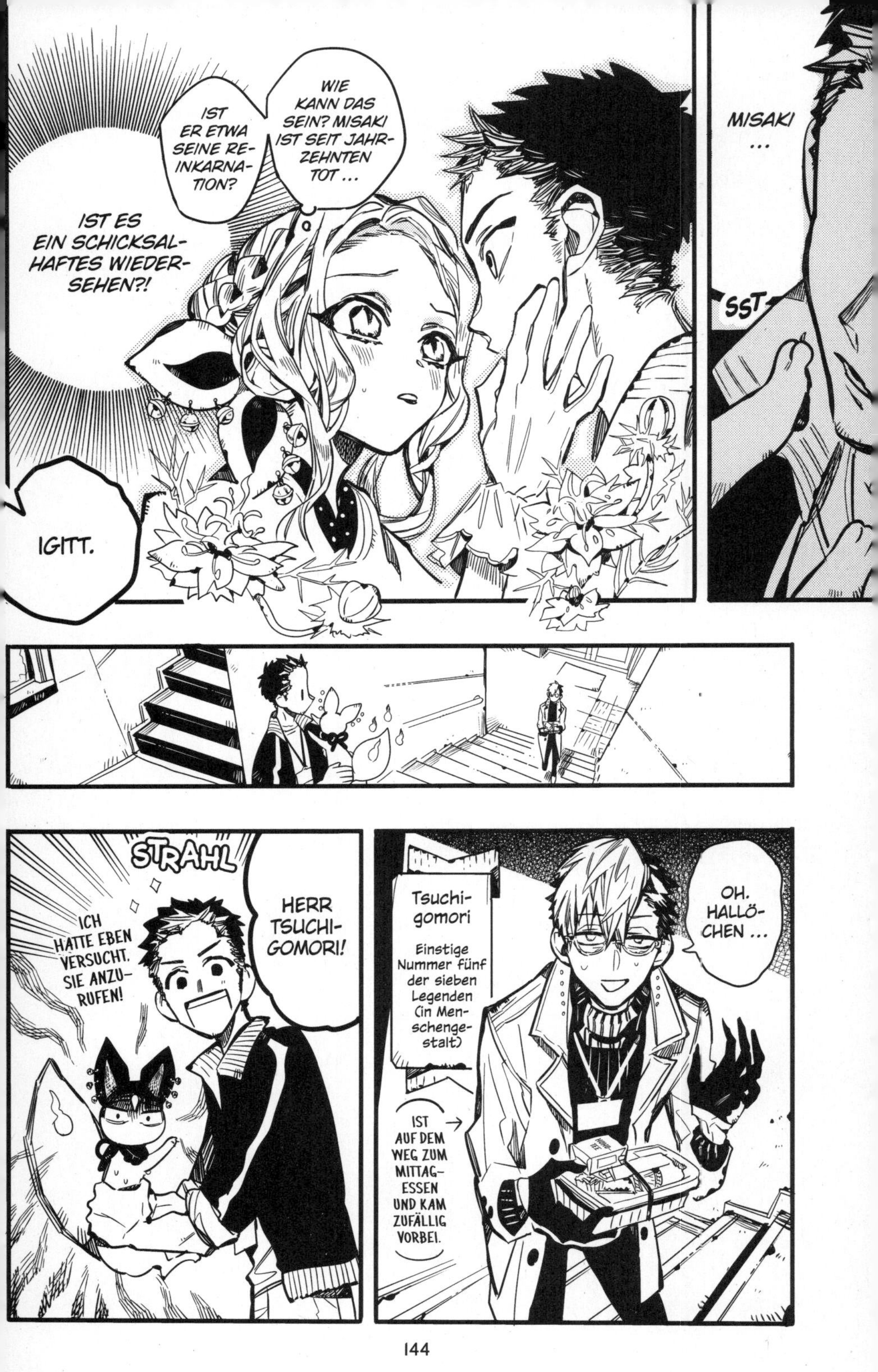
MISAKI ...
SST
WIE KANN DAS SEIN? MISAKI IST SEIT JAHRZEHNTEN TOT ...
IST ER ETWA SEINE REINKARNATION?
IST ES EIN SCHICKSALHAFTES WIEDERSEHEN?!
IGITT.
OH. HALLÖCHEN ...
Tsuchigomori
Einstige Nummer fünf der sieben Legenden (in Menschengestalt)
IST AUF DEM WEG ZUM MITTAGESSEN UND KAM ZUFÄLLIG VORBEI.
HERR TSUCHIGOMORI!
STRAHL
ICH HATTE EBEN VERSUCHT, SIE ANZURUFEN!

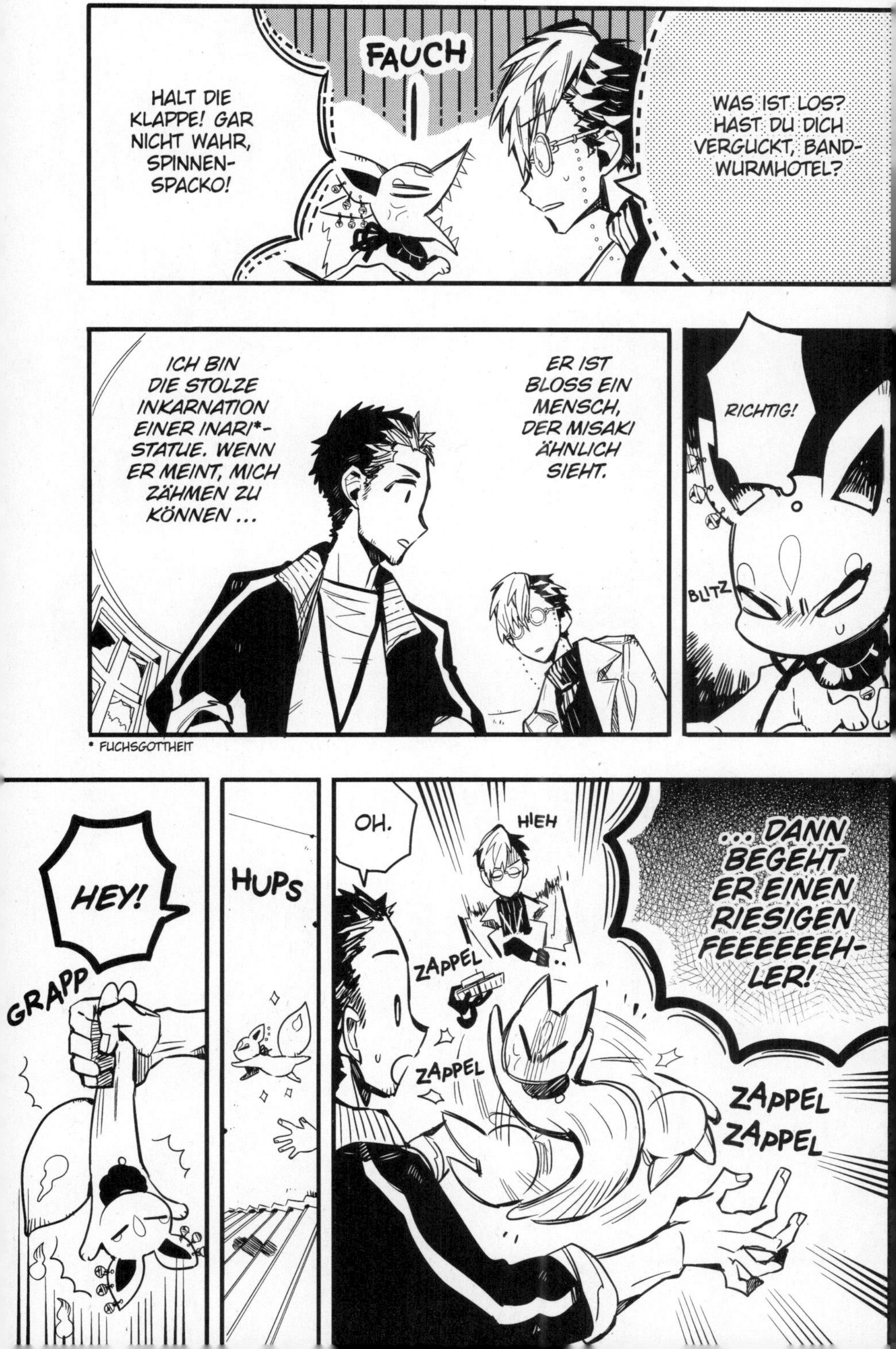

* FUCHSGOTTHEIT

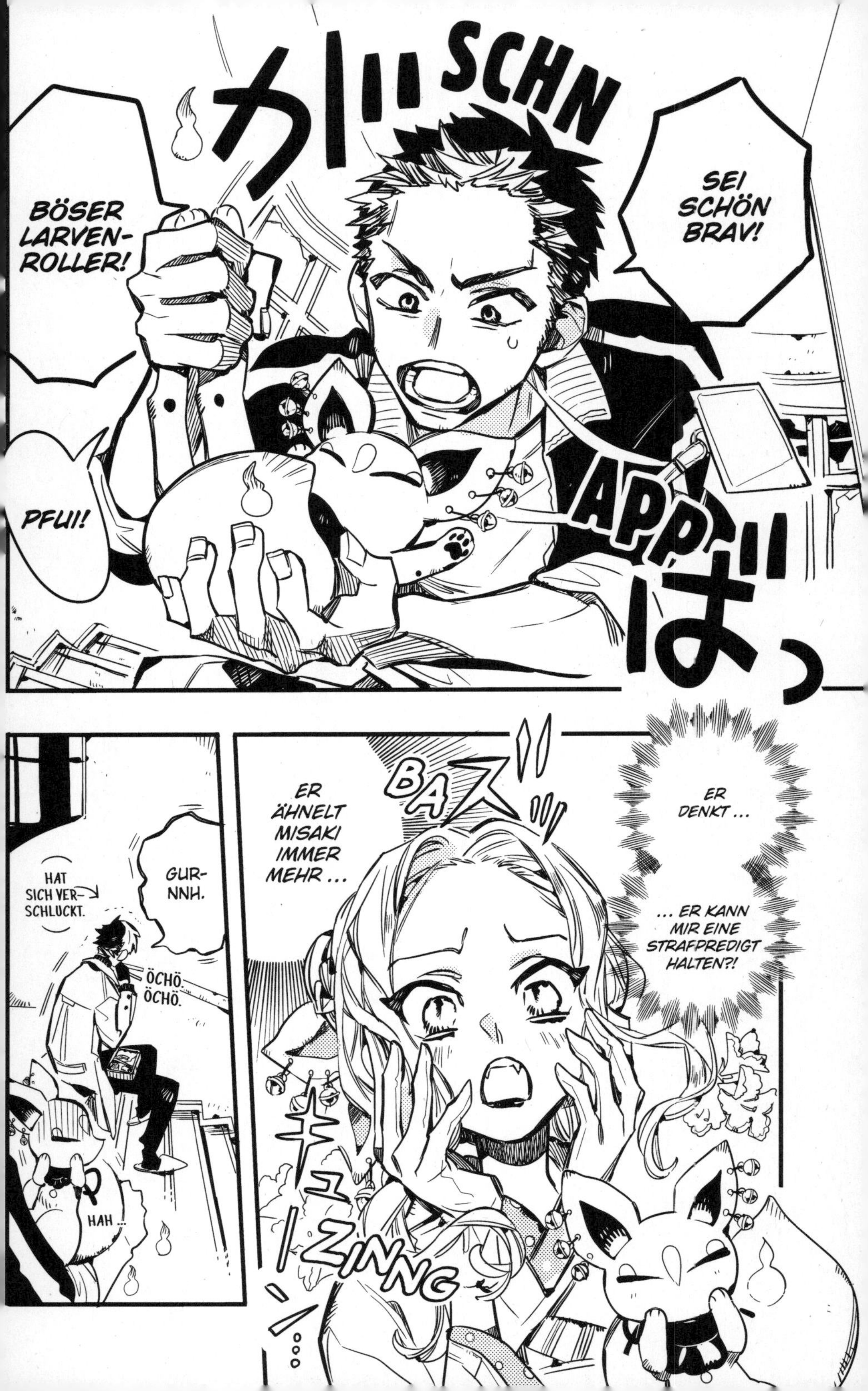

かッ SCHN
SEI SCHÖN BRAV!
BÖSER LARVEN-ROLLER!
PFUII!
APP ばっ
ER DENKT …
… ER KANN MIR EINE STRAFPREDIGT HALTEN?!
BA ズ
ER ÄHNELT MISAKI IMMER MEHR …
キュ ZINNG
GUR-NNH.
HAT SICH VER-SCHLUCKT.
ÖCHÖ. ÖCHÖ.
HAH …

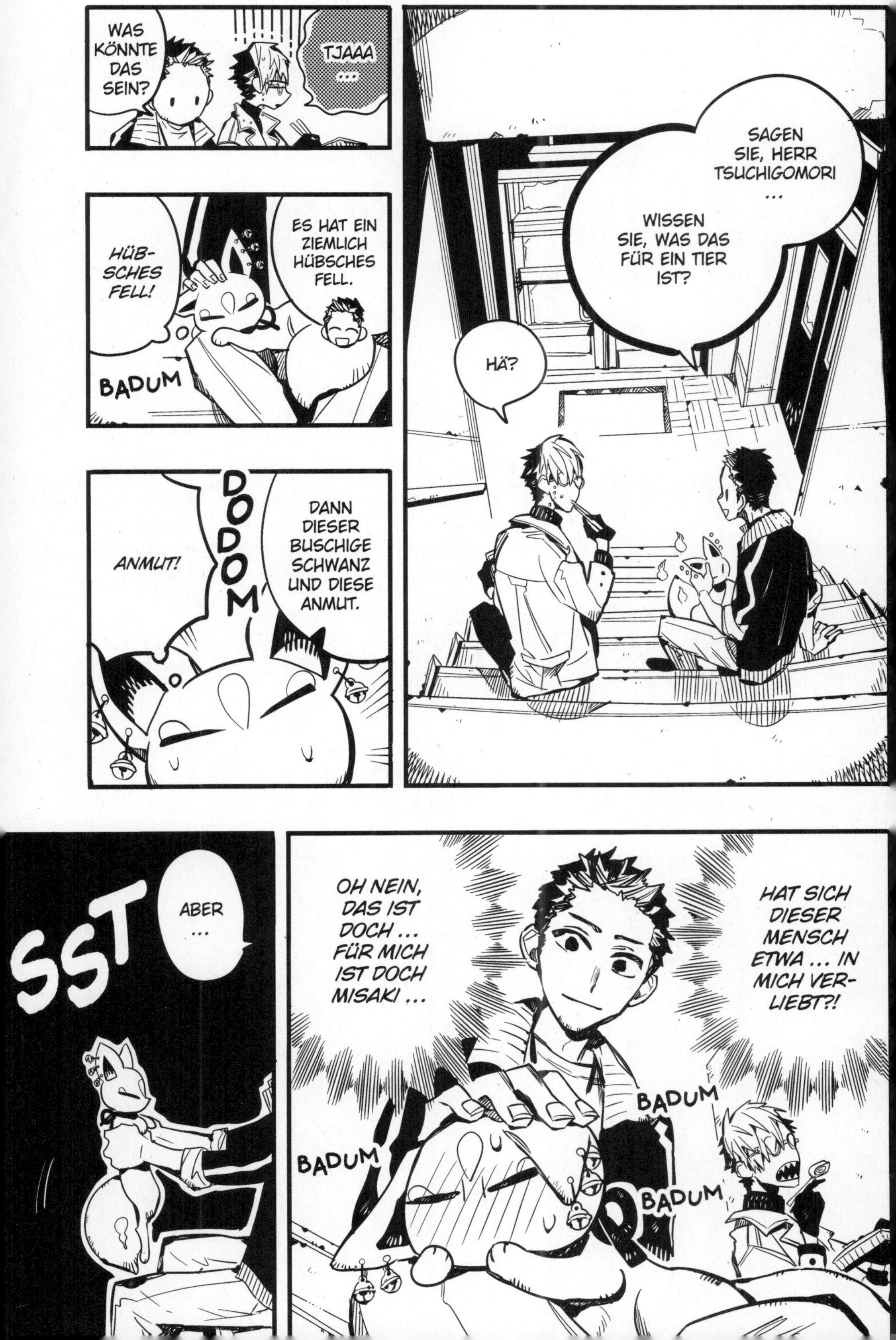

SAGEN SIE, HERR TSUCHIGOMORI …
WISSEN SIE, WAS DAS FÜR EIN TIER IST?
HÄ?
WAS KÖNNTE DAS SEIN?
TJAAA …
ES HAT EIN ZIEMLICH HÜBSCHES FELL.
HÜB-SCHES FELL!
BADUM
DANN DIESER BUSCHIGE SCHWANZ UND DIESE ANMUT.
DODOM
ANMUT!
OH NEIN, DAS IST DOCH … FÜR MICH IST DOCH MISAKI …
HAT SICH DIESER MENSCH ETWA … IN MICH VER-LIEBT?!
BADUM
BADUM
BADUM
ABER …
SST

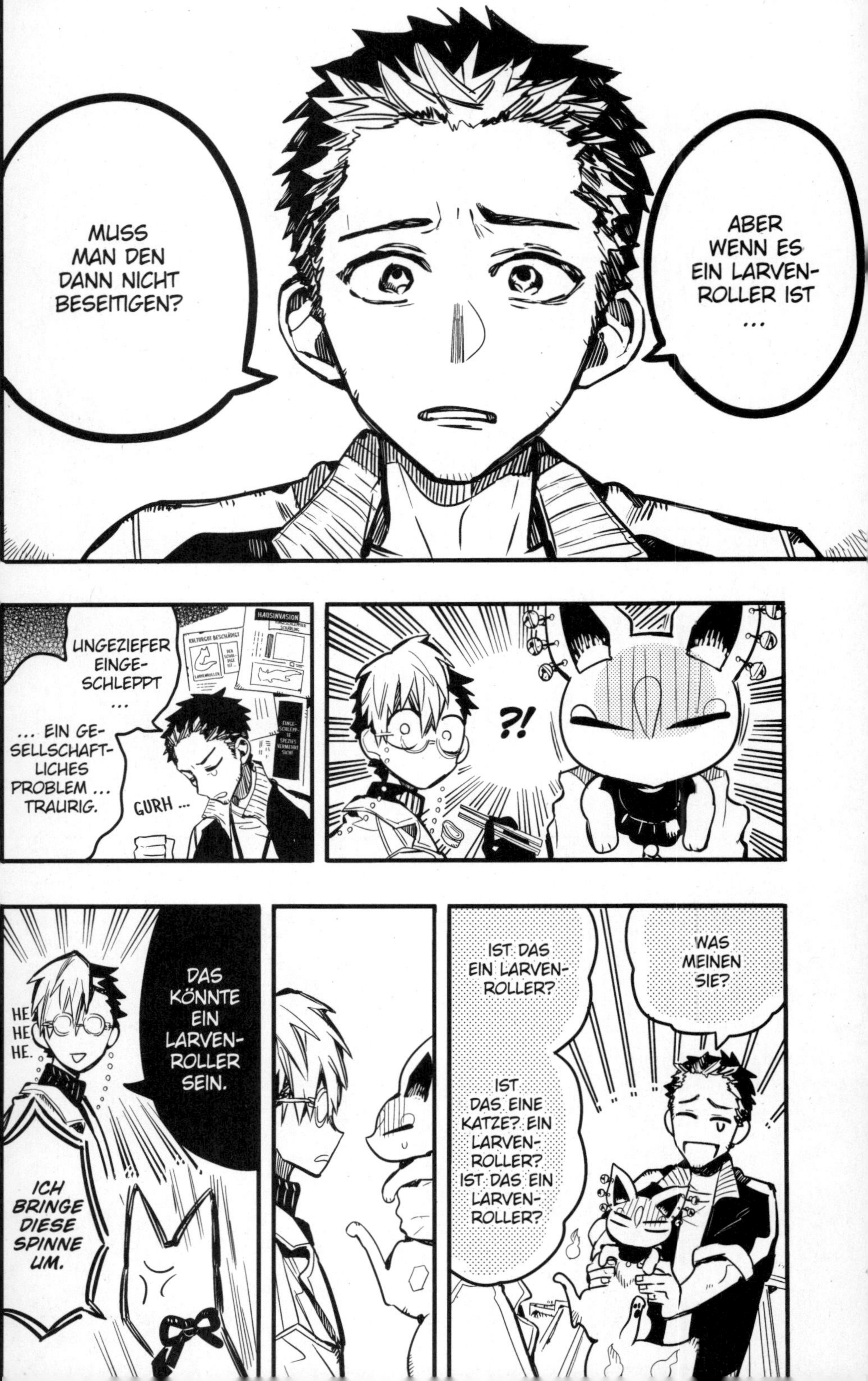
ABER WENN ES EIN LARVEN-ROLLER IST …
MUSS MAN DEN DANN NICHT BESEITIGEN?
?!
HAUSINVASION
KULTURGUT BESCHÄDIGT
LARVENROLLER
UNGEZIEFER EINGE-SCHLEPPT …
… EIN GE-SELLSCHAFT-LICHES PROBLEM … TRAURIG.
GURH …
WAS MEINEN SIE?
IST DAS EIN LARVEN-ROLLER?
IST DAS EINE KATZE? EIN LARVEN-ROLLER? IST DAS EIN LARVEN-ROLLER?
DAS KÖNNTE EIN LARVEN-ROLLER SEIN.
HE HE HE.
ICH BRINGE DIESE SPINNE UM.

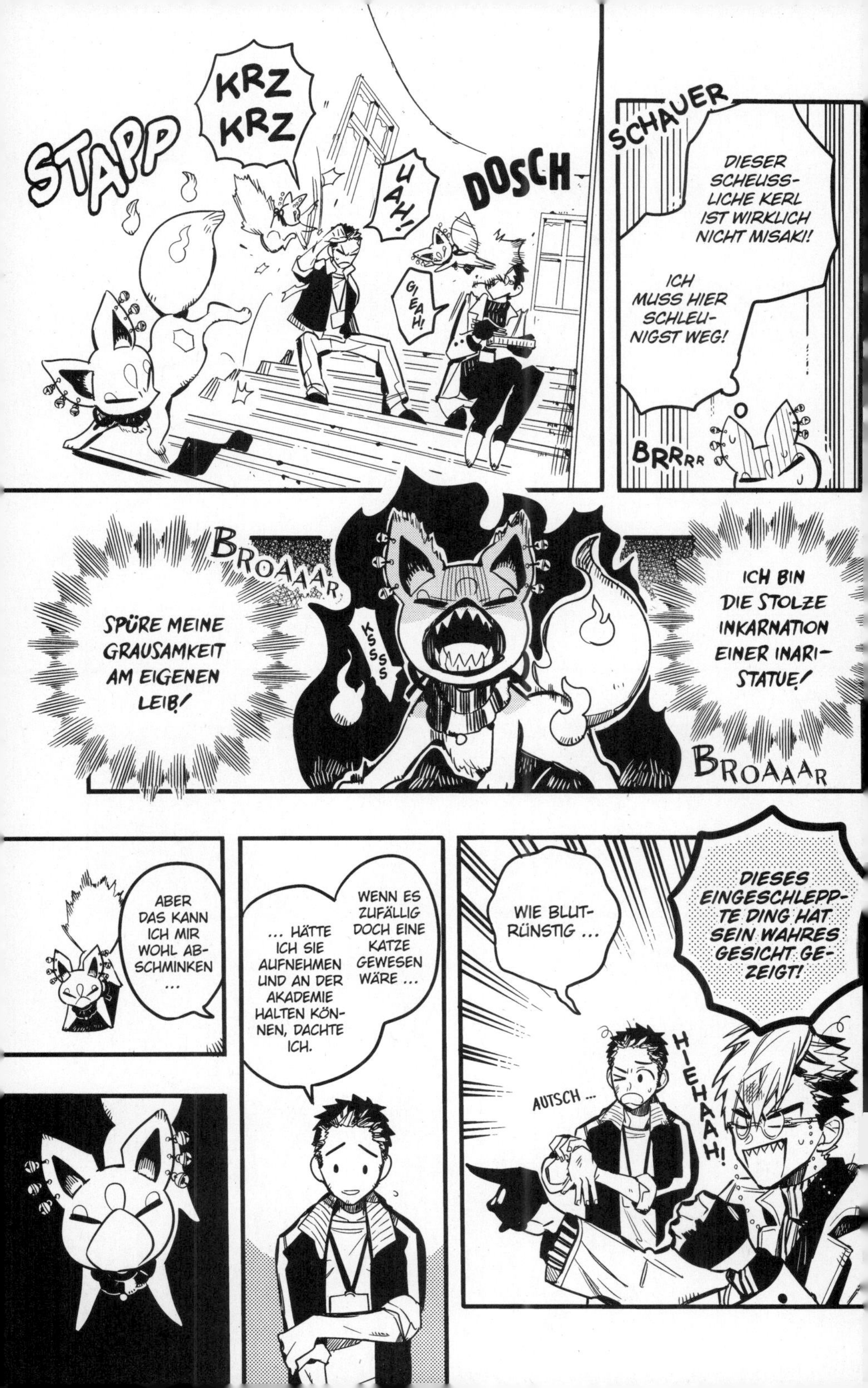
SCHAUER
DIESER SCHEUSSLICHE KERL IST WIRKLICH NICHT MISAKI!
ICH MUSS HIER SCHLEUNIGST WEG!
BRRRR
DOSCH
UAH!
GIEAH!
KRZ KRZ
STAPP
ICH BIN DIE STOLZE INKARNATION EINER INARI-STATUE!
BROAAAR
KSSSS
BROAAAR
SPÜRE MEINE GRAUSAMKEIT AM EIGENEN LEIB!
DIESES EINGESCHLEPPTE DING HAT SEIN WAHRES GESICHT GEZEIGT!
WIE BLUTRÜNSTIG …
HIEHAAH!
AUTSCH …
WENN ES ZUFÄLLIG DOCH EINE KATZE GEWESEN WÄRE …
… HÄTTE ICH SIE AUFNEHMEN UND AN DER AKADEMIE HALTEN KÖNNEN, DACHTE ICH.
ABER DAS KANN ICH MIR WOHL ABSCHMINKEN …

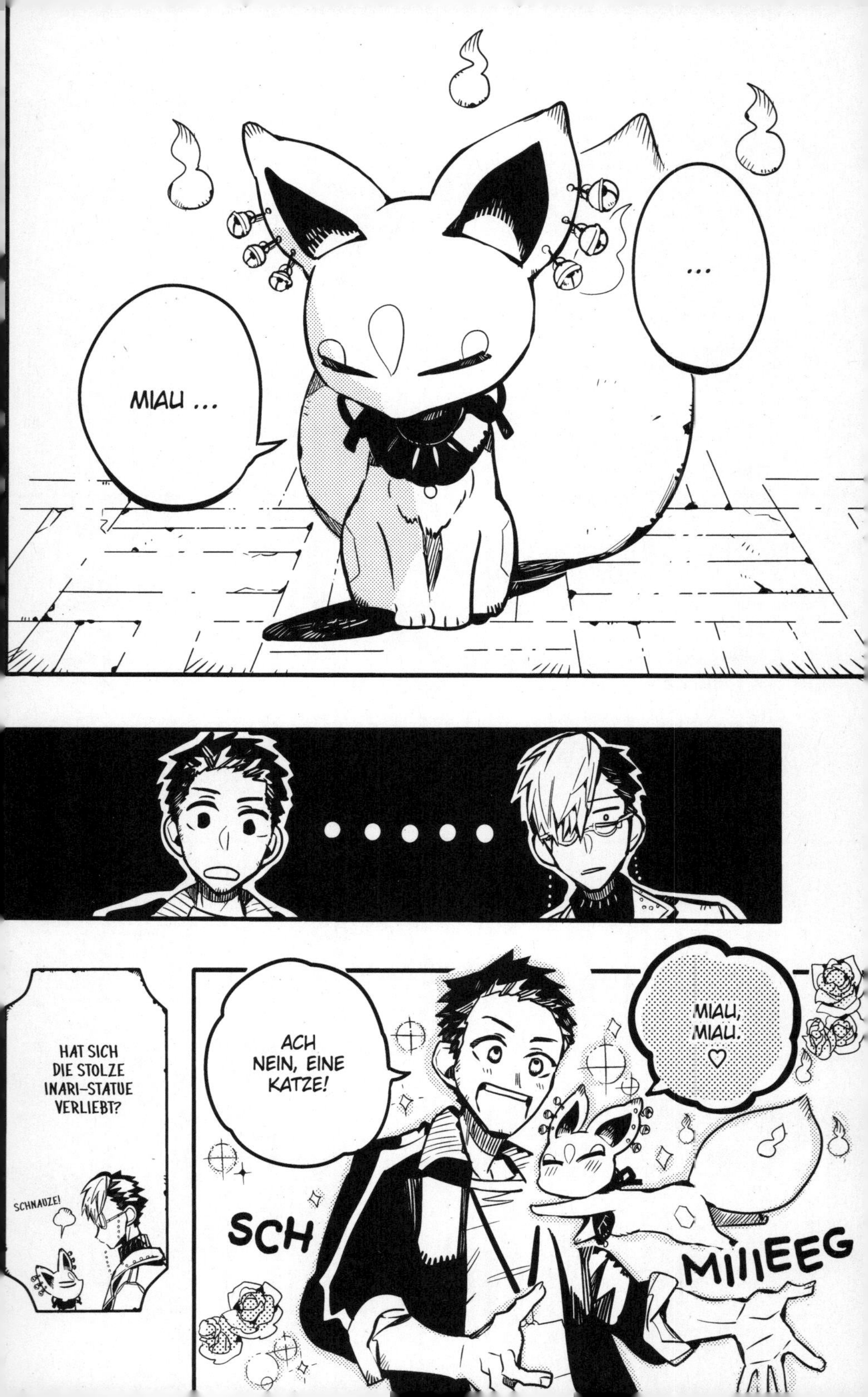
...
MIAU ...
MIAU, MIAU. ♡
ACH NEIN, EINE KATZE!
MIIIEEG
SCH
HAT SICH DIE STOLZE INARI-STATUE VERLIEBT?
SCHNAUZE!

AidaIro

MEIN SCHULGEIST HANAKO AFTER SCHOOL

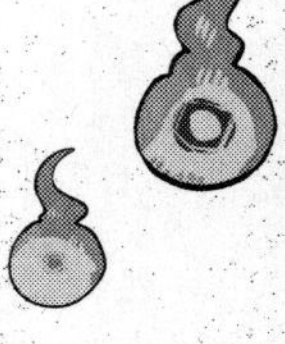

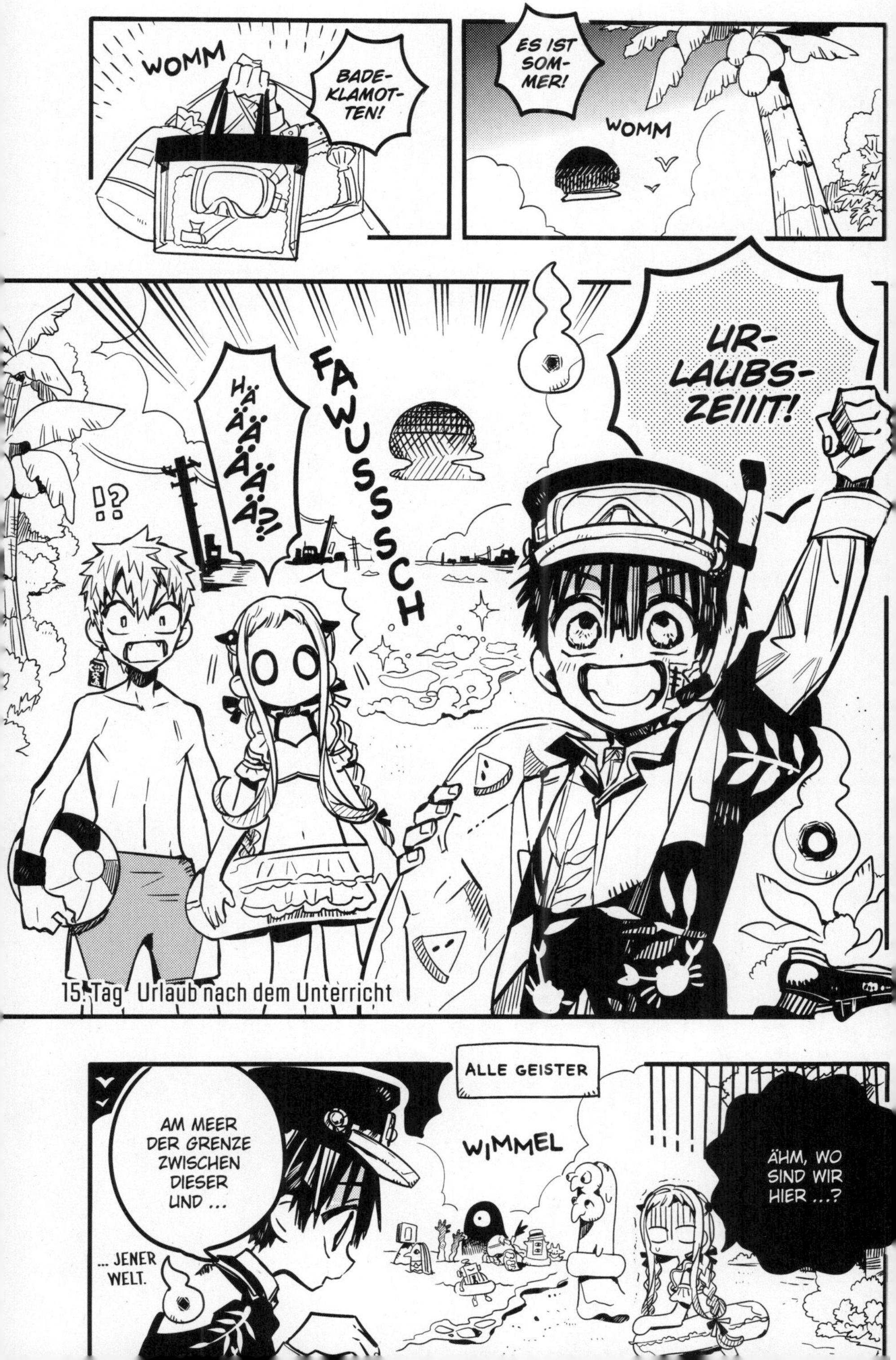
ES IST SOMMER!
WOMM
BADEKLAMOTTEN!
WOMM
URLAUBSZEIIIIT!
FAWUSSSCH
HÄÄÄÄÄ?!
!?
15. Tag Urlaub nach dem Unterricht
ÄHM, WO SIND WIR HIER …?
ALLE GEISTER
WIMMEL
AM MEER DER GRENZE ZWISCHEN DIESER UND …
… JENER WELT.

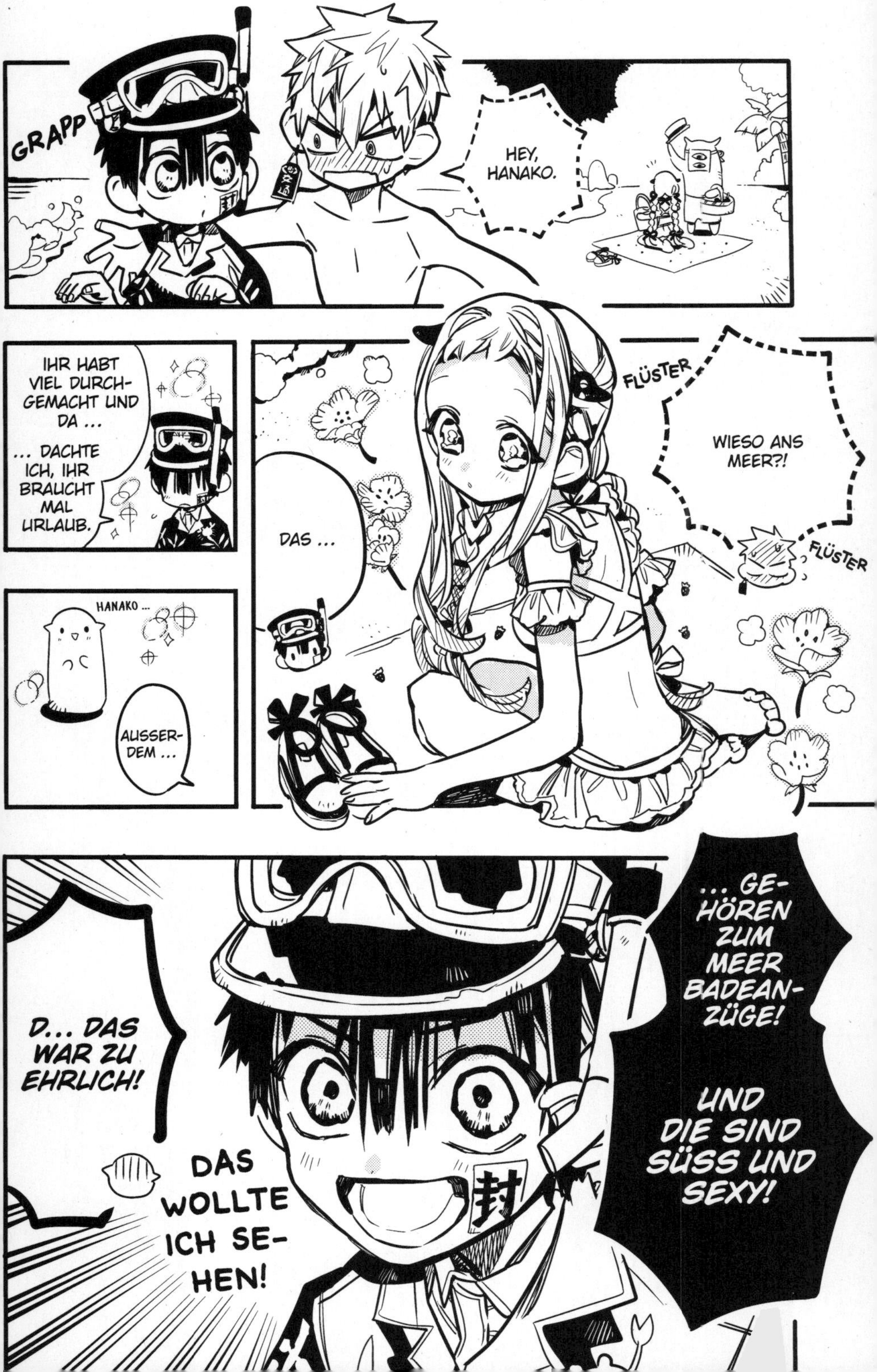
HEY, HANAKO.
GRAPP
FLÜSTER
WIESO ANS MEER?!
FLÜSTER
DAS ...
IHR HABT VIEL DURCH-GEMACHT UND DA ...
... DACHTE ICH, IHR BRAUCHT MAL URLAUB.
HANAKO ...
AUSSER-DEM ...
... GE-HÖREN ZUM MEER BADEAN-ZÜGE!
UND DIE SIND SÜSS UND SEXY!
DAS WOLLTE ICH SE-HEN!
D... DAS WAR ZU EHRLICH!

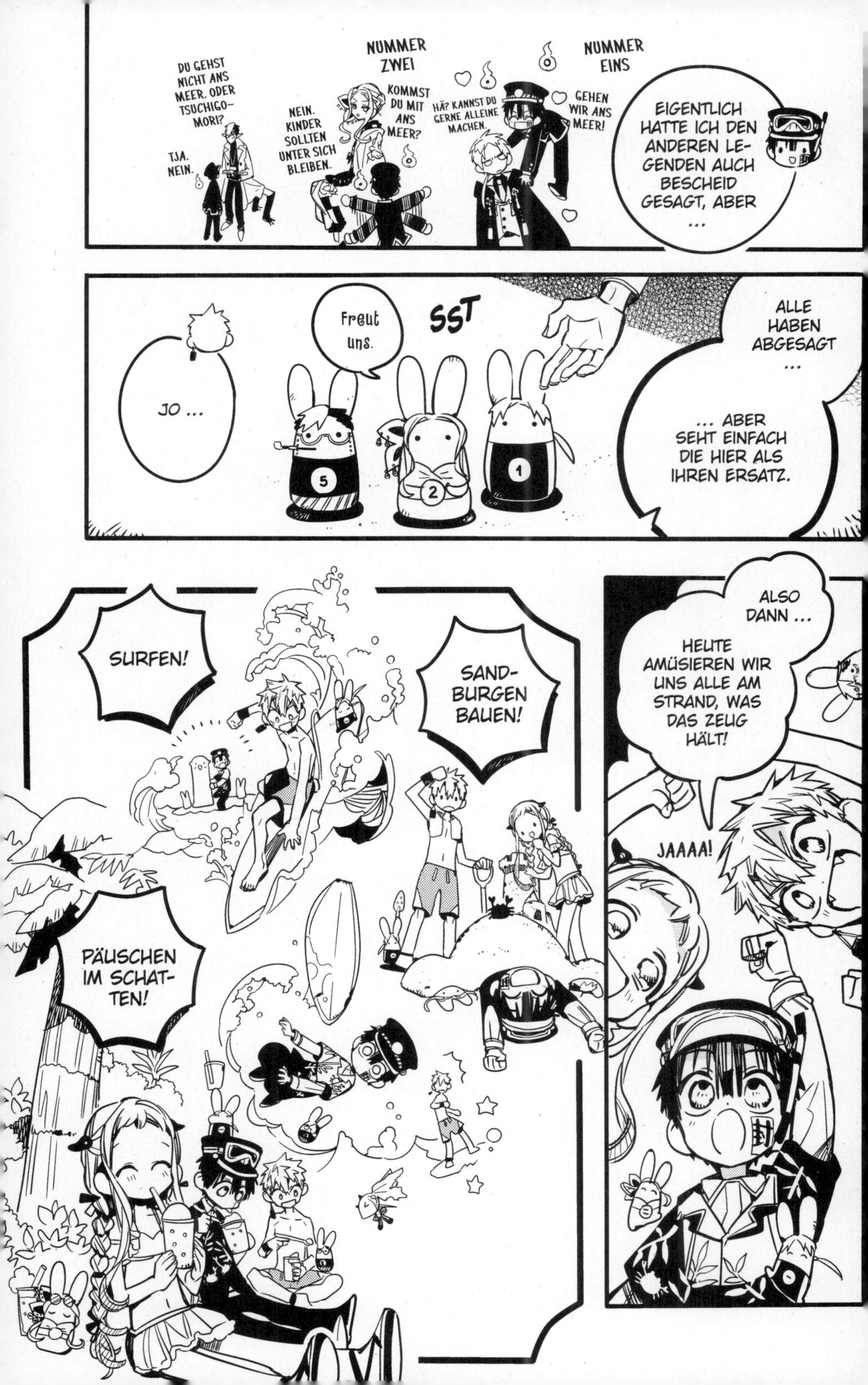
EIGENTLICH HATTE ICH DEN ANDEREN LEGENDEN AUCH BESCHEID GESAGT, ABER …
NUMMER EINS
GEHEN WIR ANS MEER!
HÄ? KANNST DU GERNE ALLEINE MACHEN.
NUMMER ZWEI
KOMMST DU MIT ANS MEER?
NEIN. KINDER SOLLTEN UNTER SICH BLEIBEN.
DU GEHST NICHT ANS MEER, ODER TSUCHIGOMORI?
TJA. NEIN.
ALLE HABEN ABGESAGT …
… ABER SEHT EINFACH DIE HIER ALS IHREN ERSATZ.
SST
Freut uns.
JO …
ALSO DANN …
HEUTE AMÜSIEREN WIR UNS ALLE AM STRAND, WAS DAS ZEUG HÄLT!
JAAAA!
SANDBURGEN BAUEN!
SURFEN!
PÄUSCHEN IM SCHATTEN!

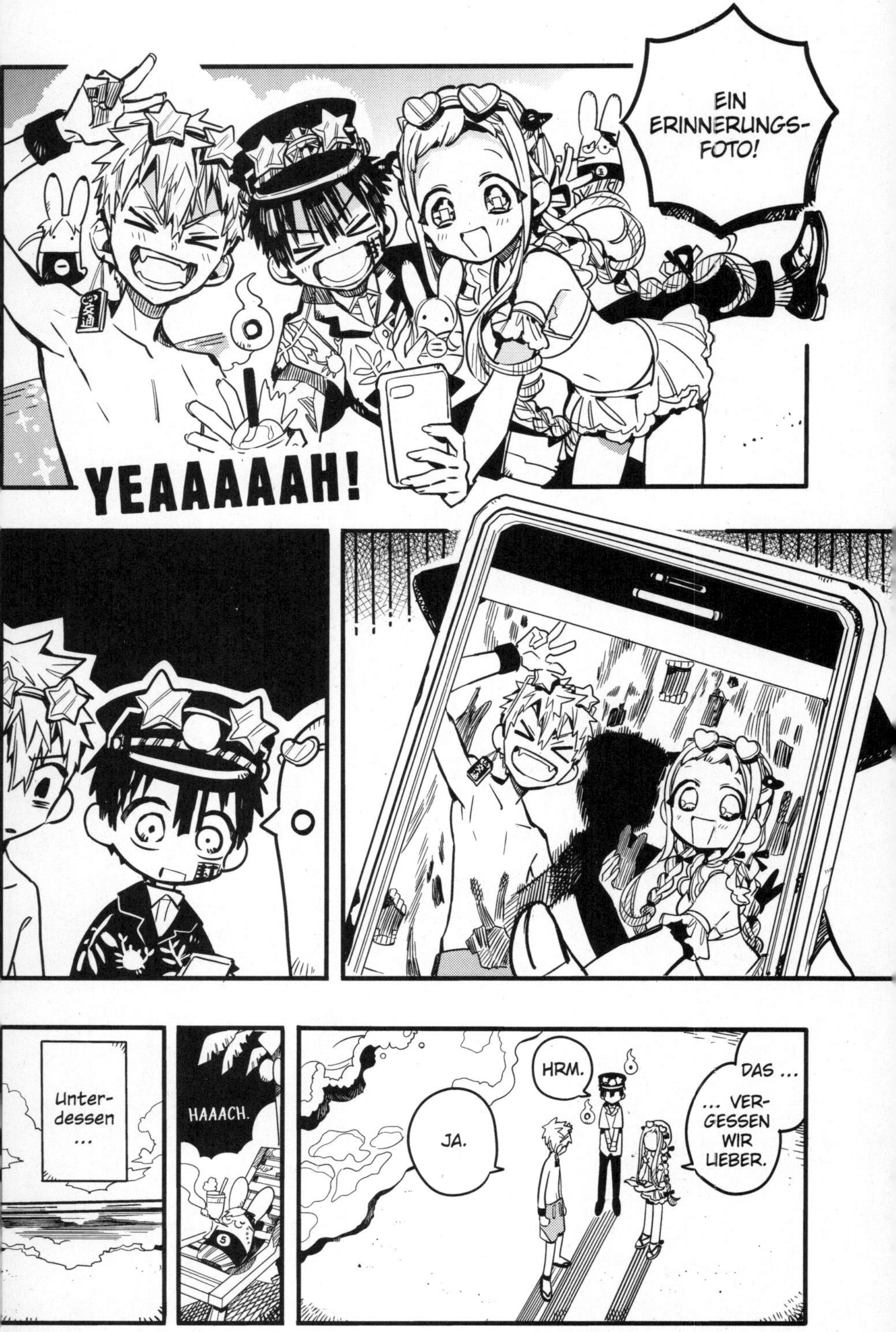
EIN ERINNERUNGS-FOTO!
YEAAAAAH!
DAS …
… VERGESSEN WIR LIEBER.
HRM.
JA.
HAAACH.
Unter-dessen …

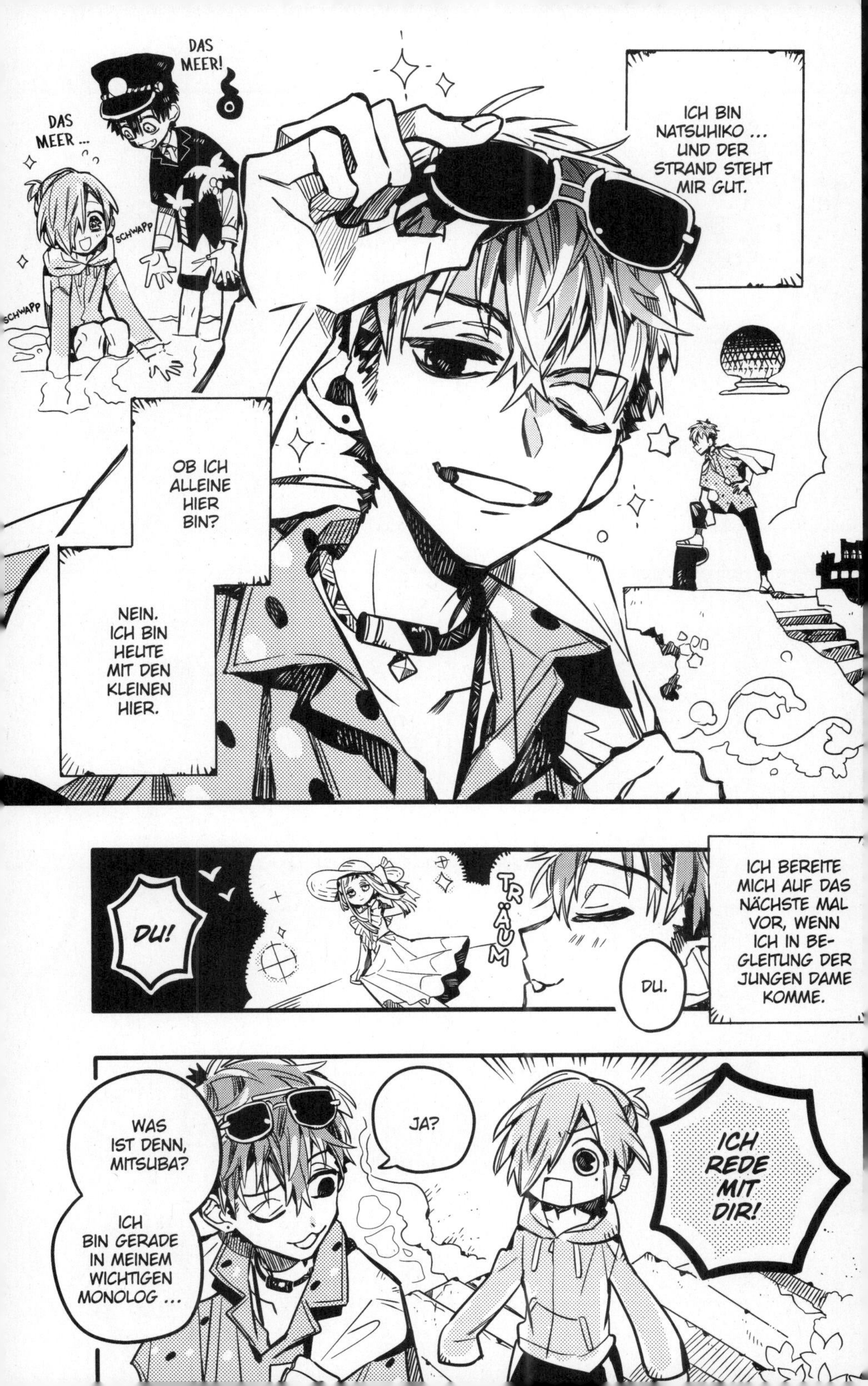
ICH BIN NATSUHIKO … UND DER STRAND STEHT MIR GUT.
OB ICH ALLEINE HIER BIN?
NEIN. ICH BIN HEUTE MIT DEN KLEINEN HIER.
DAS MEER!
DAS MEER …
SCHWAPP
SCHWAPP
ICH BEREITE MICH AUF DAS NÄCHSTE MAL VOR, WENN ICH IN BEGLEITUNG DER JUNGEN DAME KOMME.
DU.
TRÄUM
DU!
ICH REDE MIT DIR!
JA?
WAS IST DENN, MITSUBA?
ICH BIN GERADE IN MEINEM WICHTIGEN MONOLOG …

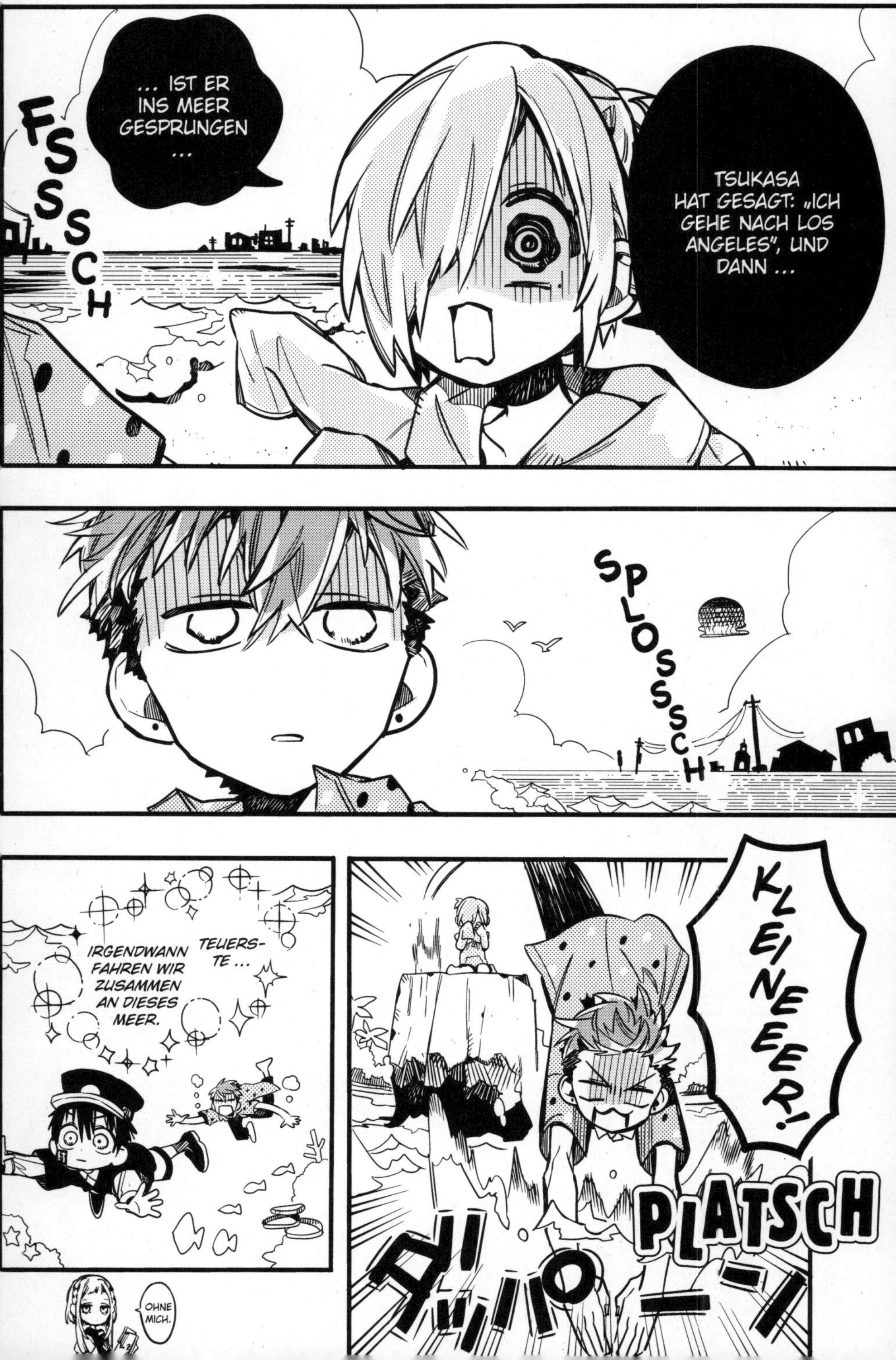
TSUKASA HAT GESAGT: „ICH GEHE NACH LOS ANGELES“, UND DANN …
… IST ER INS MEER GESPRUNGEN …
FSSSCH
SPLOSSSCH
KLEINEER!
PLATSCH
TEUERS-TE …
IRGENDWANN FAHREN WIR ZUSAMMEN AN DIESES MEER.
OHNE MICH.

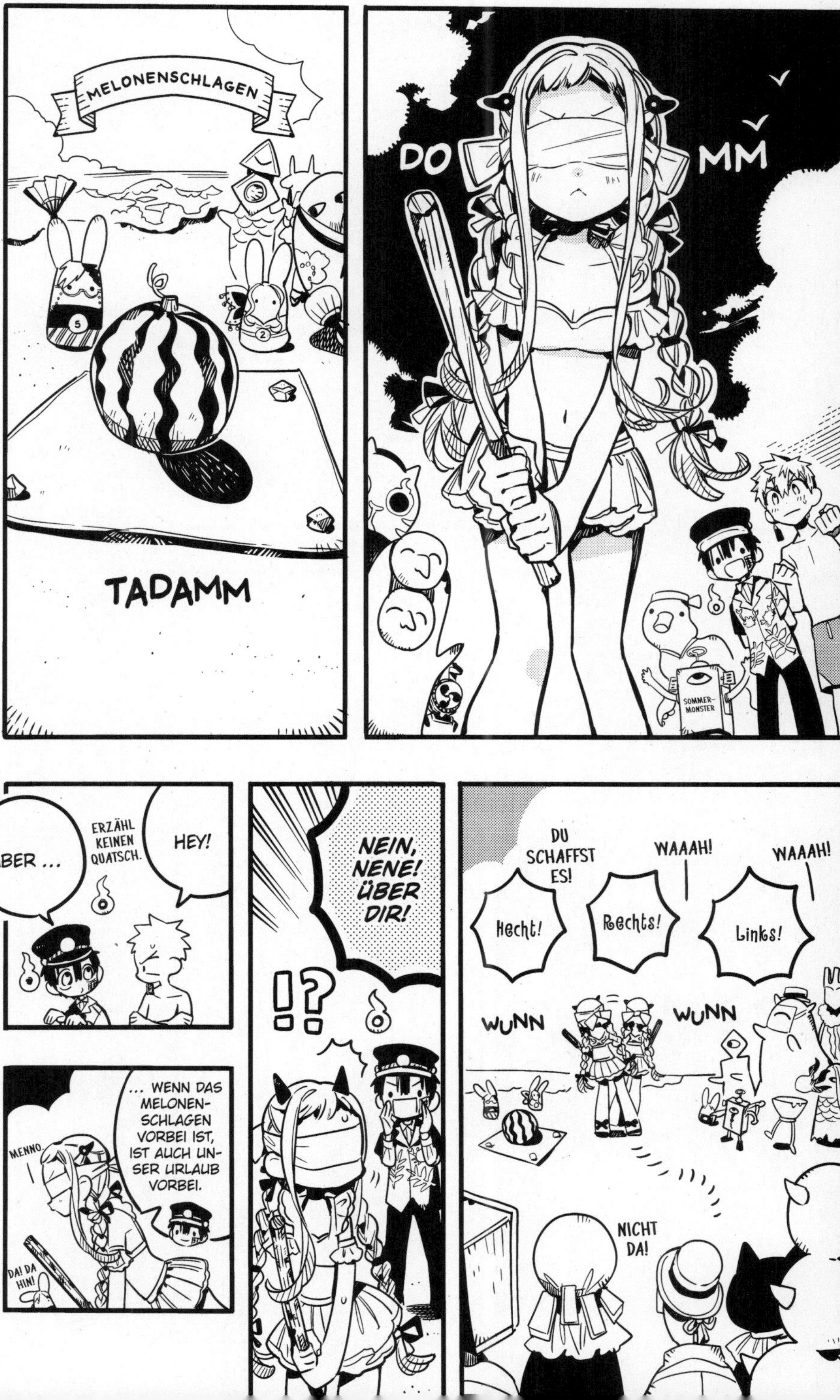

DO
MM
SOMMER-MONSTER
MELONENSCHLAGEN
TADAMM
DU SCHAFFST ES!
Hecht!
WAAAH!
Rechts!
WAAAH!
Links!
WUNN
WUNN
NICHT DA!
NEIN, NENE! ÜBER DIR!
!?
HEY!
ERZÄHL KEINEN QUATSCH.
ABER ...
... WENN DAS MELONEN-SCHLAGEN VORBEI IST, IST AUCH UN-SER URLAUB VORBEI.
MENNO.
DA! DA HIN!

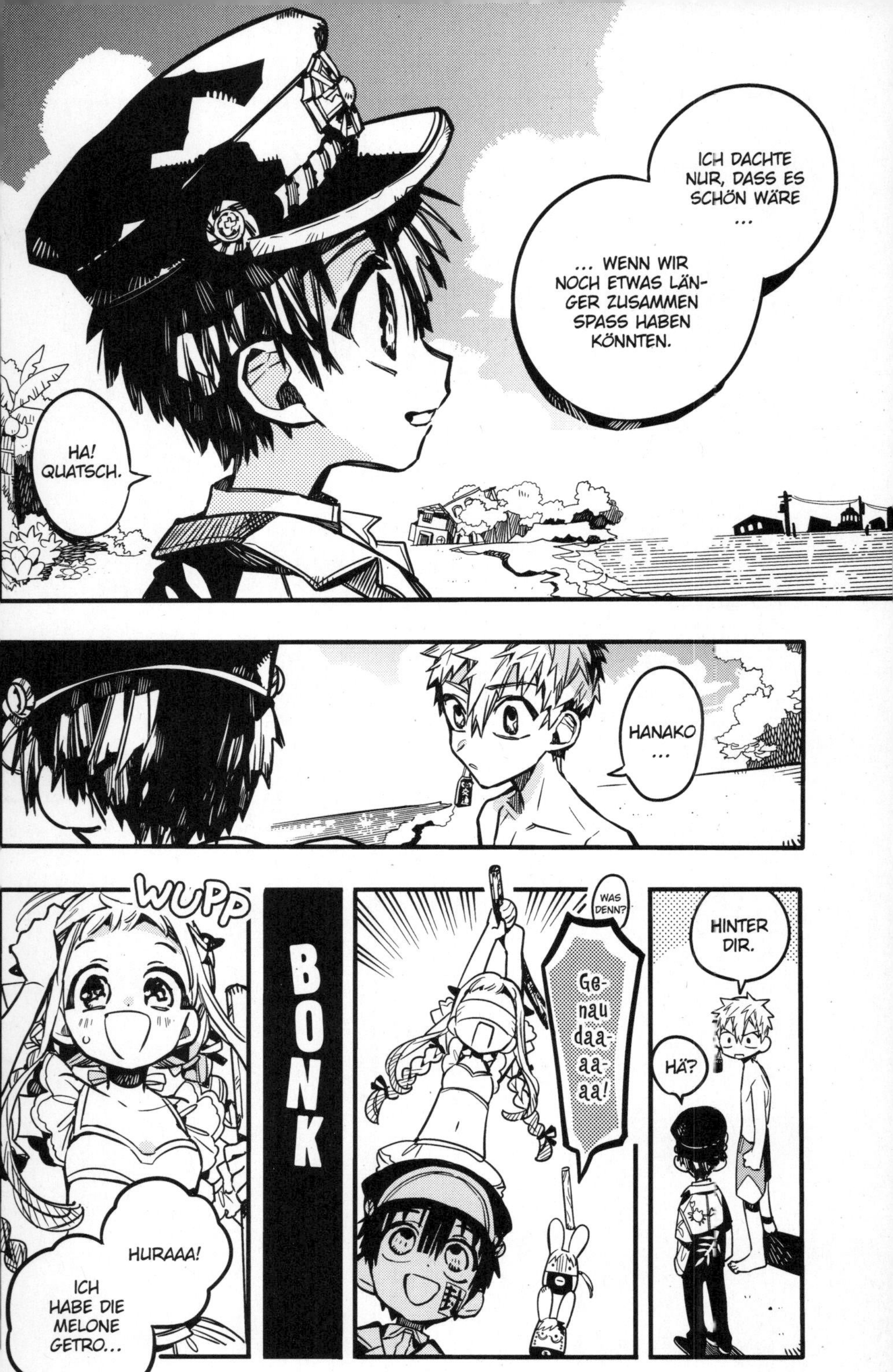
ICH DACHTE NUR, DASS ES SCHÖN WÄRE ...
... WENN WIR NOCH ETWAS LÄNGER ZUSAMMEN SPASS HABEN KÖNNTEN.
HA! QUATSCH.
HANAKO ...
HINTER DIR.
HÄ?
WAS DENN?
Genau daaaaaaa!
BONK
WUPP
HURAAA!
ICH HABE DIE MELONE GETRO...

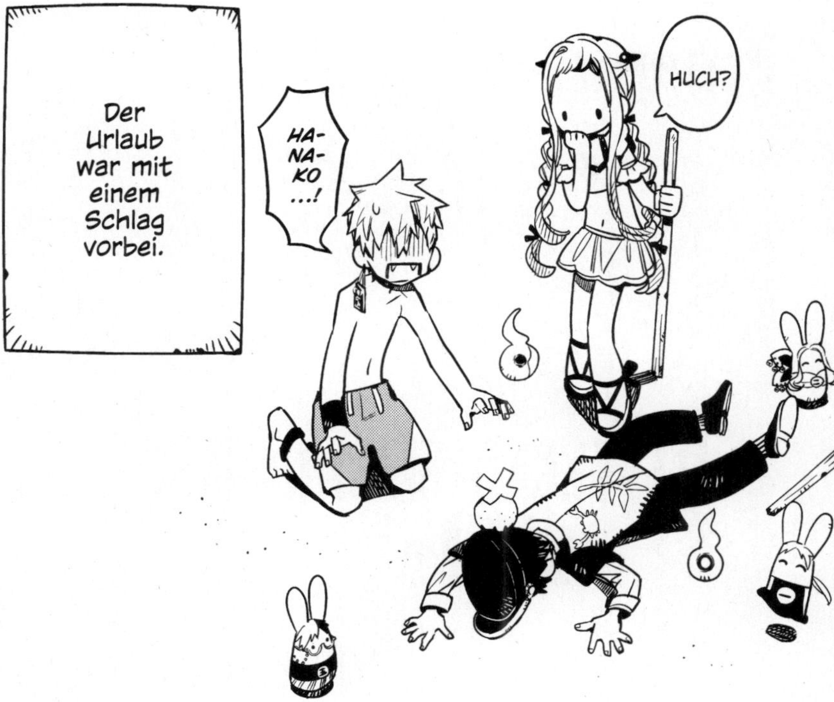

Fanpost an: Manga Cult
„Aidairo"
Teinacher Str. 72
71634 Ludwigsburg

STOPP!

STOPP! DIES IST DIE LETZTE SEITE!

MEIN SCHULGEIST HANAKO – AFTER SCHOOL ist ein Manga, und einen japanischen Comic liest man von hinten nach vorne. Auch die Lesereihenfolge der Bilder und Sprechblasen auf den Seiten ist anders als gewohnt: von rechts oben nach links unten.

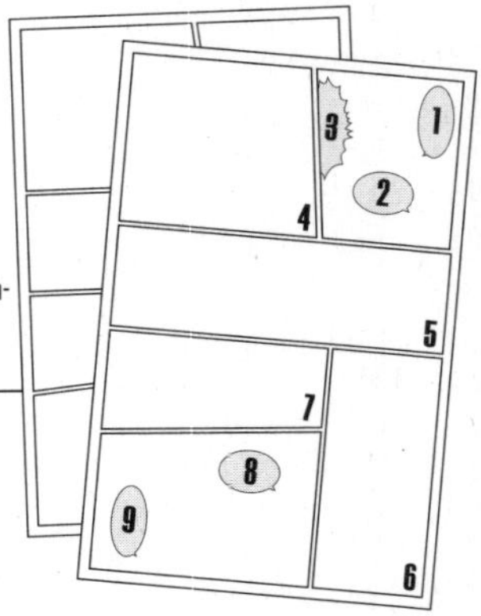

MEIN SCHULGEIST HANAKO
AFTER SCHOOL

von
AidaIro

1. Auflage, 2022
Deutsche Ausgabe/German Edition

Aus dem Japanischen von Etsuko Tabuchi & Florian Weitschies

Original Cover Design: Keita Yano(toyvox)

Programmleitung: Alexandra Grimsehl
Redaktion: Denise Hedrich
Lektorat: Anna Franziska Horne
Layout und Lettering: Manga Cult
Druck: GGP Media GmbH, Poessneck

Print-ISBN: 978-3-96433-613-2

www.manga-cult.de | April 2022